Jaana joutuu sairaalaan

Rikosylikonstaapeli Jaana Lindegrenin tutkimuksia 4. osa

Juha Tuominen

Juha Tuominen

Jaana joutuu sairaalaan

Rikosylikonstaapeli Jaana Lindegrenin tutkimuksia 4. osa

FSC
www.fsc.org
MIX
Paperi vastuul –
lisista lähteistä
Paper from
responsible sources
FSC® C105338

© 2024 Juha Tuominen

Kannen suunnittelu: Juha Tuominen & Samuli Savolainen
Sisuksen taitto: Ari Koponen

Teknistä ja toimituksellista tukea tarjosi teol. tri. Ari Koponen

Kustantaja: BoD · Books on Demand GmbH, Helsinki, Suomi
Kirjapaino: Libri Plureos GmbH, Hampuri, Saksa

ISBN: 978-952-80-8534-8

LUKU 1

Joulunviettoa

Jaana Lindegrenin ja Jussi Tammen joulu sujui rauhaisasti lasten vieraillessa heidän luonaan. Jaanan Joelpoika viivähti yhden yön seudun. Jussin Anniinatyttö sen sijaan viipyi aina aatonaatosta Tapanin aamupäivään, kunnes lähti takaisin opiskelupaikkakunnalleen reippaasti paksuuntuneen lompakkonsa siivittämänä. Välipäivinä Jussi aikoi tehdä hieman töitä. Sen sijaan Jaana, joka eli vielä virkavapaansa viimeisiä päiviä ilman virallisia velvoitteita, kävi muun muassa istumassa iltaa kollegansa Jelena Rygminan kanssa. Sen jälkeisen päivän aamukahvipöydässä Jaana kertoi Jussille edellisen illan kuumimmat uutiset.

– Jelena on raskaana.

Jussi taitteli lehden syliinsä ja totesi: – Ilmankos sinäkään et vaikuttanut illalla sen kummemmin humalaiselta, kun tulit kotiin. Joskus te olette istuneet melkein aamuun asti Jelenan kanssa ja jäljet ovat olleet sen mukaiset, mutta kukapa sitä yksin, jos toinen on raskaana.

– Se on juuri niin, totesi Jaana. – Etkö huomaa mikä siinä on ongelmallista?

Jussi puisteli päätään ja tyytyi toteamaan: – Ovathan he Kallen kanssa jo vakiintunut pari. Vaikka jossain vaiheessa ehkä olisinkin toivonut, että Jelena löytäisi jonkun muun, niin tässä tilanteessahan se on hyvä, että he ovat niin kuin sanoin, vakiintunut pari.

– Juuri sehän se ongelma on, intti Jaana. – Katsos kun Kalle on sairastanut yhdeksäntoistavuotiaana sikotaudin, josta seurasi paha kivestulehdus, joka teki hänestä täysin steriilin. Hän ei voi siis siittää lapsia.

Jussi hymyili. – Nyt minä ymmärrän. Tähän tilanteeseen liittyykin jotakin draamaa. Naisen on paha yllättää miehensä ilouutisella, että olen raskaana, mikäli mies on tunnetusti tuhkamuna. Kertoiko Jelena kenen jäljiltä se raskaus on?

– Kertoi. Kyllä minä sen tiesin, että Jelena on jo puoli vuotta tapaillut yhtä sellaista järjestyksen kundia, nimeltään Sauli Säntti. Vaikeutena on tietenkin ollut se, että ovat kumpikin tahoillaan varattuja. Meinaavat kuitenkin mennä yhteen ihan lähiviikkoina. Jelenallahan ei ole sen kummoisempaa kuin että pakkaa kassinsa ja kävelee ulos. Mutta Säntti on kyllä ihan vihityssä liitossa, josta hänellä on kaksi poikaakin. Nyt siitä liitosta tulee epäilemättä lähtö ja uutta yritystä sitten Jelenan kanssa. Jelena valitteli, että on kuulemma vaikeaa iloita, kun on niin paljon tätä vaikeutta ympärillä. Toisaalta hän jo sen ikäinen nainen, ettei aio ruveta kainostelemaan kaiken maailman moralistien nuhteiden edessä.

Jussi ymmärsi: – Harvoin elämä on niin mustavalkoista, että on pelkkää ilon aihetta. Jäisi kaikki ilot iloitsematta, jos pitäisi olla sataprosenttisen varmaa, ettei kukaan pahoita mieltään. Minkä ikäinen kaveri se Säntti on?

– Jelena kertoi, että 28.

– Ja Jelena on sinun ikäisesi?

– Niin on.

– Eli on heillä 8 vuotta ikäeroa. No se ei haittaa mitään. Jelena on helvetin näyttävän näköinen nainen. Että onnea vaan heille. Pyydetäänköhän meitä kummeiksi?

– Enpä usko, että heidän monimutkaiset taustansa johtaisivat tuollaiseen perinteiseen kastejuhlaan. En tietenkään voi olla varma.

– Onko Jelena siis kertonut Kallelle tämän iloisen perheuutisen?

– On kertonut ja oli kuulemma joulunpyhinä aika hiljaista.

– Voin hyvin ymmärtää. Mutta kun sinä olit ystäväsi kanssa maailmaa parantamassa, minä sovin sinun pomosi kanssa, että me tulemme huomenna kymmeneltä tapaamaan häntä. Liittyen sinun työhön paluuseesi. Mauri soitti ja ehdotti tällaista. Minä lupasin puolestasi ja hän pyysi, että minäkin osallistuisin tähän palaveriin. Lisäksi Simo on tulossa mukaan. Tämä liittyy jotenkin siihen murhatutkimukseen, joka heillä on auki ja Mauri on kehittänyt siihen jonkin uuden lähestymistavan. Saamme siis etukäteistietoa, tai sinä saat, vaikka palaatkin töihin vasta uuden vuoden puolella.

– Selvä. Tuntuu olevan kova imu tällä Miekkalinnalla minun puoleeni. Eivät millään antaisi minun pitää virkavapaatani loppuun asti.

– Ymmärtäähän sen, kun maankuulu murhatutkija vetää lonkkaa ja heillä on kaksoismurhan tutkimus levällään.

– Mitä sinä tiedät tästä murhasta?

– Minä tiedän juuri sen verran, että kyseessä on kaksoissurma. Huomenna mennään kuulemaan lisää. Mutta imusta minäkin tiedän jotakin. Mennäänkö tuonne päiväsellaiselle, kun se vielä on mahdollista?

– Ehdottomasti, hihkaisi Jaana ja juoksi edeltä makuuhuoneeseen.

LUKU 2

Ennakkobriiffausta

Seuraavana aamuna kokoontui Mauri Taposen työhuoneeseen seuraavanlainen riihi: komisario Mauri Taponen, rikosylikonstaapelit Jaana Lindegren ja Simo Savu, konstaapeli Elias Saario ja profiloija Jussi Tammi.

Mauri aloitti perustelemalla, miksi juuri he olivat paikalla.

– Olen yrittänyt tätä tutkimusta muka johtaa. Siis sekä kenttätasolla että noin niin kuin hallinnollisesti. Meidän ryhmämme oli juttuvuorossa, kun tämä tapahtui. Mutta Simo oli saikulla ja Jaana virkavapaalla, joten meillä ei ollut ylikonstaapelia. Sain siinä vaiheessa lainaksi naapurijaoksesta Vilskan. Vilska johti siis ylikonstaapelina kenttätutkimuksia ja minä olin varsinainen tutkinnanjohtaja, kuten olen yhä. Mutta kun Vilskalle selvisi, että kun Simo ja Jaana palaavat töihin, siirtyy kenttäjohto heille, on hän joko alitajuisesti tai ihan tietoisesti vetänyt niin matalaa profiilia, että kenttäjohdostakin on jäänyt aika paljon minulle. Enkä ole siinä enää terävimmälläni. Vaikka en mielestäni ihan kirjoituspöytäkomisario olekaan, on tämä tutkimus nyt ihan suoraan sanottuna edennyt hitaanlaisesti. Enkä syytä siitä Vilskaa, enkä ylipäätään ketään. Kunhan totean vain. Ei Vilska ole mitenkään loukkaantunut, että hänet tässä sivuutetaan. Päinvastoin hän itse kertoi, että hänellä on yhä kesken se yksi huumetappo, joka tapahtui syyskuussa Vanajanlinnassa. Ja on painanut pitkää päivää, koko ryhmä siis, ja he aikovat saatella hotellista potentiaalisen epäillyn syytetyn penkille vielä näillä lumilla. Joten aloitetaan siis alusta. Elias on kai kenttätasolla sekä kirjallisesti parhaiten perillä kokonaisuudesta, mitä on tapahtunut ja mitä me olemme tehneet.

Elias nyökkäili ja antoi Jaanalle, Simolle ja Jussille omat kappaleensa kirjallisesta referaatista, jonka hän oli laatinut edellisenä iltana.

– Sattui joulukuun 14. ja 15. päivän välisenä yönä. Ahvenistonmäellä, psykiatrisella osastolla. Kaksoismurha. Ruumiinavauksista saatiin varmennettua, että ajankohta oli jossakin 24–03.00 välisenä aikana. Osastolla, joka on siis suljettu osasto. Se tarkoittaa siis, että ovet ovat lukossa. Ensisijaisesti sen vuoksi, että siellä hoidetaan sellaista sakkia, jota ei auta päästää vapaasti kulkemaan. Mutta se vaikuttaa myös siten, ettei sinne pääse sisään kuka tahansa ohikulkija. Joka tapauksessa samaan aikaan ammuttiin siellä niin lyhyen ajan sisällä yksi hoitaja ja yksi potilas, ettemme ole vieläkään selvillä kumpi surmista tehtiin ensin. Uhrien ruumiit löytyivät vain kuuden metrin päässä toisistaan. Potilas, Outi Vanamo, ammuttiin sänkyynsä. Ja hoitaja, Jouni Kalamos, hänen ruumiinsa löytyi muutaman metrin päässä Outin huoneen ovesta, käytävän puolelta. Luodit olivat tavallisia ysimillisiä. On käytetty epäilemättä äänenvaimentajaa. Joku on tehnyt kaksoismurhan ja häipynyt sitten tämänhetkisen olettamuksen mukana viereisestä ovesta, josta pääsee yleiskäytävälle ja sitä kautta pois rakennuksesta. Osastolta on myös kaksi muuta poistumistietä, mutta tämä ovi on selvästi lähimpänä. Olemme tehneet tässä helvetillisen määrän haastatteluja, joitain kuulustelujakin, mutta emme ole päässeet puusta pitkään. Minä ja Vilska olemme istuneet useimpina iltoina kymmeneen asti tämän jutun kanssa siitä asti, kun se tapahtui. Jouluaattona käytiin kyllä kummatkin kotona joulupöydässä. Mutta jos minä nyt aloitan kertomalla uhreista. Hoitaja Jouni Kalamos, hänellä on kreikkalainen isä, siitä tuo kumma nimi. Supisuomalainen äiti. Hän oli siis psykiatrinen hoitaja, kokenut hoitaja, ollut kuntayhtymässä jo yli kymmenen vuotta työssä. Toista vuotta yöhoitajana tällä osastolla. On sen kahden vuoden ajan ollut useimmiten työssä juuri tänä samaisena yönä valvontaparina olleen Stiina Liimatan kanssa. Juuri tämä Stiina löysi ruumiit. Kalamos oli naimisissa oleva mies, ei lapsia. Ei rikosrekisteriä. Eikä häntä ole mainittu kertaakaan meidän epävirallisessa epäillytrekisterissä. Eli nuhteeton herra. Jollei nuhteeksi lasketa sitä, että hän oli parikymppisenä elänyt lyhyen avioliiton toisen yhtä nuoren naisen kanssa. Nainen toimii nykyisin yrittäjänä vaatetusalalla Helsingissä. Tunnustan, että en ole käynyt häntä haastattelemassa koska hänellä ei vaikuta olleen mitään tekemistä Jounin kanssa enää vuosiin. Eikä siitäkään liitosta siis ollut lapsia. Heillä on ollut osastolla tapana, että osasto jaetaan öisin ikään kuin liituviivalla kahtia ja toinen hoitaja vastaa toisesta päästä ja toinen toisesta. Jouni oli juuri omassa päässään, lähestulkoon niin perällä kuin oli mahdollista, kun oli kohdannut tappajansa. Olemme kehitelleet erästä mallia, joka tosin vaatii vielä todisteita ympärilleen. Jouni olisi juuri tullut tämän surmansa saaneen potilaan huoneesta, joka oli lähin huone, kun hänet on joku ampunut siihen käytävälle. Siitä hänen ruumiinsa löytyi. Hänet on murhattu ampumalla kaksi laukausta. Toinen läpäisi sydämen ja toinen upposi aivoihin osuen vasemman silmän alle. Jos se sydämeen osunut olisi ollut sentin ylempänä ja jäänyt ainoaksi osumaksi, olisi hän voinut jäädä henkiin. Mutta koska laukaus läpäisi sydämen ja tulos varmistettiin vielä päälaukauksella, niin on kuolema tullut varsin nopeasti ja varmasti. Sydän vaurioitui niin pahoin, että sydän tamponoitui omaan koteloonsa ja aiheutti sydänpysähdyksen ja kuoleman muutamassa minuutissa. Patologin mukaan päälaukaus ei välttämättä olisi häntä tappanut, tosin varmaa se ei ole. Onhan luoti joka tapauksessa läpäissyt kallon etuseinän. Sitten murhaaja on astellut Outi Vanamon huoneeseen ja ampunut tämän sänkyynsä. Meillä ei ole mitään käsitystä miksi tai kuka. Meillä on kyllä aika tarkat koordinaatit milloin ja miten. Tämä potilas, Outi Vanamo, oli 43-vuotias, pitkään epämääräistä ahdistuneisuushäiriötä sairastunut nainen, jonka elämässä viimeisen viiden vuoden aikana oli ollut useita osastohoitojaksoja. Koko tänä aikana hän oli ollut työkyvytön. Ammatiltaan sairaanhoitaja. Hoitaja Kalamos oli tuntenut Outin jo vuosia. Onkin mahdollista, että heillä oli ollut jokin juttutuokio aivan sovitusti, vaikka onkin osastolla kuulemma tapana, ettei yöllä ole mitään keskusteluja. Mutta he ovat voineet kohdata, kun olivat vanhoja tuttuja. Näiden laukausten aikaan oli Stiina Liimatta luultavasti istunut tv:n edessä eikä ollut kuullut varsinaisia laukauksia. Lisäksi murhaaja on onnistunut poistumaan osastolta niin hiljaa, että Stiina ei ollut havainnut sitäkään. Hoitajilla oli kummassakin päässä omat televisiot, jota katsellessa oli helppo vahtia omaa päätyä. Potilaatkin tiesivät, että yöhoitajat olivat jakaantuneet tällä tavoin ja osasivat pyytää apua oman päädyn hoitajalta, mikäli jotain tarvitsivat. Eivät he kuitenkaan orjallisesti olleet omissa päissään niin etteivätkö olisi juoneet yhdessä kahvia ja muutenkin vaihtaneet kuulumisia pitkin yötä. Neljän aikaan yöllä Stiina oivalsi, ettei ollut nähnyt Jounia useampaan tuntiin, joten hän käveli kaikessa rauhassa toiseen päähän osastoa eikä ehtinyt edes ryhtyä huhuilemaan, kun jo näki kollegansa makaavan verilammikossa. Kalamos oli ilmeisesti saanut surmansa välittömästi, koska hän ei ollut ehtinyt painamaan hälytyslaitteen kytkintä, vaikka hälytin oli

15

hänen kädessään. Siinä vaiheessa Stiina melko rauhallisesti painoi omaa hälytintään ja kutsui apuvoimia osastolle. Näin saatiin osastolle lisää sormen- ja kengänjälkiä kuuden eri hoitajan muodossa, jotka seuraavien minuuttien aikana tulivat paikalle. Tässä vaiheessa hoitajilla ei ollut vielä mitään tietoa toisesta vainajasta. He luonnollisesti päättivät kutsua paikalle poliisiin. Siellä kävi meidän järjestyksen partio, joka katsoi vuorolistasta, kuka oli juttuvuorossa, ohjasi jutun meille ja minä olin sitten siellä jo aamukuudelta. Minä rupesin siinä touhuamaan ja tarkastamaan koko osastoa, että oliko murhaaja vielä paikan päällä, olihan kyseessä suljettu osasto. Ja kun tarkastusta aloitettiin, Stiina meni ensimmäiseksi Outi Vanamon huoneeseen ja kiljaisi. "Täällä on toinen ruumis". Ja tunnustan, että kyllä minäkin pöllähdin sisään huoneeseen, vaikka olisi pitänyt tyytyä sulkemaan huone tekniikkaa varten. Siellä kävi myös partiopoliisi Jaakko Harjukin. Todettiin, että siellä oli toinen, samantyyppisesti murhattu uhri. Hänen tappamiseensa oli tarvittu myös kaksi laukausta. Ensimmäinen osuma rintaan ei ollut ehkä surmannut potilasta. Joka tapauksessa tappaja oli halunnut varmistaa tuloksen ja ampunut uhria myös oikeaan ohimoon. Tässä vaiheessa minä lähdinkin sitten Stiina Liimatan mukaan, sillä hän ei enää aikonut mennä yhteenkään huoneeseen ilman poliisia ja pelkäsi että kaikki oli tapettu. Saimme tarkastettua kaikki muut huoneet eikä enempää vainajia löytynyt. Kukaan ei tunnustanut nähneensä tai kuulleensa mitään. Yksi potilaista, 37-vuotias Ulla Pihlajamäki, joka oli osastolla jonkinlaisten rajatilakokemusten takia, oli ystävystynyt Outi Vanamon kanssa ja väitti tietävänsä, että tällä oli ollut suhde Jouni Kalamoksen kanssa. Olemme saaneet tästä asiasta vahvistusta myös yhden hoitajan kuulustelussa.

Seuraavana päivänä käytiin koko henkilökunta ja potilaat haastattelemassa, ja kun meillä oli tämä vihje tästä suhteesta, oli Jelena haastatellessaan Sami Nirkko-nimistä sairaanhoitajaa kysynyt tältä suoraan, että tiesikö tämä suhteesta Kalamoksen ja Vanamon välillä. Tämä tiesi kertoa, että Kalamos oli tunnustanut, että oli ihastunut Outiin. Tilanne oli vaikea, koska sen lisäksi että molemmat olivat naimissa tahoillaan, oli heillä tämä potilas-hoitaja -suhde, jonka pitäisi täysin sulkea pois tällainen eroottinen värinä. Nirkko ei tiennyt miten asia oli edennyt, mutta Kalamos oli tämän tunnustuksen tehnyt hänelle jo miltei kaksi kuukautta sitten. Ja Nirkko oli mielessään päätellyt, että Kalamos ja Vanamo olivat ylittäneet kynnyksen. Mitään todisteita hänellä ei asiasta tietenkään ollut. Kukaan muu ei osannut sanoa mitään erityistä näiden kahden suhteesta. Ylilääkäri Raimo Häkli oli ottanut kantaa Outin asioihin, vaikkei ollutkaan tätä kertaakaan tavannut. Tämä oli sinänsä tyypillistä. Häkli oli lähes täysin hallinnollinen ylilääkäri eikä juuri tavannut potilaita kuin hyvin poikkeuksellisissa tapauksissa vaikka joskus ottikin kantaa ongelmiin heidän hoidossaan. Mutta olemme siis haastatelleet valtavan joukon ihmisiä. Haastattelut löytyvät kaikki teidän koneiltanne. Minä olen kai niitä määrällisesti eniten tehnyt. Jelena myös paljon ja Vilska. Emme ole päässeet tässä alkua pidemmälle. Meillä on kaksi ruumista ja murhan tekoaika. Luodit olivat siis ysimillisiä eikä noin läheltä ammuttuna tarvinnut olla mikään suuri ampujamestari osuakseen kohteeseen. Sen sijaan varsin kylmähermoinen pitää olla, että alkaa osastolla ampumaan ihmisiä, sillä jokainen nyt tietää, että siellä on väkisin kuulijoita. Ja ylipäätään paikalla on muita ihmisiä muutamien metrien päässä.

– Koska tämä tutkimus on kaksi viikkoa vanha, totesi Mauri, olen kehitellyt ideaa, jolla siihen potkaistaan vauhtia. Me solutamme Simon ja Jaanan osastolle. Jaana saa esittää potilasta ja Simo on lähihoitajaopiskelija. Myös Jussille on tässä rooli. Koska tämä on sinänsä hirvittävän ikävää ja loukkaavaa, että joudumme peittämään henkilökunnalta totuutta sekä yhtä lailla potilailta, niin olen päättänyt helpottaa asemaamme siten, että kukaan ei osastolla pyri erityiseen terapeuttiseen suhteeseen Jaanan kanssa. Tämä varmistetaan sillä, että psykoterapeutti Jussi Tammi on hoitanut Jaanaa jo pitkään ja hoito on parhaillaankin käynnissä. Hän on siis Jussin potilas, jonka vointi on huonontunut siinä määrin että on nähty tarpeelliseksi lyhyt osastohoitojakso. Jussi käy tapaamassa potilastaan lähes päivittäin. Tästä tulee sillä tavalla hankalaa, että joudumme salaamaan totuuden sieltä työskenteleviltä ja siellä hoidossa olevilta ihmisiltä. Tämä on eettisesti helvetin ikävä tapa tehdä työtä.

– Olen samaa mieltä, totesi Jaana. – Sitä paitsi miksi tämä jako meni näin? Miksei Simo voi olla potilas ja minä opiskelija?

– Ei kun minä olen suunnitellut sen näin. Minä olen varma, että saat siitä enemmän irti potilaana. Voit olla siellä yötä päivää tarkkailemassa osastoa ja sen fiiliksiä. Ja Simo taas opiskelijan roolissa pääsee kansliaan ja kahvihuoneeseen kuulemaan mitä siellä puhutaan. Mutta koska hoitajaopiskelijalta edellytetään taitoja, joita uskon, että Simolle ei ole, on meillä siihen ratkaisu. Hän ei ole tavallinen opiskelija, vaan hänellä on sopeutettu opintosuunnitelma, koska hänellä on ollut aiemmin vaikeuksia päihteiden kanssa. Sen johdosta Simo ei koske lainkaan lääkkeisiin, joten meidän ei tarvitse pelätä, että hän sekoaa jonkun potilasparan lääkkeissä. Periaatteessa siis, vaikka Jaana on soluttautuneena vuorokauden ympäri, on hänellä helpotuksenaan mahdollisuus tavata Jussia ja Simoa päivittäin. Meidän on pakko kertoa tästä joillekin, mutta mahdollisimman harvoille. Olen suunnitellut tätä asiaa jo viikon päivät. Ehdotan, että kerromme ylilääkärille ja osastonhoitajalle, sillä jälkimmäinen on opiskelijavastaava ja hänelle täytyy kertoa Simon roolista. Ja samalla kerromme myös Jaanan roolista. Jussin roolista meidän ei tarvitse kertoa. Ylilääkärille meidän on taas kerrottava, koska hän on käsittääkseni firman

19

ylin auktoriteetti ja emme uskalla mennä sinne sämpläämään ilman hänen hiljaista myöntymistään.

– Vai sillä tavalla, Jaana sanoi. – Maurilla oli kiire saada minut takaisin töihin, jotta voisi tuikata minut mielisairaalaan. Ihmettelen vain mikä tekee minusta paremman mielisairaaksi soluttautujan kuin joku muu?

– Minulla on kyllä tähän perustelu, väitti Mauri. – Ensinnäkin, luotan sinuun tutkijana täydellisesti. Kuten huomaat, on mennyt kaksi viikkoa emmekä ole päässet mihinkään. Ja helpottavinta on, että sinä olet nyt uusi kasvo, kun olet ollut virkavapaalla etkä näyttäytynyt poliisina. Ja Simokin oli sairaana ja olen pitänyt hänet taustatutkimuksen koordinaattorina, joten hänenkään kasvonsa eivät ole siellä kuluneet. Ja jos Jussi esittää terapeuttia, niin se ei kovin suuri ihme ole.

Jussi pyysi Maurilta puheenvuoron: – Minun on tunnustettava, ennen kaikkea Jaanalle, mutta myös Simolle, että me suunnittelimme tätä jo Maurin kanssa puhelimessa ja vähän niin kuin lupasin Jaanan sinne potilaaksi ja minut terapeutiksi. Ymmärrän minäkin, että tilanteessa on helvetin vaikea eettinen ongelma. Ei se niinkään, että sinä olet valepotilas, vaan me todennäköisesti näin häiritsemme joitain potilaita, joilla sairaus on niin sanotusti päällä. On siis eettisesti tosi kökköä mennä näyttelemään sinne sekaan. Ja kyllä minä kunnioitan hoitoväkeäkin sen verran, että en usko Simonkaan ihan tuosta vain pystyvän psykiatriseksi hoitajaksi, mutta yritetään tehdä tämä täsmällisesti, lyhyesti ja siten että saadaan tulos. Minulla tässä on helpoin rooli, osaan kyllä esittää terapeuttia.

Simo myöntyi. – Kyllä tästä voi hyväkin tulla. Opiskelijan ei tarvitse tietää mistään mitään, kunhan pyörii vain joukon jatkona. Olen samaa mieltä Maurin kanssa, että Jaana on ehdottomasti paras valinta tähän potilaan rooliin.

LUKU 3

Vuodenvaihteen juhlallisuuksia

Jaana otti kotiin mukaan sähköisen tapauskansion sekä oman kuvitellun potilaskertomuksensa.

Jaana kertoi ääneen Jussille ydinkohtia keinoidentiteetistään: – Huomaan, että tässä on pyritty varmaan muistamisen helpottamiseksi samankaltaisuuteen, kun minun nimeni on Jutta Lundgren. Ja yllätys yllätys, olen ammatiltani poliisi. Olen ollut 9 kuukautta sairaslomalla Riihimäen järjestyspoliisista ahdistusoireiden takia. Minua huolestuttaa se, että siellähän lääkkeiden syönti ei kai ole vapaaehtoista. Mitä minä sitten pystyn tutkimaan, jos nukun lääketokkurassa kaiket päivät?

Jussi torjui tämän vaaran: – Juuri sen vuoksi emme valinneet sinulle psykootikon roolia ja lisäksi olet vapaaehtoisessa hoidossa. Osastonlääkäri varmasti ehdottaa sinulle jotakin mielialalääkitystä. Voit syödä sitä tai piilottaa poskeen ja sylkeä myöhemmin pönttöön. He eivät sitä erityisesti vahdi, koska olet vapaaehtoisesti mukana etkä psykoosissa, tavallinen ihminen, joka kokee elämän ahdistavana.

– Vai niin. Toivottavasti te tiedätte mitä teette. Minusta tuntuu, että olen tässä pelinappulana. Lisäksi näköjään olen sitoutunut olemaan sisähoidossa. Mitä sekin tarkoittaa?

– Se tarkoittaa sitä, että olet luvannut, ettet lähde omin päin osastolta ulos. Hoitajan tai esimerkiksi minun kanssani kyllä. Voit hyvin pyytää Simoa mukaan kahville kanttiiniin, koska et muuten sinne pääse. Opiskelijakloppi on siihen hommaan juuri sopiva joutomies. Kyllä tässä on mietitty asiaa joka kantilta. Mauri oli ehdottomasti sitä mieltä, että sinun pitäisi mennä sinne aseettomana. Minä sanoin, että voithan ehdottaa, mutta arvaa meneekö läpi. Sinun on kuitenkin oltava äärimmäisen tarkkana, vielä tarkempana kuin siellä opiskellessa, etteivät aseet näyt. Se aiheuttaa kauhean kaaoksen, jos psykiatrisella osastolla paljastuu jonkun housunkauluksesta ase.

– Ymmärrän minä sen tietysti, mutta paljain käsin minä en sinne astu. Enkä minä ketään ammu, mutta tämä on virantoimitusta ja virantoimituksessa pitää olla työkalut mukana.

– No tämänhän minä tiedän, ja kyllä Maurikin sen naureskellen myönsi, että näin sinä juuri sanoisit.

– Ei muuta sitten kun ylihuomenna minä lähden mielisairaalaan. Tapaan siellä ilmeisesti osastonlääkärin, joka ehdottaa minulle jonkinlaista hoitoaikaa. Mitä minä hänelle sanon? Aprillia, olen poliisi?

– Ei. Ei ahdistunut ihminen puhu paljon mitään. Puhu vähän, ole ahdistunut. Jos hän ehdottaa kahta viikkoa, suostu heti. Tämä operaatio keskeytetään heti jos saadaan tuloksia.

– Luulet siis, että hän ehdottaa kahta viikkoa?

– Pidän sitä mahdollisena, kun on kyseessä ventovieras potilas osastolla. Sitä ei koskaan tiedä mikä sen ahdistuksen taso todella on. Sinä voit käyttää siellä omia vaatteitasi, ei tarvitse pukeutua sairaalan pyjamaan.

– Tuonko pitäisi olla lohdutus? Ei vainen, olen minä ihan innolla mukana. Tämä on minun työtäni. Olet varmaan lukenut nämä ruumiinavauspöytäkirjat?

– Olen lukenut. Tässä on mielenkiintoinen juttu ja yksityiskohta, jota en ole kuullut kenenkään vielä kommentoineen. Sylvia on tehnyt tarkkaa työtä ja mielestäni ikään kuin ehdottaa tässä yhdenlaista tapahtumasarjaa. Hän näet toteaa, että Outi Vanamo on ollut sukupuoliyhteydessä viimeisen 10, todennäköisesti kuuden tunnin aikana. Hän on kuitenkin ollut sairaalapotilas toista kuukautta. Spermaa ei löydy, joten joko jätkä ei laukea tai on käytetty kondomia. Ja vastaukseksi Sylvia esittääkin mainion tiedon, jota on kai uskottava, koska hän niin sanoo. Minä en sitä ymmärrä miten se testataan. Jouni Kalamos on saanut siemensyöksyn viimeisen kahdentoista tunnin sisällä. Sitä ei pysty arvioimaan, että onko kyseessä ollut itsetyydytys vai yhdyntä. No minäpä pystyn. Kalamos on nainut tätä Vanamoa viimeisen puolen vuorokauden aikana kortsu päällä.

– Niin minäkin epäilen. Ei se toki tuo arvoituksen ratkaisua yhtään lähemmäs. Minkä takia joku olisi heidät ampunut? No, sitäpä minä lähden nyt selvittämään. Ylihuomenna kun ilmoittaudun sinne, saan kuulemma saman huoneen, jossa Vanamo asui. Ja Simon, eli Seppo Usvapellon opintojakso alkaa myös ylihuomenna. Siellähän me kaksi uudenuutukaista opettelemme osastolla olemisen riemuja.

– Totta. Tämä sinun alter egosi Jutta Lundgren ei ole koskaan aiemmin ollut psykiatrisessa hoidossa.

Jussi raapi päätään ja jatkoi: – Ehdotan, että sanot osastonlääkärille totuuden, että olet käyttänyt Tenox-nukahtamislääkkeitä epäsäännöllisesti nukahtamisvaikeuksiin. Ensin työssä ollessasi, joskus stressin takia ja nyttemmin pitkittyneen ahdistusrupeaman aikana. Se luultavasti turvaa sen, että he jakavat niitä Tenoxeja sieltä talon puolesta. Jos eivät jaa, niin minä tuon tuolta omat lääkkeesi. Huijataan tässäkin törkeästi, jos et saa siellä nukuttua.

– Miksi en saisi?

– No uudessa oudossa paikassa ja kaipa siellä hoitajakin käy kahdesti yössä tarkistamassa, että olet hengissä. Sitä nyt ehditään miettimään, kunhan olet siellä yhden yön ollut. Tulen ylihuomenna ikään kuin huolehtivana terapeuttina mukaasi ja puhun jollekin, että olet ahdistunut, mutta täysin yhteistyökykyinen ja mukana realiteeteissa ja että suhteesi lääkitykseen on ihan sinun oma asiasi. Minä en ota siihen kantaa terapeuttina. Jos se on tarpeellista, niin sitten on. Pakkaa vaatteita mukaan sen verran, että näyttää siltä, että olisit tulossa ainakin viikoksi. Tiedän, että siellä on pyykinpesumahdollisuus. Muista, että ahdistunut ihminen ei ryhdy ensimmäisenä pesemään pyykkiä. Samasta syystä estelin sinua tänään värjäämästä hiuksia. Voin kokemuksesta kertoa, että ahdistuneilla ihmisillä on tyypillisesti hiukan juurikasvua näkyvillä eikä väri ole edellisenä päivänä paikoilleen täträtty. Älä ylinäyttele, mutta tietenkin voit meikata hieman yli, jos se sopii sinulle. Se olisi tyypillistä ahdistuneelle ihmiselle. Mutta rakkaani, tänään juhlitaan vuoden vaihtumista. Kävin katsomassa talomme katolla muutaman päivä sitten. Siellä on oivallinen paikka, johon nostin kaksi puutarhatuolia ja pienen pöydän. Menemme sinne katsomaan raketteja ja poksauttamaan kuohujuoman.

Yöllä kun he äimistelivät raketteja mukavan leudossa pikkupakkasessa ja skoolasivat kuohuviinillä, Jussi ojensi taskustaan paperitulosteen. Jaana jäi tutkimaan sitä. Hän ihmetteli: – Mikä päivämääräluettelo tämä on?

– Näinä päivinä on maistraatissa vapaita vihkimisaikoja. Jaana Eveliina, sinähän olet lupautunut, minun,

Jussi Yrjänän, vaimoksi. Aion viedä sinut keväänä vihille. Saat valita näistä päivistä. Ei sitä nyt tarvitse valita, siksi olenkin tehnyt sinulle listan päivistä. Valitse mikä hyvänsä, minä järjestän siiher. aikaa.

– Kiitos Jussi. Minä haluan ihan oikeasti sinun vaimoksesi. Vaikka en tiedä mitä se minun elämässäni muuttaa. Tuntuu kuitenkin enemmän siltä, että asioita mietitään yhdessä. Se rakastaminen on niin suuri ja mystinen asia, että en tiedä onko näin pienestä tytöstä ainakaan jatkuvasti siihen, mutta kyllähän se välillä siltä tuntuu.

Jaana sujautti tulosteen takataskuunsa ja tarttui taas viinilasiinsa. – Hyvää uutta vuotta, tuleva mieheni.

– Kiitos samoin, tuleva vaimoni. Mennäänkö sisälle? Ehdittäisiin vielä kuuntelemaan Hymyilevä Apollo.

– Mennään. Voiko nämä tuolit jättää tähän, kenen ne on?

– Ne ovat meidän, eli taloyhtiön. Jätetään siihen, lasit otetaan mukaan.

LUKU 4

Sairaalaan

Jaana vetäisi ovenkahvasta ulospäin ja siinä hänelle realisoitui, ettei ovi tietenkään aukea. Jussi painoi ovikellon nappia. Oven tuli avaamaan nuori nainen, jonka nimikyltissä luki Kristiina. He esittäytyvät ovella ja nainen pyysi heidät sisään. Ilmeni, että Jaanalle varattu huone oli aivan toisessa päässä osastoa, joten he kävelivät pitkän käytävän toiseen päähän. Matkalla Jaana kummasteli tulevia potilastovereitaan, joita ei näkynyt yleisissä tiloissa kuin vain kolme kappaletta.

Jaana kysyi Jussilta kuiskaten: – Missä kaikki ovat? Täällähän pitäisi olla 15 potilasta minä mukaan lukien.

– Makailevat huoneissaan, ovat hoitokeskusteluissa ja voihan olla jokin ryhmäulkoilukin juuri käynnissä.

Kun he pääsivät Jaanalle varattuun huoneeseen, tuli Kristiina-hoitaja heidän perässään ja painoi ovensuuhun Dymo-nauhan pätkän, johon hän oli kirjoittanut Jutta. Hänellä oli sylissään pino vaatteita, joita hän toi mukanaan heidän perässään huoneeseen.

– Tässä on kylpytakki, iso ja pieni pyyhe, sairaalan collegeasu, jos tarvitset sellaista, jos et tarvitse, niin anna olla. Sanon jo heti, että tämä on sinulle liian löysä. Mutta koska sinulla on iso kassi mukana, on sinulla varmaankin omia vaatteita mukana.

Jaana pysyi roolinsa mukaisesti vaiti eikä kommentoinut vaateasiaa, vaan istui sängylle, jonka arveli olevan tarkoitetun hänelle koska se oli huoneen ainoa. Kristiina kertoi, että päiväsalin pöydällä oli osaston infokansio, josta löytyi paljon tarpeellista tietoa potilaana olemisesta ja käytävän varrelta löytyivät suihkut ja vessat.

– Päiväsalin nurkassa on myös korttipuhelin. Voit odotella täällä huoneessa tai liikkua missä haluat, osastonlääkäri tulee etsimään sinut jossakin vaiheessa puheilleen, mutta ei aivan heti.

Jussi painoi huoneen oven kiinni ja istui huoneen ainoaan lepotuoliin. Lisäksi huoneessa oli kirjoituspöytä ja siihen tuoli eikä juuri muuta. Rakennus oli mäen päällä ja koska he olivat viidennessä kerroksessa, oli Jaanan huoneesta näköala pitkälle Jukolan asuntoalueelle.

Jaana antoi tavaroidensa jäädä kassiin, koska hänen virka-aseensa oli piilotettuna kassin pohjassa olevaan salalokeroon. Ase ei näkynyt, vaikka kassi olisi tyhjäkin, mutta pakattuna ei ollut mahdollista, että ase olisi joutunut vääriin käsiin. Lisäksi huoneessa näytti olevan lukollinen vaatekomero. Jaana nosti kassin komeron pohjalle, otti ensin sieltä puhelimen ja laittoi sen vyöklipsillä lanteelleen.

– Täällä siis pitäisi olla 14 potilasta minun lisäkseni. Mutta heistä ainoastaan kuusi oli täällä silloin kun murhatyöt tapahtuivat. Olen opetellut ulkoa ne tiedot heidän potilaskertomuksistaan, jotka minulle oli tulostettu. Lisäksi muistan henkilökunnan, joka oli ollut täällä edellisessä iltavuorossa ja ketkä tulivat seuraavaan aamuvuoroon. Täällähän oli Kalamoksen kanssa valvomassa Liimatta-niminen keski-ikäinen nainen, jonka pitäisi tulla tänään ensimmäistä kertaa työhön sen murhayön jälkeen. Hän on ollut siitä lähtien sairaslomalla. Minun täytyy lähteä tuonne osastolle tutustumaan näihin tyyppeihin. Ja Mauri lupasi, että kun painan puhelimen risuaitaa 15 sekuntia, niin se päräyttää hälytyksen päälle kaikissa poliisiautoissa ja laitoksella. Minulla on myös avain, jolla pääsen osaston ovesta, mutta se minun pitää pitää visusti piilossa. Se ei sovi rooliini.

– Joo, älä vahingossa avaa sillä mitään ovea, vaan pyydä hoitajaa aina avaamaan. He eivät kauaa uskoa sinun olevan potilaana, mikäli kuljet omalla avaimella ovista. Minä tulen huomenna käymään ja soitellaan illalla. Haluatko, että odottelen täällä ja tulen kanssasi lääkärin vastaanotolle?

– En halua. En ole lapsi enkä edes psykiatrinen poti-
las.

Jaana käppäili hiljakseen pitkin osaston käytävää,
joka muodosti L-muotoisen mutkan siitä päästä, josta
he olivat tulleet sisälle. Hänen huoneensa oli aivan L-
kirjaimen pystypalkin yläreunassa. Häntä kävi ter-
vehtimässä varmaankin puolenkymmentä nimikyl-
tillä varustettua henkilöä, ja Jaana oli huojentunut
siitä, että ahdistuneen ihmisen ei tarvinnut opetella
nimiä ulkoa. Etunimiluetteloa oli vaikea ottaa haltuun
ilman sukunimiä, nämä porukat olivat hänestä kuin
päiväkodissa. Jaana tiesi, että keski-ikäinen mies, joka
istui pyörätuolissa, oli yksi niistä kuudesta, joka oli ol-
lut täällä jo joulukuun puolivälissä. Hän pysähtyi
miehen kohdalle käytävälle ja tervehti tätä.

– Terve. Minä olen Jutta. Tulin äsken.

Mies ei sanonut mitään. Jaana käveli eteenpäin. Vai
sellainen tapaus. Hän kurkisti tupakkahuoneeseen,
joka tuli häntä käytävien liitoskohdassa vastaan.
Siellä näytti istuvan kuusi potilasta ja yksi hoitajakin
näytti seisoskelevan huoneer. parvekkeelle johtavan
oven suussa. Huone ei Jaanaa houkutellut, vaan hän
kääntyi ja lähti kävelemään samaa käytävää takaisin-
päin. Hänet otti käytävällä kiinni Harriksi itsensä esi-
tellyt keski-ikäinen hoitaja, joka oli äsken seissyt tupa-
kalla mutta puhutteli nyt Jaanaa.

– Jutta, odotas hetki.

31

Harri ohjasi heidät istumaan ruokasalin pöydän ääreen. Salissa ei ollut muita, sillä ruokailu ei ollut lähelläkään.

– Huomasin äsken, kun puhuit tuolle Räikkösen Jyrille. Siis tuolle pyörätuolimiehelle. Täällä saa jutella tietysti niin paljon kuin haluaa, mutta neuvon sinua kuitenkin, että älä pyri yhteyteen Räikkösen kanssa. Hän ei hallitse käyttäytymistään naisten parissa. Hänen päänsä on varmasti jo sekaisin siitä, että osastolle on tullut uusi nainen, saati sitten jos uusi nainen vielä puhuu hänelle. Tämä siis vain omaksi parhaaksesi. Muuten täällä ei mielestäni ole ketään sellaista, joka ei tavallista juttelua kestäisi. Jotkut naisista ovat varmasti hyvinkin seurallisia. Heitä on nyt ulkolenkillä viiden hengen porukka. Siksi täällä näyttää niin hiljaiselta juuri nyt. Mutta jahka se saapuvat, ottavat he varmasti sinuun kontaktia.

Jaana ei oikein tiennyt miten hänen pitäisi kommentoida. Tai kyllähän hän tiesi miten hänen pitäisi kommentoida, mutta hän mietti miten ahdistunut Jutta kommentoisi.

– Jaa, on Räikkönen niin hullu, ettei kestä, jos sitä tervehtii.

Harri hymyili hänelle ja sanoi: – Lyhyesti juuri näin asian voisi kiteyttää.

– Saako täältä kahvia jostakin, Jaana kysyi.

– Kanttiinista tietenkin saa, mutta sinä olet vissiin sisähoidossa. Kun minä olen tässä niin kuin osaston puolella oikeastaan yksin, niin en ehdi lähteä kanssasi sinne, mutta jahka ulkoilijat palaavat, niin sitten voidaan mennä.

– Ei se ole niin tärkeää, Jaana oikaisi nopeasti. – Ajattelin että jos täällä olisi joku pumpputermari, josta olisi voinut ottaa kupillisen.

– Ei täällä ole sellaista systeemiä, mutta sinä nyt kun olet täällä aivan uusi, niin minäpä järjestän tähän pikakahvit, Harri touhusi. – Käytätkö maitoa tai sokeria?

– Sokeria, kiitos.

Harri toi heille kupilliset ja istui alas. – Onko sinulle tullut jotakin kysyttävää, kun olet muutaman hetken ollut täällä?

– Mietin sellaista, että missä se toinen yöhoitaja oli, kun se toinen tapettiin?

– No tuota me ollaan saatu jyrkkä kielto, että emme saa puhua potilaiden kanssa koko tapahtumasta.

– Onhan kummallista. Mehän kaikki tiedetään, että täällä tapettiin ihmisiä pari viikkoa sitten.

– No luulisin, tai tiedän, että hän istui tuolla sohvalla, joka on tuossa tupakkahuoneen edessä ja katseli televisiota. Stiinalla oli silloin vastuullaan osaston tuo pääty ja Jounilla toinen pääty.

– Eli siinä tapauksessa murhaaja on voinut poistua toisen päädyn ovesta niin, että tämä Stiina ei ole häntä nähnyt?

– Juuri niin, mutta älä sinä sitä pohdi. Se ei ole sinulle hyväksi, eikä minullekaan, jos paljastuu, että puhun tästä uuden potilaan kanssa.

– En minä kerro kenellekään, että paljastit minulle tällaisen tärkeän yksityiskohdan. Eiköhän poliisi ole jo tarkkaan mittaillut sen kuka voi nähdä ja mihinkin.

– No on! Täällä on parveillut poliiseja, jotka ovat mitanneet aikoja ja etäisyyksiä kuka voi olla milloin ja missäkin.

– Kiitos kahvista, Jaana totesi ja kertoi hoitajalle menevänsä vähäksi aikaa makuulleen.

Hän makaili vuoteessaan ja pohti, että käyttäytyikö hän liian hyvin. No, ei kai ollut yhtä oikeaa tapaa olla ahdistunut. Jaana oli torkahtanut, sillä hän havahtui ruokakellon soittoon. Hän käveli ruokasaliin, jonka reunaan hän jäi ihmettelemään, että oliko jokaisella oma paikka vai miten tämä homma pelasi. Harri lähestyi häntä jälleen ja komensi ottamaan tarjottimen, jossa oli ruoka-annos. Sen jälkeen hän ohjasi Jaanan seisovaan pöytään, josta kerättiin leivät ja ruokajuomat. Sitten Harri vei hänet pöytään.

– Istu vaikka tässä, jos sopii.

Jaana istui alas ja nyökkäsi tervehdyksen pöydässä jo ennestään istuville kolmelle naiselle. Hän söi annoksensa kokonaan ja olisi taas kaipaillut kahvia, mutta sitä ei ollut taaskaan saatavilla. Ruokailun aikana hän oli esitellyt itsensä ja saanut selville, että pöydässä istuvista naisista nuorin, Jaanan arvion mukaan noin kaksikymppinen, oli nimeltään Laura. Iäkkäämpi, ehkä noin 60-vuotias nainen esittäytyi Raija Silvennoiseksi ja kolmas, suurin piirtein Jaanan ikätoveri, mustaihoinen nainen, kertoi olevansa Helena Bahna. Naisista iäkkäin, Raija, kysyi Jaanalta: – Oletko tullut tänään?

Jaana myönsi, että asia oli näin. Kun häneltä tiedusteltiin missä hän asui, hän kertoi asuvansa aivan täältäpäin katsottuna vasemmassa päässä osastoa.

Helena totesi: – Se on se huone.

Jaana kysyi Helenalta: – Olitko sinä täällä, kun se tapahtui, vaikka tiesi hyvin, että Helena oli ollut. Eikä Helena sitä kiistänytkään.

– Olin, mutta en nähnyt enkä kuullut mitään.

Myös Raija kertoi olleensa osastolla jo kuukauden päivät. Hän sanoi nukkuvansa kevyesti ja asuvansa samassa päässä osastoa. Hän kertoikin kuulleensa ääniä, jotka poliisi oli arvioinut tulleen

35

äänenvaimentimella varustetusta pistoolista. Lisäksi hän oli kuullut, miten osaston ulko-ovi oli käynyt. Sen sijaan Laura oli ollut osastolla vasta viikon. Jaana arveli, ettei kannattaisi kysellä liikaa, vaikka olikin inhimillisesti normaalia, että oli kiinnostunut asiasta, kun oli tapahtunut jotakin näin poikkeuksellista, mutta ehkä hänen oli vain loppuilta keskityttävä olemaan ahdistunut.

Pian ruokailun jälkeen osaston lääkäri Pirjo Huhta tuli etsiskelemään Jutta Lundgreniä päiväsalista ja sieltä tämä löytyikin television äärestä. He menivät lääkärin vastaanottohuoneeseen. Huhta kyseli Jaanalta tämän ahdistusoireista ja ensimmäistä kertaa Jaana koki roolinsa eettisesti kyseenalaisena. Tulla nyt sairaalaan ja valehdella hoitohenkilökunnalle. Mutta ei auttanut. Ylipäätään Jaana yritti pitää mielessään Jussin neuvot ja puhua mahdollisimman vähän. Kun lääkäri kysyi häneltä, miten osastolla oleminen oli lähtenyt sujumaan, Jaana sanoi, ettei osannut vielä arvioida. Hän pyysi jotakin yöksi, että saisi nukuttua. Osaston lääkäri ei innostunut asiasta, mutta lupasi kuitenkin Jaanalle nukahtamispillerin. Lisäksi hän kertoi, että huomisaamusta alkaen Jaanalla aloitettaisiin mielialalääkitys, jonka pitäisi helpottaa ahdistusoireita noin viikon tai kahden aikana. He sopivat alustavasti, että Jutta Lundgren voi olla osastolla ainakin kaksi viikkoa ja sen jälkeenkin vielä, mikäli oireet eivät olleet helpottaneet. Toistaiseksi lääkäri toivoi Jutan pysyvän osaston sisätiloissa. Ulkoilemassa ja kanttiinissa voisi käydä hoitajan kanssa, mikäli tarvetta ilmenisi.

Kun Jaana tuli ulos vastaanottohuoneesta, kohtasi hän kolmen opiskelijan ryhmän, joista yhdellä nimikyltissä luki Seppo. Jaana esitteli taas itsensä kaikille ja nämä luonnollisesti vastasivat esittelyyn. He olivat tulleet työhön kello 13, mutta olivat olleet ensimmäiset pari tuntia ylihoitajan luona, joka oli kertonut heille sairaalan hallinnollisesta toiminnasta. Jaana meni istumaan takaisin television ääreen. Kuten hän oli olettanutkin, hipsi Simo kohta sinne.

Tämä istui häneen viereensä ja kysyi kuiskaten: – Miten menee?

– No yritän opetella talon tavoille. Ihme sakkia. Kaikki eivät edes sano päivää. Mutta toisaalta olen jo selvittänyt vähän tätä näyttämöasetelmaa siitä, miten täällä on oltu rikoksen tapahtumahetkellä. Ajattelin yöllä tarkistaa ovatko nämä hoitajat siten kuin ovat ilmoittaneet vai nukkuvatko mahdollisesti.

LUKU 5

Sairaalan yö

Kun kello oli 1.30, Jaana veti jalkaansa villasukat sairaalan sandaalien tilalle, että pystyisi liikkumaan täysin äänettömästi. Hän lähti hiiviskelemään käytävälle. Televisiohuoneessa sohvalla makasi Johanna-niminen hoitaja tyynyjen varassa puoli-istuvassa asennossa. Jaana ei puhunut mitään, kunhan pysähtyi vain vilkaisemaan tv:tä. Johanna kysyi häneltä:

– Eikö uni tule?

– Ei tule.

– Eikö sillä nukahtamispillerillä, jonka sait kaksi tuntia sitten, ollut mitään vaikutusta?

– Ei minkäänlaista. Mutta ei tämä ole ensimmäinen yö minkä valvon. Ei se ole niin iso asia, totesi Jaana ja lähti liukumaan villasukillaan toista yöhoitajaa etsimään.

Toisesta päädystä löytyikin myös tv:n äärestä Jukka-nimeä kantava nuori mies. Jaana istahti tuoliin television ääreen. Jukka rupesi hätistelemään häntä nukkumaan.

– Elä ollenkaan suunnittele ryhtyväsi televisiota katselemaan. Yöllä pitää nukkua.

– Entäs jos ei tule uni?

– Pitää ainakin yrittää.

Jaana päätti antaa periksi ja lähti liukumaan toiseen suuntaan käytävälle. Kun hän laski kätensä tupakkahuoneen ovenkahvalle, totesi hän hoitajalle:

– Olet laittanut tupakkahuoneen lukkoon.

– Kyllä. Se on lukossa joka yö puolesta yöstä nollakuuteen.

– Jaaha. En minä edes tupakoi kovin säännöllisesti, mutta en tiennyt, että se on lukittur.a.

Jaana katseli käytävän päähän, sinne, josta murhaajan oletettiin kulkeneen sekä sisään että ulos kaksi viikkoa sitten. Hän totesi, että kun valaistus oli näin hämäränlainen ja vielä käytävässä oven toisella puolellakin oli valot pois, ei tältä etäisyydeltä ollut mahdollista tunnistaa ketään. Liikkeen tietysti pystyi rekisteröimään, mutta henkilön tunnistaminen oli kyllä mahdotonta.

Kun hän saapui käytävän ovelle, hän yritti tiirata tiheästi ruudutetun lasin läpi. Siitäkään ei toiselle puolelle juuri nähnyt. Oli suuri kiusaus lähteä tutkimaan sairaalaa enemmänkin näin yöaikana, ja vaikka hän epäilemättä onnistuisikin livahtamaan ovesta siten että hoitajat eivät kuulisi oven aukeamista, niin ehkä näin ensimmäisenä yönä olisi hyvä pysytellä osastolla. Joten hän päätti ottaa hänelle tarjoillun Stella-nukahtamislääkkeen ja painui nukkumaan.

Hän nukkuikin niin sikeästi, ettei huomannut lainkaan, miten Johanna kurkisti hänen huoneeseensa kolmen aikaan ja sai merkinnän muistivihkoonsa, että potilas nukkui. Nämä olivat tärkeitä merkintöjä hoitajille, koska potilas saattaisi seuraavana päivänä väittää, ettei ollut nukkunut sekuntiakaan ja oli vain maannut sängyssä. Oli tärkeää dokumentoida kellonaika, jona potilas oli ainakin nukkunut. Jaana ei aikonut tästä ruveta kapinoimaan.

Jaana havahtui neljän aikaan, kun hän kuuli, että sanomalehti ilmestyi käytävän ovenkahvaan. Viiden aikana hän lähti katselemaan osastolle oliko kahvia vieläkään saatavilla, vaikka hänelle oli kerrottu, että sitä olisi tarjolla vasta 7.30 aamiaisella. Ja miten ollakaan, hänen potilastoverinsa Raija oli keittänyt vettä ja nautiskeli nyt pikakahvia, jota lupasi tarjota Jaanallekin. Saatuaan kahvikupin käteensä teki Jaana huomion ensimmäisen vuorokautensa perusteella, että kahvia täällä sai liian vähän. Raija oli kertonut hänelle, että kello viidestä kuuteen potilailla oli lupa käyttää vedenkeitintä ja siten juoda pikakahvia, jos oli sellaista hankkinut. Jaana päätti hankkia. Seuraavaksi hän meni katsomaan aamu-tv:tä. Hän ajatteli, että nyt oli mahdollista hankkia tällainen rikastava kokemus, jota kotioloissa ei tehnyt koskaan.

7.30 tarjoiltu aamupuuro ja talon keittiöstä toimitettu aamukahvi maistuivatkin hyvin. Ennen puuroa Jaanalle oli tuotu ensimmäinen tabletti hänen uudesta mielialalääkityksestään. Koska hän totesi piilottamisen vaikeaksi, hän päätti nielaista sen. Mutta samalla hän päätti tämän päivän kokemusten perusteella tehdä tarkan arvion siitä mitä hän lääkkeille huomenaamulla tekisi.

LUKU 6

Jaanan ja Simon yhteistyötä

Jaana ryhtyi heti aamupalan jälkeen mittailemaan kellon kanssa osastoa. Siis sitä missä murhaajan oli mahdollista ollut liikkua, ja mihin jotakin olisi pitänyt näkyä. Hän koputti yhteen oveen, jonka ulkopuolella luki Helena. Afrikkalaisnainen tulikin avaamaan oven ja pyysi Jaanan sisälle. Jaana kurkisteli ovenraosta ja kysyi:

–Tästäkös sinä katselit niitä murhayön tapahtumia?

– En minä katsellut enkä mitään nähnytkään.

– Minäpä luulen, että sinä katselit. Jos nukkuu huonosti ja yö tuntuu pitkältä, niin eikö ole luonnollista, että kurkistelisi tästä ovenraosta osaston tapahtumia?

– Voi ollakin, mutta se ei ole minulla tapana. Ja nyt se on hyväkin, sillä jos murhaaja tietäisi, että minä olen täällä kurkistellut, tulisi hän jahtaamaan minua.

– Murhaajallahan saattaa olla pelko, että sinä olet tiiraillut tästä. Jos hän on tuosta ulko-ovesta tullessaan tehnyt yleissilmäyksen osastolle ja sinun ovesi on ollut näin raollaan niin kuin nyt, niin on voinut herätä epäilys, että sinä olet siitä kurkkinut.

42

– Hyi olkoon, älä pelottele minua. Sitä paitsi miksi sinä sitä asiaa pengot? Anna polisiin tehdä tutkimuksensa.

– Kyllä minä annan, mutta eihän täällä ole mitään tekemistä. Tämä on pitkäveteisyyden huippua tämä psykiatrisen potilaan elämä. Eihän tässä ole edes mitään odotettavissa. Päivän kohokohdat ovat ruokailut ja lääkkeenjaot. Voi vitsi mitä elämää. Kun ei ole niin kipeä, ettei voi maata koko ajan sängyssä eikä osaa mihinkään kuitenkaan keskittyäkään. Niin eikös me voitaisi joutessamme ratkoa tämä murhamysteeri?

– Sinä voit, mutta älä minua sekoita koko asiaan.

Jaana jatkoi tirkistelyään ovenraosta.

– Laskin, että tuolta ovelta tähän sinun ovellesi on kaksitoista metriä. Tässä valossa on aivan siinä rajoilla, että tulijan voisi tunnistaakin. Mutta yöllä täällä on aika hämärää, panin sen merkille viime yönä. Mutta kyllä tässä silti jotain olisi nähnyt. Tietenkin jos olisi ollut kurkkimassa. Älä pelkää, en minä sinua sekoita omiin puuhasteluihini.

Jaana jatkoi matkaansa kanslian suuntaan. Kanslian ovelta hän hihkaisi:

– Hei opiskelija, tuletko täällä käymään?

Simo astui käytävän puolelle ja veti oven kiinni perässään. – No mitä?

– Lähdetään käymään kanttiinissa kahvilla.

– Joo, mennään vain. Täytyy käydä ensin sanomassa ohjaajalle, että lähden sinun kanssasi sumpille.

Sitten he menivät. Kun osaston ovi loksahti lukkoon heidän selkiensä takana, Jaana huokaisi:

– Tekee aika lailla hyvää päästä pois tuolta lukkojen takaa hetkeksi.

Kahviossa oli hiljaista ja he saivat oman pöydän, jossa oli mahdollista keskustella.

– No miten ensimmäinen yö meni, tiedusteli Simo. – Oletko löytänyt puutteita esitutkimuksesta?

– En sinänsä, mutta minä en vain usko sitä, että kukaan ei ole nähnyt mitään. Mielestäni tuollaisessa paikassa, kun osaston ovet kolahtelevat, pitäisi kaiken järjen mukaan olla aika monta päätä ovenraoissa kurkkimassa ketä siellä kulkee. Tai sitten nämä nukkuvat paremmin kuin minä olen ymmärtänyt. Mutta olen tiettyjä tutkimuksia jo käynnistellyt. Olen melko varma, että Jouni Kalamos ammuttiin ensin ja Outi Vanamo vasta hänen jälkeensä. Olen mittaillut huoneestani askelia ovelle, siis osaston ovelle, ja luulen, että ampuja on suurin piirtein törmännyt Kalamokseen rynnätessään Outin huoneeseen. Olen esittänyt osastolla melko avoimesti uteliasta ja tästä tapauksesta kiinnostunutta. Voi olla, etten jaksa kauaa sinnitellä ahdistuneena. Täytyy kai ruveta jo tänään jotain hulluttelemaan, ettei roolini mene heti pilalle.

– Ei sinun tarvitse mitään erikseen hullutella, kunhan pysyt huoneessasi ja murjotat siellä. Ja kyllä on tuokin hyvä tapa vain kävellä tuota käytävää edestakaisin.

– No mitäs sinä olet saanut selville, kun olet ollut hoitajien puolella setvimässä tapausta?

– Siellä on sikäli hankalaa, että aika monet ovat ottaneet sen tiukan linjan, että eivät puhu asiasta mitään. Kun eivät tiedä totuutta, eivät halua levitellä huhuja. Näin he asiaa kuvailevat. Se on tietysti poliisin kannalta kaikkein viheliäisin periaate. Kyllähän henkilökunnan täytyy se tietää, että on aikamoinen ihme, jos murhamies tai -nainen ei millään tavalla linkity henkilökuntaan. Ihme ei liene niinkään se, että tänne pääsee sisään, kaipa avaimia on maailmalla eikä tuo lukko nyt mikään murtovarma ole. Mutta miksi? Miksi joku tunkisi tänne ja ampuisi sekä hoitajan että potilaan? Ilman painavaa henkilökohtaista syytä?

– Onko se Kalamoksen vaimon tutkimuslinja johtanut mihinkään?

– Ei. Hänen avovaimonsa on ollut kertomansa mukaan kotona yksin, ilman alibia. On puhunut puhelimessa viimeksi noin seitsemän aikaan. Miehestä ei ollut kuulunut sen koommin mitään, kun tämä oli iltapäivällä lähtenyt töihin.

– Kalamoshan teki pitkän työvuoron. Hän tuli töihin jo kello 17 ja jatkoi lyhyen iltavuoron jälkeen vielä yön. Onko se osastolle tyypillistä?

– Olen ymmärtänyt niin, että se ei ole tyypillistä, mutta ei nyt aivan tavatontakaan. Osastolla oli aika hiljainen ja rauhallinen tilanne tuolloin ja iltavuorosta puuttui yksi työntekijä. Osastonhoitaja oli pyytänyt Kalamosta tekemään pitkän työvuoron ja tämä oli siihen lupautunut.

– Tässäkin tapauksessa täytyy olla, niin kuin aina kaksoismurhan tapauksessa, ensisijainen uhri ja toissijainen uhri. Vai onko niin pakko olla?

– Ei kai se pakko ole. Varsinkin jo he ovat olleet pari ja joutuneet nimenomaan pariskuntana jonkun vihan kohteeksi. Tällöin todennäköisin vaihtoehto olisi Kalamoksen vaimo tai Vanamon aviomies.

– Niin olisi. Mutta ihan tavallinen pikku mustasukkaisuuden pistos ei kyllä useimpia ihmisiä aktivoi kaksoismurhaan. On vaikea ajatella, että mies ja nainen, jotka on ammuttu lähes vierekkäin, olisivat siinä aivan sattumoisin. Ja että heidän keskinäisellä suhteellaan ei olisi mitään osaa tapahtuneeseen.

– Oikeassa olet. Mutta lähdetään takaisin osastolle. Kummeksuvat muutoin liian pitkää poissaoloa. Voidaan yrittää iltapäivällä lähteä ulos, mikäli minua ei komenneta johonkin muualle.

He palasivat osastolle. Kun he astuivat osaston ovesta sisälle, pysäytti Jaana Simon heti oven jälkeen osaston puolella.

– Katso.

Hän näytti huoneensa oven viereen sijoitettua, pyörillä varustettua liinavaatekaappia.

– Tuo ei ollut vielä tuossa, kun lähdimme.

– Ei ollut.

– Nyt minä sain idean. Mene sinä vain kansliaan. Minä jatkan tutkimuksia.

Simo jatkoi matkaa etsimään muuta henkilökuntaa ja Jaana alkoi tutkia liinavaatekärryä. Hän nosteli kaikki liinavaatteet siisteinä nippuina ulos kärrystä. Simo tuli takaisin verenpainemittarin kanssa. Jaana nauroi.

– Jumalauta, näytät aivan tulevalta hoitajalta.

Simo laski mittarin Jaanan huoneen yöpöydälle ja kysyi mitä ihmettä tämä touhusi.

– Tuli vain mieleen, että kun tämä kärry on nyt tässä huoneeni pielessä, on kai se voinut olla silloinkin siinä, kun täällä on ammuttu.

Kun Jaana nosti viimeisen pinon lakanoita lattialle, näytti hän oikealla kädellään ylpeänä. – Katso!

Simo tuli tutkimaan mitä Jaana oli löytänyt.

– Jumalauta, käytetty kortsu.

– Niin on.

Jaana harppasi huoneeseensa ja kaivoi käsilaukustaan todistepussin ja otti kynsillään kortsun reunasta kiinni ja pudotti sen pussiin. Hän kietaisi pussin kiinni ja ojensi Simolle.

– Minä olen ihmetellyt kaiken aikaa, että miten on mahdollista, että kummaltakaan heiltä ei löytynyt kortsua sen koommin Outin huoneesta kuin Jounin taskuistakaan. Olin ihan varma, että Jouni oli juuri astunut ulos Outin huoneesta, kun hän kohtasi tappajansa. Siis mihin kortsu olisi voinut joutua. Se on hämännyt meitä kaiken aikaa, sillä tämä kärry oli tuolla pitkällä käytävällä vielä eilen illalla ja nyt se on pikkuhiljaa siirtynyt tänne. Jos se on ollut tässä tai Outin oven vieressä silloinkin, on Jouni tuikannut käytetyn kortsun piiloon lakanapinon alle. Nyt toimitat sen tekniikkaan ja he tarkistavat, että siittiöt ovat Jounin ja kortsun ulkopinnalta löytyy Outi Vanamon DNA:ta. Olen siitä ihan varma, mutta tarkistettava se on.

Jaana ja Simo lastasivat liinavaatteet takaisin kärryihin, eivätkä yhtään liian nopeasti, sillä pian käveli paikalle Simon ohjaaja Venla Pyykkönen. Tämä keski-ikäinen sairaanhoitaja pyysi Simon mukaansa sillä hän ei ollut ehtinyt käymään perusteellisesti Simon kanssa kaikkia osaston potilaita läpi.

Jaana kellahti sänkyynsä selälleen ja soitti siitä Maurille. Hän kertoi, että oli löytänyt Jounin ja Outin suhteen laadun varmistavan todisteen, käytetyn kondomin, jonka Simo toimittaisi tänä iltana tekniikkaan. Mauri ihmetteli mistä sellainen löytyi, olihan sitä varmasti etsitty Outin huoneesta ja ympäristöstä.

– Siinä kävi hyvä säkä. Tai ensin tietysti teillä kävi huono säkä, ja sitten minulla hyvä. Se oli sellaisessa liikuteltavassa liinavaatekärryssä, joka oli työnnetty oveni eteen, kun tulin kahviosta. Ja hoksasin heti, ettei tuo ollut tuossa aiemmin, kun jo aamulla mietin mihin se kondomi olisi voinut joutua. Muuten täällä menee ihan hyvin. Pitkästyttää. Aion kyllä tapani mukaan potkia tutkimuksiin vauhtia. Jotenkin. En tiedä vielä miten.

– Ole nyt rauhallisesti, ethän ole ollut siellä vuorokauttakaan.

– Helppoahan se on sanoa sieltä linnakkeen turvallisen pöydän takaa. Minäkin haluan sinne.

– Jonka jälkeen haluaisit viimeistään tunnin jälkeen kentälle. Ei täällä pöydän takana mitään tapahdu. Joten tee vain suosiolla kenttätutkimusta.

– Teenhän minä.

Simo koitti vaikuttaa kiinnostuneelta, kun häntä ohjaava sairaanhoitaja kävi läpi osaston potilaiden tietoja. Se oli vaikeaa. Simo oli yllättynyt, että osastolla oli sovinnolla suostuttu siihen, että heillä oli hyvin vähän tietoja tästä Jutta Lundgrenistä. Simo kysyi mahdollisuutta ottaa tämä Jutta nimikkopotilaakseen, mutta Venla piti sitä huonona ajatuksena, koska Jutan varsinainen psykiatrinen hoito oli yksityispsykologin, Jussi Tammen heiniä.

Lisäksi Venla huomautti hänelle:

– Huomasin äsken, kun te nojailitte siihen liinavaatekärryyn. Että te katselitte toisianne. Minun täytyy Seppo muistuttaa sinua, että ymmärräthän ettei minkäänlainen yksityinen kanssakäyminen potilaiden ja hoitajien välillä ole luvallista eikä eettisesti hyväksyttävää.

– Minä tiedän kyllä, sanoi Simo. Hän hymähteli mielessään. Voi kun tietäisit.

Tämä oli kuitenkin hyvä osoitus siitä, että hänen oli varottava näyttämästä liian tuttavallisia välejä Jaanan kanssa tai muutoin ei heidän esityksensä menisi läpi.

Jaana käveli taas kerran käytävää edestakaisin. Hän päätti mennä tapaamaan Räikköstä. Hän ei kerta kaikkiaan osannut pelätä mokomaa pyörätuolissa istuvaa ukkoa. Hän kopautti tämän huoneen ovea, ja vaikka ei kuullut mitään, astui hän sisälle. Räikkönen tuijotti häntä yllättyneenä sängystään.

– Mitä sä tänne tunkeet?

– Päivää vain sinullekin, sanoi Jaana ja otti kirjoitus-
pöydän edestä tuolin itselleen ja siirsi sen niin etäälle
Räikkösestä kuin huoneessa oli mahdollista.

– Mikäs äijä sinä oikein olet? Sinua pitäisi kuulemma
pelätä. Vihaat naisia.

– En minä mitään vihaa, mutta kai tässä menee her-
mot, kun pidetään lukkojen takana tervettä miestä.

– Varmaan niin. Oletko kauan ollut tuossa pyörätuo-
lissa?

– En vakituisesti siinä ole. Se on ollut nyt mulla neljä
viikkoa. Nilkka murtui, kun tipuin tuolta, Räikkönen
sanoi ja viittoi johonkin taaksensa.

Jaana tiesi, että tämä oli hypännyt ylemmältä ajolius-
kalta alemmalle ja murtanut siinä kantapäänsä.

– Miksi sitten kerrotaan, että vihaat naisia?

– Minusta nyt kerrotaan kaikenlaisia älyttömyyksiä.
En minä naisia vihaa. En rakastakaan, mutta en vihaa.
Suurin osa ihmisistä on minulle täysin yhdentekeviä.

Tähän tapaan he seurustelivat. Räikkönen alkoi sen
verran pehmenemään, että kertoi yllättyneensä iloi-
sesti, kun Jaana oli tullut häntä tervehtimään. Jaana
kuuli, että osaston puolella huhuiltiin Juttaa.

Jaana astui ulos Räikkösen huoneesta ja kysyi: – Mitä
täällä tapahtuu?

Hoitaja Venla kertoi, että Jussi Tammi oli soittanut ja kertonut tulevansa tapaamaan potilastaan kello 17.

– Miksi sinä olit tuolla Räikkösen huoneessa, hoitaja kysyi.

– Kunhan juteltiin.

– Menit vapaaehtoisesti siis tuonne juttelemaan hänen kanssaan?

– Niin tein.

– Kyllä on omituista. Minä en sinuna menisi. Se Räikkönen on vaarallinen ja aivan viheliäinen tyyppi kaikella tapaa. Yleisesti ottaen on hyvä, että potilaat keskustelisivat toistensa kanssa yleisissä tiloissa. Jokaisen oma huone on ikään kuin yksityisaluetta.

– No olisinhan minä poistunut, jos Räikkönen olisi käskenyt. Hänellä ei ollut mitään sitä vastaan, että menin sinne kyselemään hänen kuulumisiaan. Mutta asia ymmärretty.

Jaana paineli taas huoneeseensa ihmetellen mokomia kontrollifriikkejä. Lisäksi hän ihmetteli Jussia, jonka kanssa hän oli eilen sopinut tämän tulevan kello 18.30. Mutta täällähän hän olisi, eipä sen väliä.

LUKU 7

Terapiaistunto

Jaana istui käytävällä takki sylissään, kun Jussi astui sisään viittä vaille viisi. Tämä sanoi menevänsä ilmoittamaan, että veisi Jaanan mennessään ja palauttavansa kun sen aika olisi. He halasivat voimakkaasti päästyään hissiin. Jussi kertoi, että hän oli pyytänyt lainaksi sairaalapsykologilta vastaanottohuoneen. Hän oli tutustunut psykologiin jossakin täydennyskoulutuksessa ja oli varma, ettei tämä työhuoneettaan enää illalla tarvitsisi. Kun he pääsivät huoneeseen, jonka ovessa luki neuropsykologi Nils Grandelin, laittoivat he oven lukkoon ja Jaana asetteli vielä tuolin oven kahvan alle niin, ettei huoneeseen kerta kaikkiaan päässyt edes avaimella.

Jussi kiskoi solmion kaulastaan ja riisui takkinsa naulakkoon. Jaana oli jo irtautunut takistaan ja vapautui seuraavaksi farkuistaan. Kun hän hyppäsi Jussin syliin, oli tällä täysi työ pitää tasapaino. Hän kuitenkin onnistui ja he laskeutuivat hallitusti huoneessa olevalle nahkasohvalle. Jaana jäi istumaan hajareisin Jussin vatsan päälle. Hän kuiskasi miehelle:

– Onko jotain tosi tärkeää tutkimukseen liittyen?

– Ei mitään tosi tärkeää, sai Jussi ilmoitettua.

Tämä vapautti Jaanan lopullisesti ja hän kiskoi housut tulevan aviomiehensä jaloista. Kun Jussi valmisteli Jaanaa pyörittelemällä tämän klitorista huuliensa välissä, ihmetteli hän, kuinka nainen oli jo muutamassa sekunnissa aivan valmis. Kun Jaana sai miehen sisäänsä, eivät he kumpikaan tarvinneet kuin muutaman minuutin sitä kyytiä.

Kun Jaana tuli WC:stä kuivaillen itseään paperipyyhkeisiin, kysyi Jussi tältä:

– Oletko sinä jotenkin turhautunut?

– Olen, vaikka ymmärränkin että tällä solutuksella voi olla tutkimuksen kannalta hyvinkin suuri merkitys. On tosi turhauttavaa olla ikään kuin ilman valtakirjaa. Minä olen taas kyselemässä poliisiasioita ihmisiltä, vähän niin kuin seminaarillakin, ja täällä minulla on vielä vähemmän valtuuksia. Asetelma on hämmästyttävän samanlainen. Omituisia tyyppejä liikkuu ympärillä ja minä muina naisina yritän näitä sitten haastatella. En voi komentaa ketään pöydän ääreen istumaan ja ilmoittaa olevani viranomainen, jolle on puhuttava. Jahka minä olen täältä selvinnyt, taidan ruveta käyttämään virkapukuakin säännöllisesti.

– Ymmärrän kyllä. Sinun poliisi-identiteettisi oli nyt tarvinnut ihan tavallisen, klassisen poliisi ja rosvo - tutkimuksen. Mutta elämä heittelee ja nyt heitti tällaisen. No mitä olet saanut selville? Mauri soitti iltapäivällä ja kertoi, että sinä olet täällä jo hyvässä vauhdissa.

– Joo. Meinaan vielä illan aikana ottaa henkilökohtaisempaan syyniin pari kolme potilasta. Ei näillä potilailla mitään tietoa taida olla kellään, se on sinänsä luonnollista. He nukkuvat öisin, tai jos eivät, niin ainakin heitä komennellaan nukkumaan. Testasin asian itse eilen. Yritin hivuttautua eilen yöllä television ääreen, mutta ei onnistunut. Täällä pitää vähintäänkin esittää nukkuvansa. Ei ole mielisairaallakaan helppoa.

– Ei varmasti ole niin. Mutta psykiatrisessa hoidossa yksi aivan keskeisiä asioita on jonkinlainen unirytmi, sellainen täytyy potilaille palauttaa. Ja sairaalan muun toiminnan kannalta rytmin on oltava sellainen, jossa nukutaan öisin ja valvotaan päivällä.

– Kyllä minä sen ymmärrän, mutta se vähentää meidän potentiaalisten silminnäkijöiden määrämme romahdusmaisesti. Siinähän on todellisuudessa ollut nähtävää vain muutamien sekuntien ajan, näin veikkaisin. Silloin kun murhamies, en jostain syystä osaa ajatella naista tässä tekijänä, tuli sisälle, on hän vilahtanut jo muutamassa sekunnissa piiloon käytävällä. Sitten hän on ampunut Kalamoksen ja Vanamon, jopa ehkä samassa ryminässä, ainakin hyvin pian peräkkäin. Sitten veikkaan, että hän on kurkistanut kulman takaa käytävälle, on nähnyt sen vapaaksi ja poistunut taas ovesta. Jälleen on ollut kaksi sekuntia, kun hän on ollut näkyvillä. Eli niin hullulta kuin se kuulostaakin, on mahdollista tappaa ihmisiä julkisella sairasosastolla hyvinkin ja käy vielä nopeasti. Ja niinhän tässä on käynyt. Se saa minut kyllä ajattelemaan, että sen täytyy olla joku, joka edes auttavasti tietää miten tällaisella osastolla ollaan. Esimerkiksi minä en tiennyt, että nämä hoitajat ovat niin paljon erossa toisistaan yöllä, toinen toisessa päässä ja toinen toisessa. Sen takia on varmaan kaksi televisiotakin. Toitko minulle muuten pyytämäni tuotteet?

– Toin. Siis pikakahvia. En tiennyt, että tällaista edelleen psykiatrisissa sairaaloissa suositaan, mutta näköjään.

– Tämä on ihan välttämätön juttu. Lisäksi ajattelin tupakoida vähän enemmän. Ja nuo keksit pyysin mielijohteesta. Mitä sinne maailmalle kuuluu? Oletteko saaneet mitään uutta tutkintatietoa?

– Eipä juuri. Maurilla meni tämä päivä siinä, kun hän oli jostain saanut kuulla, että Jelena on raskaana. Hän oli katkera siitä, että hänen naiskonstaapelinsa järjestävät itselleen, jos jonkinlaisia lomia. Kielsi kyllä kertomasta tätä kommenttia sinulle. Täytyy myöntää, että minua hieman kiinnostaa se Kalamoksen avovaimo. Hänellä ei siis ole alibia. Sehän ei tarkoita mitään, mutta kun hän sai kuulla, että kondomi oli löytynyt, ja hän sai tiedon juuri tässä muodossa, ei hän ollut asiasta moksiskaan. Vaikutti vapaamieliseltä naiselta, kertoi Mauri. Mutta minä olen sitä mieltä, että niin vapaamielistä ei olekaan, joka ei reagoisi siihen, että hänen miehensä naiskentelee yöaikaan työssä ollessaan mielisairaalapotilaita.

– Olet oikeassa, Jaana nyökkäili. – Ainakin pitäisi reagoida. Meidänhän pitäisi olla täällä erityisessä suojeluksessa. On täysin sopimatonta, että henkilökunnan ja potilaiden välillä on seksisuhde, koska siitä väistämättä tulee näissä olosuhteissa myös vallankäyttösuhde.

– Ehdottomasti se on väärin. Ehdottomasti se on myös vallankäyttöä. Aina näitä suhteita on kuitenkin ollut ja luultavasti niitä aina tulee olemaan niin kuin ihmiset toisia ihmisiä hoitavat.

– Kun minä luin Outi Vanamon potilaskertomusta, vaikutti hän kyllä sangen voimakastahtoiselta ja pärjäävältä naiselta. Vaikka toisaalta eihän tämä toistuva hoito tällaisessa paikassa viittaa minkäänlaiseen pärjäämiseen. Luulenkin, että hän on ollut ainoastaan pinnalta kova. Sisäisesti hyvinkin hauras nainen. Hänen potilaspapereissaan on 10 sivua tekstiä. Niissä mainitaan yhdeksän kertaa, että hän on hyvin kaunis nainen. Koska hän ei kuitenkaan ollut mikään miss maailma, on joko hän tai joku tekstiä laatinut henkilö halunnut jostain syystä korostaa hänen edullista ulkonäköään. Onhan selvää, että se tällaisissa olosuhteissa, jossa miehiä ja naisia on sananmukaisesti suljettu samaan tilaan, voi se aiheuttaa positiivisen mielenkiinnon lisäksi myös ahdistavan sorttista mielenkiintoa.

– Lähinnä kai jälkimmäistä, luulisin, Jussi totesi. – Kun ihminen joutuu tänne sellaisessakin tilanteessa kuin tämä Outi, voisi kuvitella, että on suurin piirtein viimeisenä mielessä yritys hurmata joku. Mutta kun ihmismieli on niin kummallinen, että voihan olla, että se on ollut Outille juuri se selviytymistapa. Jos se on ollut hänen toimintamallinsa, on syytä olettaa, että Jouni Kalamos ei ollut hänen ainoa ihailijansa ja silloin kun ihailijoita on useampia, herättää se usein liikehdintää, josta sinä olet poliisiviranomaisena minua paremmin selvillä.

– Niin, kyllä minä olen sitä mieltä, että Jounin ja Outin suhde tässä on aivan fokuksessa. Tai sitten fokuksessa on vain Outi ja ympärillä pörrää useampia ihailijoita, kuten sanoit.

Jussilla oli mukanaan termospullossa kahvia, jota juodessaan Jaana naurahti: – Tätä kahvin kittaamista, josta päivä täällä täyttyy, ei ihmismaha kestä, jos ei tähän kylkeen saada jotain mahasuojavalmistetta.

Kun Jaana hiljeni ajatuksiinsa, tönäisi Jussi häntä jalkaan ja kysyi mitä hän mietti.

– Mietin, että onko sinun potilaistasi kukaan joutunut terapiasi aikana mielisairaalahoitoon?

– Sellaisia sinun on turha miettiä, tiedäthän etten voi paljoa kertoa, mutta sen verran voin sanoa, että kaksi kertaa näin on käynyt.

– Onko tämä talo ja sen tavat sinulle muuten tuttuja?

– Kyllä minä suurin piirtein mielisairaalan kuviot tunnen, vaikken en minä juuri täällä ole ollut töissä päivääkään. Mutta eivät nämä kuviot kai niin paljon talosta toiseen siirryttäessä muutu. Ajasta toiseen siirryttäessä kyllä muuttuvat. Sinä olet ilmeisesti lähinnä tutustunut tähän mennessä potilaisiin? Olen sitä mieltä, että sinun kannattaisi keskittyä ennen kaikkea henkilökuntaan. Mutta sinähän tässä poliisi olet ja myönnän avoimesti, että en osaa syyllisyysarvioita samaan tapaan tehdä kuin esimerkiksi sinä. Sanon vain profiloijan näkökulmasta, että murhaaja on toiminut niin täsmällisesti, sillä hänellä on mennyt vain muutama sekunti kahteen henkirikokseen, että ei siinä mikään hätähousu ole ollut asialla eikä mikään hidasliikkeinenkään. Ja sitä paitsi onhan kai selvä asia, että jos murhaaja olisi potilas, olisi ase löytynyt todennäköisesti jostain osastolta.

Tähän ei Jaana malttanut olla kommentoimatta. – En pitäisi sitä aivan varmana asiana, etteivätkö potilaatkin pystyisi kulkemaan näistä ovista. Kuten sanoin, avaimia on varmasti vuosien saatossa hukkunut ja joutunut vääriin käsiin. Se on vankilassa nähty monta kertaa, että vangit pääsevät ties minne heidän ei kuuluisi päästä ja en usko, että täällä se olisi ainakaan sen vaikeampaa. Mutta olen siitä samaa mieltä, että en minä näistä potilaista ole sillä tavalla vihamielistä ihmistä vielä löytänyt, mutta murhien takana voi olla jotain aivan muuta kuin vihaa. Esimerkiksi rakkautta. Sen olen huomannut, että täällä ei mielellään puhuta koko asiasta. Ilmeisesti potilaita on yritetty pitää kaikenlaisten murhatutkimusrinkien ulkopuolella. Mikä on tietysti ymmärrettävää. Sitä en vielä usko, etteivätkö hoitajat jossakin omissa porukoissaan spekuloisi tapauksella. Simolta kuulin, että kahvipöydässä ei siitä vetoa lyödä kuka oli murhaaja eikä edes siitä saako poliisi asian selvitettyä.

He juttelivat vielä niitä näitä niin pitkään, että puolentoista tunnin terapia-aika rupesi täyttymään. Jussi palautti Jaanan osastolle. Hän ei viitsinyt enää tulla itse peremmälle, vaan sanoi Jaanalle, että menisi huikkaamaan hoitajalle Jaanan palautuneen osaston väkilukuun.

–Tulen taas huomenna. Soitellaan vielä illalla.

LUKU 8

Jaana tekee yöllisiä tutkimuksia

Jaana pisti kahvin ja keksit lukkojen taakse huoneessaan, tarkasti kädellään penkomalla, että hänen pistoolinsa ja sen kotelo olivat tallella, työnsi tupakka-askin ja sytyttimen taskuunsa ja lähti käppäilemään kohti tupakkahuonetta. Ennen kuin hän pääsi paheen pesään, tuli häntä vastaan Tero-niminen iltahoitaja, jota Jaana ei muistaakseen ollut vielä tavannut, joten hän tervehti tätä kädestä pitäen.

Tero naurahti: – Tupakkahuoneessa on taas niin kauhea savu, että siellä pääsee kyllä hyvin siivelle ilman omaa röökiäkin ihan kunnolla.

Jaana hymähti tälle ja ihmetteli ääneen: – Niin, mikähän siinä on, että se oma rööki on aina sytytettävä? Se on varmaan tämä käsillä tekeminen, joka jää puuttumaan, jos vain istuu nurkassa ja imee savua keuhkoihin.

Samalla hän pujahti tupakkahuoneen ovesta ja muisti, että hän oli ollut liian puhelias ja unohtanut olla ahdistunut. Jaana ihmetteli kuinka vaikeaa olikaan lopulta esittää tällaista valepotilasta. Hänen perässään huoneeseen tuli Ritva-niminen hoitaja, joka sytytettyään savukkeensa avasi oven, josta pääsi rautakaitein varustetulle parvekkeelle.

– Lasketaan vähän vanhaa savua ulos, kun pusketaan uutta tilalle, hoitaja totesi.

Nyt Jaana muisti olla epäystävällinen eikä sanonut mitään. Kun hänen savukkeensa läheni loppuaan, otti hän askista toisen ja sytytti sen vanhan filtteristä. Hän oli nähnyt, että tähän tapaan täällä moni muukin poltti.

Hoitaja yritti kysellä hänen kuulumisiaan, ja Jaana vastaili yksisanaisesti. Kun hän saapui takaisin huoneeseensa, hän pisti tupakatkin lukkojen taakse ja päätti nauttia roolinsa suomasta erikoisedusta ja kaatui selälleen sänkyynsä. Hän tiedosti kyllä, että hänen oli salaa ryhdyttävä jollakin tapaa jumppaamaan ja venyttelemään, muuten hän kangistuisi niin, että kun se tosipaikka seuraavan kerran tulisi, ei hänestä olisi mihinkään. Tämän päivän ulkoilu oli estynyt Simon kanssa, sillä ensin Simolla oli ollut jokin palaveri pomonsa kanssa ja sitten Jaana oli ollut Jussin "terapiassa". He olivat sopineet yrittävänsä uudelleen huomenna ja silloin oikein hölkkälenkin merkeissä. Tätä Simo oli aluksi periaatteellisesti vastustellut, mutta lopulta oli lupautunut mukaan.

Iltateen jälkeen Jaana sulkeutui taas huoneeseensa ja soitti Maurille päivittääkseen tutkimuksen tämänhetkistä tilannetta. Maurilla oli sellainen mielenkiintoinen tieto, että sairaalan vahtimestari Reijo Wasenius, jolla oli kantolupa kahdelle käsiaseelle, oli tuomittu nuorena miehenä, yli 30 vuotta sitten, raiskauksesta ehdonalaiseen vankeuteen. Yhden tuomion hän oli myös saanut pahoinpitelystä 10 vuotta raiskauksen jälkeen, ja tuollcinkin kohteena oli ollut nainen. Wasenius oli kuitenkin elänyt niin kauan nuhteettomasti, että viranomainen oli katsonut hänet kelvolliseksi harrastamaan pistooliammuntaa. Myös päivystyspoliklinikalta oli löytynyt kaksi pistoolinomistajaa. Lääkintävahtimestari Juha Parikka ja sairaanhoitaja Lola Väisänen. Näissä henkilöissä ei ollut mitään epäilyttävää lukuun ottamatta se, että kumpikaan ei ollut ilmoittanut mitään silloin kun asiasta oli ensimmäistä kertaa kyselty. Kun asiaa oli heiltä kysytty uudestaan tultua ilmi, että heillä oli kantoluvat, oli kummankin selitys ollut lähes identtinen: eivät halunneet millään tavalla sekaantua juttuun. Jaana ihmetteli ääneen:

– Eikö ihmiset ole saatanan tyhmiä? Miten tavallinen järkevä ihminen voi ajatella, että hänelle edullisempaa olisi valehdella poliisille murhatutkimuksessa kuin kertoa omistavansa luvallinen harrastusase?

Mauri ei osannut asiaa sen kummemmin selventää, mutta sanoi: – Kun joutuu lähelle murhatutkimusta, menee ihminen kai jotenkin sekaisin.

Ennestäänhän henkilökunnasta oli löytynyt jo kymmenkunta luvallisen aseen hallussapitoon oikeutettua ihmistä. Näiden liikkeiden läpikäynti oli jostain syystä edelleen kesken. Tähän Maurikin havahtui.

– Hemmetti, tutkinta on kestänyt jo yli kaksi viikkoa, eikä meillä ole vieläkään kaikkien pyssynomistajien liikkeet minuutilleen selvillä. Takaan, että huomisen jälkeen on.

Kun Jaana kysyi, että miten rikosrekisterimerkinnät olivat muun porukan suhteen, niin Mauri tiesi kertoa, että psykiatrisella osastolla oli yksi kaksinkertainen rattijuoppo ja kirurgisella osastolla puolestaan yksi henkilö oli syyllistynyt törkeään huumausainerikokseen. Jälkimmäisestä tosin oli yli 25 vuotta aikaa. Sitten oli vielä teknisessä huollossa yksi petosmies.

– Että kyllä nämä näyttävät olevan siis ihan keskivertokansalaisia.

– Niin varmasti ovat. Ja kun ottaa huomioon, että täällä on porukkaa niin paljon, että näistä 10-15 on vaikeasti päihdeongelmaisia, ainakin sata on kokenut avioeron, niin kyllä tässä ihan riittävät taustat on olemassa eskaloituneelle ihmissuhdekriisille. Varsinkin kun otetaan huomioon, että täällä sairaalassa on myös potilaita. Ja me potilaat vasta muodostammekin sekalaisen seurakunnan.

Kun iltalääkkeet jaettiin, oli Jaana nyt tarkkana, ettei nielaissut lääkkeitään, vaan häipyi ne saatuaan paikalta ja kävi murskaamassa ne vessanpönttöön. Hän oli nimittäin päättänyt, että heti kun osasto hiljenisi yön viettoon, ryhtyisi hän laajentamaan tutkimuksiaan.

Kello oli puoli kaksitoista, kun yöhoitaja Johanna koputti hiljaa Jaanan oveen ja tiedusteli, että haluaisiko Jaana nukahtamislääkkeen. Joka tapauksessa valot pitäisi sammuttaa, pistää kirja pois ja ryhtyä nukkumaan. Jaana lupasi toimia näin. Hän pyysi hoitajaa jättämään pillerin yöpöydälle, mutta hoitaja vastusteli aluksi.

– Mieluummin pitäisin pillerit tuolla kansliassa, josta voisi hakea sen tarvittaessa. Mutta tehdään nyt poikkeus. Minä jätän tähän pöydälle.

– Kiitos.

Jaana sammutti valon sänkynsä päädystä ja ryhtyi valvomaan. Jaana oli valokuvannut lähes kaiken tutkimusaineiston puhelimellaan. Nyt hän etsi puhelimeltaan erilaisia kuvia sairaalan pohjapiirroksista. Erityisen kiinnostunut hän oli kartasta, johon oli kuvattu yövartijan yöllä tekemät vakituiset kierrokset. Hän näki, että yövartija kiersi koko sairaala-aluetta. Psykiatrian talolla ei siis ollut omaa yövartijaa. Tämä oli sekä hyvä että huono asia. Oli selvää, että vartijan aikataulut olivat ilmeisen liukuvat. Oli mahdotonta tarkkaan arvioida, milloin vartija liikuskeli juuri tämän talon käytävillä. Toisaalta tämän valvontapiiri oli niin iso, että sattumalta tähän törmääminen hissiaulassa tai huoltokäytävällä olisi jo todella huonoa onnea. Siihen hänellä ei ollut varaa, koska äkkiä ajatellen hän ei pystynyt keksimään mitään hyvää selitystä minkä takia yksi psykiatrisen suljetun osaston potilaista haahuili muualla kuin omalla osastollaan. Tietysti hän otti lompakostaan virkamerkkinä ja tunki sen taskuunsa, mutta hänen soluttautujan tehtäväänsä pieneen luottopiiriin yövartija ei kuulunut.

Kun kello oli viisitoista yli puolen yön, oli kulunut puoli tuntia siitä, kun Jaana oli viimeksi kuullut minkäänlaista ääntä osaston puolelta. Jaana nousi sängystä, veti taas villasukat jalkaansa ja mietti mitä tarvitsisi mukaansa. Asetta hän ei aikonut ottaa. Hän työnsi taskuunsa pippurisumutteen, puhelimen ja avaimet. Hän oli jo aiemmin päivällä pannut merkille, että hänen oman ovensa saranat eivät äännelleet, mutta osaston ulko-ovi huolimattomasti käsiteltynä pitäisi jonkinlaista melua. Käytävällä ei näkynyt ketään, aivan kuin hän olisi ollut yksin koko osastolla. Siitä rauhallisin mutta reippain askelin osaston ovelle, avaimella lukko auki ja viimeinen tarkastelu taaksepäin. Sitten ovi rauhallisesti 30 senttiä raolleen, siten että hän pääsi juuri ja juuri sujahtamaan käytävän puolelle, sitten avain toiselta puolta lukkoon, että saisi sen käännettyä äänettömästi paikoilleen sitten kun ovi taas sulkeutuisi. Ja näin Jaana oli luvattomalla alueella.

Hän arvioi, että hänellä olisi ehkä noin kolme tuntia aikaa ennen kuin hoitajat kiertäisivät huoneet. Sitä ennen hänen olisi oltava takaisin sängyssään. Mutta hän halusi laskea puolen tunnin turvavälin mukaan. Eli aikaa oli kaksi ja puoli tuntia. Ensimmäisenä hän astui hallintosiipeen, jossa ei kaiken järjen mukaan olisi yöllä ketään. Eikä Jaana siellä ketään nähnytkään. Lähinnä häntä kiinnosti siiven toisessa päässä oleva ulko-ovi, jota hallintoväki käytti. Hän totesi, että ovi oli lukossa. Se ei toki todistanut, että ovi olisi ollut lukossa silloinkin, kun täällä ammuttiin, mutta vihjasi siihen suuntaan. Hän olisi halunnut käydä psykiatrian ylilääkäri Raimo Häklin työhuoneessa, mutta ovi oli tietysti lukossa. Mutta Jaana tiesi nämä virastojen työhuoneovien lukot niin kepuleiksi, että sen tiirikoiminen koukulla ei vienyt juurikaan kauempaa aikaa kuin avaimella aukaiseminen. Pian hän seisoi Häklin huoneessa.

Häklilläkin näytti olevan, ilmeisesti vanhasta muistista, kahden nojatuolin ja matalan pöydän yhdistelmä, jossa psykiatri keskusteli potilaansa kanssa. Vaikka ei kai tämä ylilääkäri juuri eläviä potilaita tavannut. Jaana ei tiennyt eikä kuvitellutkaan tietävänsä. Hän istui ylilääkärin työpöydän taakse työtuoliin ja tiirikoi myös tämän kirjoituspöydän ainoa lukittavan laatikon. Se oli täynnä kaikenlaista epämääräistä irtotavaraa. Kaikkia esineitä hän ei tunnistanut, ehkä ne olivat jotakin lääkärin työhön liittyviä. Kun hän jatkoi tutkimustaan huoneen pukukaapin äärellä, häntä ei yllättänyt se, että kaapin lattialla oli konjakki- ja viskipullo sekä laseja. Mutta se hänet yllätti, että siellä oli myös kaksi tyhjää Koskenkorvapulloa. Pukukaapin hyllyllä oli myös kymmeniä erilaisia näytepakkauksia, joita lääke-esittelijät tietysti lääkäreille tyrkyttivät. Mitään rikokseen viittaavaa hän ei täältä löytänyt, mutta ei hän sellaista ollut tullut hakemaankaan, vaan jotakin ristiriitaisuuksia hän yritti löytää ja nostaa pintaan. Niitä Jaanan mielestä olivat tyhjät kossupullot ja muovikassillinen näytelääkkeitä. Hän päätti jatkaa kierrosta.

Seuraavaksi vuorossa oli johtavan ylihoitajan huone. Ylihoitajan nimi oli Hillevi Joutsen. Tästäkin huoneesta Jaana etsi jotakin silmiinpistävää, jotakin joka ei ikään kuin kuuluisi kuvaan. Hän ei voinut olla löydöstään tässäkään tapauksessa varma, että oliko se looginen vai poikkeava, mutta joka tapauksessa ylihoitaja Joutsen säilytti pöytänsä lukittavassa laatikossa avattua, eli vajaata kondomipakkausta. Hän muisti, että selaamassaan henkilökuntamatrikkelissa Joutsen mainittiin perheellisenä ihmisenä, mutta perheellisiltäkään ihmisiltä ei tietenkään ollut kondomin käyttö kielletty. Mutta oliko näissä kondomeissa täällä mitään järkeä? Jaana jatkoi miettien yhä edelleen kierrostaan.

Useimmat työhuoneet olivat pelkistettyjä ja selvästikin vain työnteossa käytettyjä tiloja. Hallintojohtaja Terhi Luoma-Ahon huone taas yllätti Jaanan. Pukukaapissa oli kaksi asua, jotka epäilemättä oli hankittu jostakin seksiputiikista. Jaana totesi, että jos hän olisi ollut kierroksellaan motiivinaan uteliaisuus, olisi saalis mehukas, mutta rikostutkimuksen näkökulmasta tämä näytti aika avuttomalta.

Huoneiden lisäksi hänen erityisen mielenkiintonsa kohteena olivat sairaalan kaikki ulko-ovet. Hän löysikin lukitsemattoman oven huoltolaiturilta mihin toimitettiin kaikki sairaalaan tulevat materiaalit. Sinne tulivat niin keittiötavarat, lääkevaraston tuotteet, siivousvarastojen sisältö ynnä keskusvaraston sekalainen tavarapaljous. Joka tapauksessa tämäkin ovi oli sellainen, joka sairaalaan virallisessa valvontakertomuksessa oli aina lukossa. Käytännössä näköjään ei. Tämä kertoi Jaanalle kaksi asiaa. Ensinnäkin sen, että joku oli illan aikana jättänyt oven auki. Toiseksi sen, että yövartija ei kierroksellaan tarkistanut huolellisesti olivatko ovet lukittuina. Vartija oli epäilemättä jo ensimmäisen kerran tästä jo kierroksellaan kiertänyt. Muita avoimia ovia Jaana ei löytänyt.

Päivystyspoliklinikan lähettyville hän ei uskaltautunut mennä, sillä siellä oli yötä päivää tohinat käynnissä. Hän uskoi selvinneensä kierrokseltaan hyvissä ajoin tullessaan omalle osastolleen kello 02.35. Tämä oli riskipaikka, sillä kun hän avaisi osaston ulko-oven, hän ei nähnyt, vaikka joku olisi seisonut suoraan oven takana toisella puolen. Hän yritti kurkistella aivan oven alareunasta, ja sieltä näkikin hieman paremmin ikkunasta läpi. Pikkuruutupimennys ei riittänyt aivan ruudun alaraitaan, vaan alas jäi noin sentin kaistale puhdasta lasia. Hän avasi oven taas aivan äänettä, pujahti sisään ja sulki oven yhtä hiljaa. Vielä hänen pitäisi selvittää oliko häntä kenties haeskeltu, joten Jaana lähti taas käppäilemään tutuksi tullutta käytävää. Kun hän löysi hoitajat, olivat nämä tällä kertaa samassa tilassa molemmat. Johanna kysyi häneltä:

– No Jutta, miksi sinä siinä käppäilet, miksi et ole nukkumassa?

– Olen ollut hereillä jo jonkin aikaa. En tiedä miksi se uni ei tahdo millään jatkua, kun kerran katkeaa.

– Yritä nyt vielä, kello ei ole vielä kolmeakaan. Muuten tulee pitkä yö siinä kävellä.

Tähän Jaana ei nähnyt enää tarpeelliseksi vastata. Hän käveli osaston päähän asti ja kääntyi sieltä ympäri palatakseen entisiä askeleita takaisin. Häntä ei selvästi oltu kaivattu, ja hänen yöllinen retkensä oli onnistunut. Ainakin siinä mielessä, ettei hän jäänyt kiinni, mutta saiko hän jotain selville, oli vielä täysin jatkotutkimuksista kiinni.

LUKU 9

Valvottua potilasulkoilua

Aamulla Jaana heräsi ilahtuneena siitä, että oli nukahtanut. Seitsemän aikaan hän soitti komisario Mauri Taposelle ja pyysi tätä järjestämään palaverin linnakkeella, johon Jaana aikoi livahtaa heti kun Jussi tulisi tänä iltana häntä terapiaan kutsumaan. Siis kello 17. Mauri lupasi järjestää.

Aamulla jaettavat lääkkeet Jaana kävi taas sylkäisemässä vessanpönttöön. Hän veti vessan ja ihmetteli hiukan, että kuinka lääkkeistä pinnaaminen oli näin helppoa. Lounaan jälkeen hän yhytti Simon, joka oli juuri tullut työvuoroon.

– No, lähdetäänkö tänään lenkille, Jaana kysyi.

– Kyllä se varmasti sopii. Otin lenkkikamat mukaan ja luulen, että kahden jälkeen voitaisiin hyvin lähteä.

Jaana oli tähän tyytyväinen, koska huomasi, että tämä lukkojen takana oleminen aiheutti hänelle jotakin patoutunutta energiaa, joka ei kulunut käytävää pitkin kävellessä. Hän makasi sängyssään miettien, miksi tämä muka oli näin vaikeaa olla suljetulla osastolla. Hänhän oli ollut täällä vasta pari päivää. Kotonakin hän pystyi velttoilemaan helposti kokonaiset vapaat,

71

kolme tai neljäkin vuorokautta. Ehkä kyse oli siitä, että hän oli täällä yksin. Omana itsenään hän ei voinut seurustella kenenkään kanssa. Kai sekin vaikutti alitajunnan tasolla, että tiesi ovien olevan lukossa. Eikä siinä auttanut sekään, että oli avain. Sillä jos hän avaisi oven avaimellaan, menisi peiterooli piloille. Arvostukseni erilaisiin Atari-poliiseihin on kyllä noussut, hän mietti. Soluttautuminen vuorokauden ympäri oli viheliäistä hommaa. Jos terapiakäyntejä ei olisi ollut, ja mahdollisuutta vaihtaa Simon kanssa muutama sana, hän ajatteli, ettei jaksaisi tätä. Toisaalta, jos olen tulossa hulluksi, olen turvallisessa paikassa, hän mietti.

Vaikka ihmettelen näitä potilaitakin. Osa on varmasti oikeassa paikassa, mutta monet vaikuttavat ihan asiallisilta ihmisiltä. Mitä ihmeen hyötyä heille oli olla täällä niin sanotusti hoidossa? Nämä ovat varmaan ne kuuluisat parantavat seinät. En toki väheksy sitä, että ihmiset varmasti saavat täällä apua, mutta kyllähän tässä aika tyhjän panttina keikutaan, hän mietti itsekseen.

Jaana kiristi lenkkareiden nauhat ja ryhtyi venyttelemään pohkeitaan. Hän oli laiska venyttelijä, mutta hän puolusti itseään sillä, että naiset olivat luonnostaan notkeampia kuin miehet. Simo koputti oveen ja he lähtivät matkaan. Käytännössä suoraan sairaalan pihasta he pääsivät Ahveniston pururadalle. He kävelivät uimarannalle, istuivat penkille ja Simo sanoi: – Nyt täytyy tehdä harjoitussuunnitelma.

Jaana totesi: – Minulla on ollut aikaa suunnitella riittämiin. Idea on siinä, että juoksemme kaksi kertaa järven ympäri. Ensimmäisellä kerralla juostaan sen verran säästellen, että jaksetaan toinenkin. Vetäistään kilpaa aina tuo viimeinen nousu ja tässä penkin kohdalla on maali.

– Sopii, sanoi hoitajaopiskelija Savu. Hän pamautti kätensä yhteen ja sanoi: – Pam!

Se oli lähtölaukaus.

He olivat molemmat hyvässä fyysisessä kunnossa. Ainoa hieman juoksua haittaava tekijä oli tietysti se, että kummallakin oli edellisestä lenkistä jo jonkin verran aikaa ja Jaana oli lisäksi tupakoinut viimeisen viikon aikana merkittävästi normaalia enemmän.

– Juostessa ei jutella. jos pystyy juttelemaan, on vauhti liian hidas, Jaana huomautti.

Simo otti pienen spurtin ja pysähtyi noin kierroksen puolivälissä oleville punnerruspenkeille. He nostelivat tukeista rakennettuja punnuksia hiljaiseen tahtiin kymmenkunta minuuttia. Sitten Simo läjäytti taas lähtölaukauksen ja matka jatkui.

Kun he tulivat viimeiseen nousuun, jonka Jaana oli määrittänyt kilpailun alkupisteeksi, oli kummallakin huohotus jo kova. Jaana pinkaisi edelle ja ryhtyi nakuttamaan välimatkaa. Kun he saapuivat uimarantaosuudelle, oli Simo kuitenkin vain kuuden tai seitsemän metrin päässä. Viimeiset pari, kolmesataa metriä kuvitellulle maaliviivalle ainakin Jaana pinkoi niin kovaa kuin kintuista irtosi. Simo ei jäänyt, mutta ei myöskään tavoittanut häntä. Jaana tuli maaliviivalle viitisen metriä edellä. He istuivat taas penkille puuskuttamaan.

Simo kysyi virnistellen: – Vedetäänkö röökit vai jatketaanko matkaa?

Jaana mulkaisi häntä ja ilmoitti, että nyt pidettäisiin kymmenen minuutin tauko ja sitten lähdettäisiin toiselle kierrokselle: – Tulitko äsken täysillä? Etkö päässyt minusta ohi vai jarruttelitko?

Simo myönsi, että oli juossut ihan kunnolla.

– Toisaalta halusin pitää juuri tämän etäisyyden, enkä voi kertoa miksi, koska syyllistyisin seksuaaliseen ahdisteluun. Jos olisi ollut ihan ehdoton kuolemanpakko, voi olla, että olisin päässyt vielä ohi. Mutta kyllä oli kirivaihde päällä ihan tosissaan.

Kun he tulivat toisen kierroksen loppunousuun, Jaanan oli aivan huipulla pakko todeta, että Simo tunki väkisin rinnalle. Uimarantaosuudella Jaana sai hienoisen edun siitä, että hän oli äskeisellä kierroksella tarkistanut missä kohtaa meni juoksijoiden kovemmaksi takoma kohta muuten pehmeällä uimarannan hiekalla. Jaana tuli taas verenmaku suussa kaksi metriä edellä penkin kohdalle. Sitten he heittäytyivät hiekalle ja puuskuttivat puhumatta mitään.

Kun Jaana sai hengityksen kulkemaan, hän ehdotti: – Otetaanko vielä vapaapaini tuossa hiekalla?

– Mitä sinun vapaapainisi tarkoittaa?

– Suurin piirtein vapaapainin olympiasääntöjä. Ei siis lyöntejä tai potkuja.

– Minä painan 20 kiloa enemmän kuin sinä.

– Ja olet 20 senttiä pidempi. Mutta minäpä olen kokenut kamppailulajien harrastaja. Jota sinä et kai tietääkseni ole.

– En ole. Minä olen tällaista juoksija ja hiihtäjä -tyyppiä.

Simo piirsi hiekkaan ympyrän, jonka halkaisija oli lähes kymmenen metriä. – Onko sopivan kokoinen kenttä?

– On on, eihän tässä jalkapalloa ruveta pelaamaan. Sopii hyvin.

Simo kävi vielä repullaan, jonka hän oli jättänyt penkille ja siinä se oli säilynyt. Hän kaivoi esiin juomatölkit sekä itselleen että Jaanalle. Jaana juoda lutkutti yhtä kyytiä koko Battery-tölkin. He astelivat areenalle.

Simo käynnisti taas käsiään läpsäyttämällä taiston. Hän lähti vaanimaan kädet levällään Jaanaa kohti. Jaana pyrki livahtamaan hänen oikean kätensä alta päästäkseen Simon selän taakse, mutta ei aivan ehtinyt. Simo sai hänen lantiostaan otteen ja pyöräytti siitä yliolan heiton niin että Jaanan jalat sojottivat hetken taivasta kohti. Kun Jaana laskeutui takaisin maan kamaralle selälleen, otti Simo sen verran keventäen vastaan, ettei Jaanalta menneet ilmat pihalle. Siinä asennossa Simo sai kuitenkin selätyspisteen. Jaana taputti maata oikealla kädellään ja hihkaisi heidän sopimansa turvasanan, jolloin piti lopettaa: – Punainen!

He asettuivat uudestaan vastakkain. Nyt Jaana päätti panna kaiken yhden kortin varaan. Hän oli varma, että Simo uskoi hänen vaihtavan harhautusta. Mutta hän ei vaihtanutkaan, vaan yritti taas Simon oikean käden alta kiinni tämän nilkkoihin. Siitä ylöspäin kiskaisten ja samalla omalla reidellään Simon sääriä vasten painamalla, lensi mies auttamatta mahalleen maahan. Jaana pyörähti kärppänä hajareisin Simon selän päälle istumaan ja taivutteli yksitellen tämän kädet selän taakse. Simo mietti hetken oliko mitään tehtävissä, vaikka tiesi hyvin, että Jaana kokeneena lähitaistelupoliisina oli lukinnut hänet hyvin. Simo taputti jalallaan maahan ja älähti turvasanan.

– Tasapeli, Jaana hihkaisi. – Kolmas ja ratkaiseva erä ja piste.

Taas he asettuivat vastakkain. Simo teki nyt nopeamman hyökkäysliikkeen ja Jaana sujahti karkuun hänen käsiensä alta. Jaana askelsi kevyest: taaksepäin lähes ympyrän reunaa pitkin. Sitten hän pysähtyi kesken askeleen ja astuikin kiinni Simon rintaan. Simo tarttui hänen lonkkiinsa ja yritti pyöräyttää Jaana niin, että pääsisi tämän selän taakse. Jaana oli antavinaan Simon viedä liikkeen loppuun, mutta todellisuudessa hän oli jo käynnistänyt oman vastaliikkeensä. Hän ei pyörähtänytkään puolta kierrosta, vaan kokonaisen, ja kun Simo yritti pitää kiinni asetelmasta, jossa hän olisi selän takana, nykäisi Jaana itsensä irti, pääsi Simon selän taakse, sai otteen tämän kummastakin kyynärtaipeesta, veti käsiä sen verran taaksepäin, että sai pujautettua oikean kätensä Simon kyynärtaipeiden ja selän väliin. Sitten hän painoi lonkkansa Simon takapuolta vasten ja päätti, että nyt kun vetäisen taaksepäin, niin jollei käsi katkea, niin konstaapeli lentää savuna ilmaan. Eikä käsi katkennut, vaan Simon jalat sojottivat hetken ylöspäin ennen kuin hän mätkähti selälleen hiekalle.

Jaana suojeli vasemmalla kädellään Simon niskaa alas tullessa, ettei se retkahda. Ja samalla hän kiepsahti Simon mahan päälle istumaan hajareisin. Simo ähisi, että tässä oli niin kiva, että yrittäisinkö vielä sinnitellä.

– Tiedän kyllä, etten pääse mihinkään mutta en ole mihinkään menossakaan. Eli punainen.

– Jes, Jaana hyppäsi pystyyn ja hihkaisi. Hän ojensi kätensä Simolle ja veti tämän seisomaan.

He ravistelivat hiekat vaatteistaan.

– Mä tiedän kyllä, että sä olisit voinut oikean käden ranteen pistää poikki tosipaikan tullen. Luotin myös siihen, ettet väännä niin. Aika hyvin sä heittelet vaikka painan enemmän niinkin paljon. Nyt saa liikunnat olla. Ja toivon, että et pahemmin hehkuta tätä painiottelua, siis jos vielä joskus pääset takaisin normaalihommiin.

– Kyllä mä pääsen. Mulla on avaimet.

– Ai niin, niinhän sulla on.

Simo kaivoi repustaan Marlboro-askin ja he istahtivat penkille tupakoimaan. Tämä sai käydä loppuverryttelystä.

Jaana kysyi: – Onko sullakin sellainen huono tapa, että minkäänlaisia loppuvenyttelyjä ei oikein jaksa? Vähän ehkä venyttelen, kun pääsen osastolle, mutta muuta en jaksa.

– Joo, en mäkään. En mä kyllä niin tosissani treenaakaan, sähän olet paremmassa kunnossa kun mä.

– Enhän oikeasti ole, mutta herrasmiehenä annoit voittaa juoksun, kun et tiennyt että sen jälkeen ohjelmassa olisi vielä paini. Joka tapauksessa tällainen hoito auttaa merkittävästi paremmin ahdistukseen kuin se osaston käytävää pitkin laahustaminen. Tuletko illalla linnakkeelle?

– Ei tuo komisarius minun mielipidettäni kysellyt, kun ilmoitti että palaveri neukkarissa 17.00.

– Tiedätkö keitä muita Mauri on sinne komentanut?

– En tietämällä tiedä, mutta uskoisin, että koko ryhmän.

– Höh, enhän mä sitä tarkoittanut, kun aamulla soitin ja pyysin tätä. Ajattelin vain itseäni ja Mauria, en koko ryhmää olisi halunnut vaivata. Munhan tässä piti vain päästä puhumaan tästä touhusta.

– No niin se taitaa kuitenkin mennä.

He juosta jolkottivat takaisin sairaalalle. Simo painui henkilökunnan tiloihin ja Jaana meinasi avata osaston oven omalla avaimellaan, kunnes muisti, ettei hänellä pitänyt avainta ollakaan. Hän soitti ovikelloa. Hoitaja Venla ihmetteli: – Miksi siinä yksin olet, missä lenkkikaverisi on?

– No se meni tuonne teidän sosiaalitiloihinne suihkuun. Luotti sen verran, että päästi tulemaan tänne ovelle ihan omin päin.

Jaana kävi taas päivällisellä maistelemassa kalakeittoa ja söi pari leipää. Jussi tuli hyvissä ajoin, varttia vaille viisi Jaanaa hakemaan ja he lähtivät saman tien. Jaana hoksasi nyt, ettei ollut muistanut informoida Jussia, että illan ohjelmaan oli tullut muutos.

– Niin ikävää kuin se onkin, emme ehdi nyt terapiasohvalle. Olen tilannut linnakkeelle tutkintaryhmän koolle. Painetaan sinne suorinta tietä.

LUKU 10

Palaveri linnakkeella

Kun he ajelivat Jussin autolla linnakkeelle, näkyivät Simon ajovalot taustapeilissä. He tulivat neuvotteluhuoneeseen samalla ovenavauksella. Mauri toivotti heidät tervetulleiksi.

– Sieltähän tulee koko sairaalassa etänä työskentelevä tehoyksikkö

Paikalla heidän lisäkseen olivat konstaapeli Elias Saario, konstaapeli Ville Kohokas ja konstaapeli Jelena Rygmina.

Jaana esitti heti pahoittelut: – En suinkaan tarkoittanut, että Mauri komentaisi kaikki iltatöihin. Halusin vain itse palaveerata, kun tuntee itsensä niin ulkopuoliseksi, kun on aivan toisena ihmisenä liikkeellä. Mutta ihana nähdä teitä kaikesta huolimatta.

Mauri kaateli kaikille kahvia. Pullaakin oli näköjään jostain hankittu. Elias pahoitteli: – Valitettavasti pullat ovat jo eiliseltä. Meidän emäntä intoutui eilen leipaisemaan ja riistin hyvän osa työmaalle tuotavaksi.

Simo oli ihmettelevinään: – Etkö siis saakaan tuoretta pullaa joka päivä? Olen kuvitellut, että vaimo herää joka aamu viideltä leipomaan isännälle lämpimäisiä.

– Ei herää eikä leivo. Te näytätte kaikki taas niin urheilullisilta. Minä olen vain istunut pöydän ääressä ja tehnyt haastatteluja. Ei muuta liikettä kuin käytävän edestakaista kävelemistä.

Simo kuittasi: – Totta. Kävin tuon potilaan Jutta Lundgrenin kanssa lenkillä Ahveniston pururadalla.

– Sehän kuulostaa hyvältä, tuumasi Mauri. – Sinulla on ilmeisesti sen verran vapaa opintosuunnitelma, että voit mahduttaa siihen lenkkeilyä iltapäivisin hyvännäköisten naispotilaiden kanssa.

– Juuri sellainen suunnitelma minulla on. Pyrin erityisesti keskittymään lenkkeilyterapiaan. Valitettavasti oma kunto on niin huono, että pystyn ottamaan vain yhden potilaan päivässä, enkä sitäkään välttämättä saisi kiinni, jos lähtisi juoksemaan väärään suuntaan. Mutta luotan suomalaisen luterilaisväestön auktoriteettia kohtaan tuntemaan uskollisuuteen. Kai näissä olosuhteissa jopa meikäläinen opiskelija on auktoriteetti. Voivat näet evätä tulevien päivien ulkoilut, mikäli joudun komentoäänellä ohjaamaan ulkoilijoita. Leikki sikseen. Ketä sinä Elias olet haastattelut?

– Tänään viimeksi Outi Vanamon aviomiestä Eino Vanamoa. Mies on kaupparatsu, ajaa ympäri Suomea työnantajansa bemarilla. Edustaa jotakin lääkefirmaa, jonka suurena hittituotteena on nyt joku kuulemma käänteentekevä lääke päihderiippuvaisten kuntoutuksessa. Hän sanoi, että kauppa on käynyt itse asiassa aika hyvin. Kun oikein tinkasin, että kuinka hyvin, tunnusti hän, että jos tätä katastrofia ei olisi tapahtunut, olisin saanut vuosineljärnekseltä kaikkien aikojen parhaan tilin. Hän sanoi, ettei siitä nyt tullut mitään eikä sillä ollut mitään väliäkään. Hän oli ystävällisesti etsinyt valmiiksi ravintola- ja hotellikuitteja, joista näin hänen lähestyneen Itä-Suomesta Hämeenlinnaa. Sitä ihmettelin, että miksi hän oli juuri sinä yönä, kun Outi surmattiin, jäänyt Lahteen hotelliin yöksi. Eihän sieltä ollut kuin yksi kukonaskel Hämeenlinnaan. Hän myönsi, että jos Outi olisi ollut kotona, olisi hän ajanut kotiin, mutta kun kotona ei ollut ketään ja työnantaja maksoi, niin miksei olisi jäänyt Lahteen yöksi. Hän tunnusti istuneensa iltaa jonkin aikaa hotellin ravintolassa, jossa oli ollut elävää musiikkia ja tanssitettavia ihan kuulemma riittämiin noin arki-illaksi. Hän korosti kuitenkin, että oli viettänyt yönsä yksin. Hän ei ollut tavannut aikaisemmin sitä portieeria, joka sinä yönä oli ollut respassa. Hän epäili, ettei tämä muistanutkaan, vaikka olikin huikannut hyvät yöt miehen noustessa huoneeseen. Kysyin kyllä asian hotellista ja respan poika kertoi asian menneen juuri niin kuin Eino Vanamo kertoi. Tosin kukaanhan ei valvo tulijoita ja menijöitä. Eli jos nyt henkilökuntaa olisi halunnut harhauttaa, olisi se toki helppoa. Joka tapauksessa aamiaiselle Vanamo saapui taas yksin. Joten on kai syytä luottaa miehen sanaan. Sellainen vaikutelma minulle jäi, että tämä mies välitti aidosti vaimostaan, oli surullinen ja huolissaan siitä, että tämä oli sairaalassa ja toiveikas, että vaimo kohtapuoliin kuntoutuisi ja pääsisi kotiin. Pidin tästä Vanamosta sen vuoksi, että hän ei ryhtynyt inttämään, että hän rakasti ja rakasti Outia. Hän sanoi yhden ainoan kerran, että Outi oli hänen elämänsä nainen. Hänellä muuten on kantolupa. Pitkäpiippuiselle harrastusaseelle, ei siis käsiaseelle. Hän kertoi, että ei ollut ainakaan kahteen vuoteen ampunut laukaustakaan. Pyssy oli kuulemma kotona asekaapissa. Ajattelin hakea sen tänään tarkastettavaksi, vaikka ilmeisesti on täysin selvää, että molemmat uhrit ammuttiin ysimillisellä käsiaseella.

– Näin on, myönsi Mauri. – Mutta murhatutkimuksen yhteydessä esiintyvät aseet täytyy kaikki testata. Joten hae ase syyniin. Onhan se niin, että jos olet käynyt ampumassa, tutustuu siellä muihin pyssyveikkoihin ja aika usein on nähty, että ihmisillä on luvallisten aseiden seurana joku ihme pyssy, joka on tullut heille merkillistä reittiä ja juuri siihen ei vain ole tullut vielä haettua lupaa. Se kämppähän on jo tutkittu sekä tekniikan että meidän näkökulmastamme jo aika päiviä sitten. Mutta Elias ja Jelena menevät huomenna taas juuttamaan Eino Vanamoa epävirallisesti samassa yhteydessä, kun haette sen pyssyn sieltä. Pitäähän meidän muistaa, että kun naimisissa oleva nainen kuolee, on tilastollisesti lähes päivänselvää, että syyllinen on aviopuoliso. Eihän meidän muu auta kuin yrittää näitä vanhoja konsteja. Jatketaan kuulusteluja ja kuulustelujen perään lisää kuulusteluja. Ja välillä vaihdetaan näkökulmaa eli kuulustelijaa. Mitäs Ville?

– Minäkin olen tavannut tänään, kai jo kolmatta kertaa, kummatkin rouva Kalamokset. Joista muuten se järjestysnumero ykkönen, joka 15 vuotta sitten oli ollut Kalamoksen kanssa naimissa yhden kesän, ilmoitti että hän ei tule enää näihin puhutteluihin. Hänellä ei ole mitään roolia eikä tietoa Kalamoksen elämästä. Tämä ex-rouva on kyllä kaikella tapaa ex. Nykyinen leski-Kalamos on mielestäni vain tavallista tasapainoisempi ihminen. Ei hän ole omasta mielestään kylmä eikä millään tavalla välinpitämätön, vaan hän on täydellisen järkyttynyt siitä, että näin voi käydä täällä yhtäkkiä sairaanhoitajalla työpaikallaan. Mutta hän pystyy käsittelemään asiaa siten, että hän ei itkeä pillittele poliisikuulusteluissa. Kyllä hän oli kuulemma joka päivä itkenyt ja hänen ystävänsä varmasti alkavat olla täynnä hänen suruaan, mutta hän toistaiseksi on pystynyt pitämään virallisen julkisivunsa yllä. Ja aikoo pitää jatkossakin, sillä hän myös tukeutuu siihen. Hiukan ongelmallista siinä on se, että hän ei ole esimerkiksi kertonut naapureilleen, että Jouni Kalamos on murhattu tai ylipäätään kuollut. Hän on sitä mieltä, että hänelle itselleen on helpompi, jos hän saa pitää jotkut ihmissuhteet sellaisina, että ne eivät liity tähän miehen kuolemaan millään tavalla. Otin asiakseni neuvoa häntä, että pitkän päälle on raskaampaa, että on niitä ihmisiä, joilta on pitänyt pimennossa tällaista elämänkokoista kriisiä. Eikä meille hiljaisuus tietenkään käy. Jouduin tuottamaan pettymyksen kertomalla, että tulisin huomenna suorittamaan ovelta ovelle puhutteluja teidän ympäristössänne, vaikka se ei olekaan varsinainen rikospaikka. Jos joku on esimerkiksi seurannut tai vaaninut Kalamosta, voi naapureilla olla tästä havaintoja. Ja tässä puhuttelussa ei missään tapauksessa säily salaisuutena, että Jouni Kalamos on joutunut raa'an väkivaltarikoksen uhriksi. Heidän avioliittoaan nainen kuvaili määritelmällä melko hyvä. Ei rikkeetön, he olivat molemmat käyneet vieraissa ja jääneet siitä kiinni, mutta hänen mielestään asiat oli saatu sovittua. Eikä hänellä ole missään tapauksessa tietoa, enkä ole sitä tietoa levittänyt, että Jouni Kalamos oli ilmeisesti melkomoinen häntäheikki aviomieheksi, jos työmaallakin täytyi pelehtiä naisten kanssa, joiden pitäisi olla täydellisesti lain turvassa. Tosin turvahan on tässä kohden pettänyt. Mutta ei tämä Seija Kalamos ole palkannut murhaajaa jahtaamaan miestään ja tämän rakastajatarta. Niin helpolla tämä ei selviä.

Mauri jatkoi: – Jelena on penkonut sairaalanväkeä löytääkseen sieltä jotakin silmiinpistävää.

– Kyllähän siellä suurin piirtein kaikki kummallisuudet ja rikokset löytyvät, kun ryhdytään noin isosta joukosta perkaamaan. Mutta voin sanoa, että palkkalistoilla ei ole ketään, joka olisi aikaisemmin tuomittu henkirikoksista. Erilaista baaritappelijaa ja vaimonhakkaajaa löytyy kyllä runsaastikin. Muun muassa tämä raiskaaja Wasenius, joka oli sikäli aktivoitunut, että hän oli lokakuussa antanut vaimolleen kovennettua kotikuria ja meidän partio kävi hakemassa Waseniuksen pahnoille rauhoittumaan. Vaimo päätti tällä kertaa uskoa mitä hänelle poliisit ja papit ynnä muut leviitat olivat jo vuosia saarnanneet: hän oli muuttanut välittömästi sisarensa luo, jossa hän pitää nyt majaa. Hän oli myös ilmoittanut Waseniukselle, että heidän rivitaloasuntonsa meni nyt myyntiin. Mies on siis aktivoitunut. Yritin jututtaa tätä tulevaa ex-rouvaa Ritva Waseniusta ja hän kertoi, että hän on miettinyt päänsä puhki mikä se on mikä aiheuttaa tällaisen reaktion. Kyllä Reijo muutenkin viinaa otti kuulemma kaksi kolme kertaa kuukaudessa ja melkein aina ilman rähinää. Ritva sanoi, että sitten tulee joku ärsyke ja hän saa sitten lättyyn. Tällä kertaa rikosilmoitusta hän ei aikonut perua, vaan nyt tuli hommalle loppu. Kannustin Ritvaa tietysti pysymään kovana ja hän vaikutti niin tuohtuneelta, että saattaa pysyäkin. Mutta se Waseniuksesta. On siellä muitakin nyrkinheiluttajia. Olen ne listannut tähän, lista on kaikkien koneella, mutta suoraan sanottuna mikään näistä ei pistä silmään Waseniuksen lisäksi. Lääkäreistä löysin kolme nyrkkisankaria. Tämä Häklikin, Raimo Häkli, ikämies, on osallistunut nuorempana rajuihin nyrkkihippoihin. On siitä saanut jonkun sakkotuomionkin. On ryypännyt kerran korttinsa kuivumaan. Hänen sihteerinsä, jonka kanssa olen joutunut jatkuvasti yhteistyöhön, koska Häkliä on vaikeaa tavoittaa, oli sitä mieltä, että Häkli syyllistyy rattijuopumukseen kolme neljä kertaa viikossa. Ei jää vain kiinni. Vaikuttaa toki sihteerikin melkoiselta nuuskijalta, joten Häkli saattaa olla hyvinkin niitä miehiä, jotka tarvitsevat toimiakseen lounaalla yhden konjakin ja iltapäivällä toisen. Tuoksahtaa vähän viinalle, mutta ei ole päissään. Olen tavannut hän kaksi kertaa, on väsynyt ja tolaltaan sairaalaan tapahtumista, mutta päihtynyt hän ei ole ollut. En nyt ole pistänyt puhaltamaan, mutta kuten sanoin, siinä seurakunnassa ei ole ketään sellaista, joka olisi nyt tai menneen syksyn aikana noussut ikään kuin tapetille. En osaa sanoa. Mielenkiintoinen havainto oli se, että siltä yöltä, kun ampuminen sattui, oli päivystyksessä tarkkailtavana Kalle Juusela -niminen mies. Muistatte varmasti herran.

Jaana ilmoitti muistavansa kaksoismurhaajan. – Eikö hänen pitäisi olla linnassa?

– Hän onkin, mutta oli tuotu vatsakipujen takia sairaalaan. Oli tullut vartijan kanssa ja tämä vannotti pitävänsä miehen kurissa. Mutta eikö ole erikoista, että samaan aikaan hoidetaan kaksoismurhaajaa, kun toisaalla sairaalassa tehdään kaksoismurha? Ja ei muka liity mitenkään toisiinsa? Näin kai se on vain uskottava. Omituinen tilastoihme, mutta näin vain on.

– Meillä ei siis ole Kalle Juusela -nimistä tutkintalinjaa, kysyi Jaana.

Mauri vastasi: – Ei ole. Vartija meni takuuseen, ettei Juusela kuljeskellut missään. Ja oli kuulemma oikeasti kipeä, sairastaa sappikiviä. Sinä yönä hän ei olisi kyennyt ketään tappamaan, vaikka olisi halunnutkin. Jotain muuta täytyy löytää.

Jaana rykäisi kurkkuaan ja aloitti: – Minäkin olen tehnyt muuta kuin lenkkeillyt Simon kanssa. Suoritin yöllä tutkimuksia sairaalaan käytävillä. Enkä jäänyt kiinni. Kävin muuan muassa Häklin ja Joutsenen ja Luoma-Ahon huoneissa. Mainitsen nämä kolme siksi, koska ihmettelin hiukan muun muassa Häklin pukukaapin viinaosastoa. En sinänsä sitä, että ylilääkärillä on viski- ja konjakkipullo, se on kai ihan normaalia, mutta hänelle oli kertynyt myös tyhjiä koskenkorvankuoria. Olisi mielenkiintoista tietää, milloin on se ajankohta, kun kossuja tyhjennellään työpaikalla ihan pullokaupalla. Voihan se olla normaalia hänen elämässään. Onhan täällä tullut todistettua jo useammalla suulla, että mies on juoppo. Mutta hallitsee hommansa aika hyvin, on ylilääkäri ja päässyt työpöydän taakse potilaita karkuun. Lähetin sisäisessä postissa pyynnön, että saisin tavata hänet. Hänhän on yksi niistä ihmisistä, jotka sairaalaan johdossa tietävät minun peiteroolini. En tiedä vastaako ukko edes, kun pyyntö tulee psykiatriselta osastolta, mutta soitan perään, jos ei mitään kuulu. Hillevi Joutsenen kohdalla ihmettelin aukinaista kortonkipakkausta. Vaikka mitä ihmeellistä siinäkään on, terve nuori nainen. Luoma-Aho puolestaan oli hankkinut nettikaupasta vähän räväkämpää päällepantavaa sairaalaan pikkujouluihin. Siis suomeksi sanottuna pornokaupan tuotteita. Nämä nyt pistivät silmään, kiirettä piti ja oli vähän sohimista pelkkää kännykänlamppua käyttäen. Naurettavan helposti niihin huoneisiin kyllä pääsi vaikka pidänkin itseäni vain keskitason tiirikkanaisena. Sitten minua ärsyttää se, että sairaalaan turvaohjelmassa seisoo, että yöaikaan kaikki ulko-ovet ovat lukossa. Voin kertoa, että eivät ole. Periaatteessa kuka tahansa maailman ihminen on voinut kävellä takaovesta, joka sijaitsee siis tavarankuljetuslaiturilla. Ovi oli auki puoli kolmen aikaan yöllä. Yövaksi oli jo tehnyt silloin ensimmäisen kierroksen, mutta ei vielä toista. Tiedän, että kierroksia on kaksi. Kävin siellä ja ovi oli auki. Tämä vie teoriassa pohjan koko tutkimukselta. Kun yritämme sitoa tämän tutkimuksen sairaalanväkeen, emme saa jumittua siihen liikaa. Varsinkaan emme voi vedota siihen, että tässä olisi jokin suljetun huoneen arvoitus. Kun ei ole. Jokainen puolustusasianajaja ymmärtää, että siellä on voinut väkeä kulkea kuin aseman ovista kenenkään tietämättä. Ainoa helpotus on se, että vaikka suljetun osastonkin ovia seilaa maailmalla, niin ei kai niitä sentään kaiken maailman kaksoismurhaajilla liene. Mutta olen edelleen sitä mieltä, että syyllisen tulisi löytyä talonväestä tai lemmenparin omasta elämästä.

– Jaana, minähän sanoin, ettei meillä ole Juusela-tut-kintalinjaa. Onko nyt kaikille selvää, että Jaanan löytämästä kortsusta löytyi sisäpinnasta Jounin DNA:ta ja ulkopuolelta Outin vastaavaa, joten sen varmempaa todistusta lemmenparista ei voine edellyttää.

Simo köhäisi ja ilmoitti: – Minäkin olen ulkoilun ohessa yrittänyt tarkkailla osaston ilmapiiriä ja kuulla tarkalla korvalla mitä siellä juoruillaan näistä kahdesta. Erikoinen on tämä jakauma, kun se on niin naurettavan selkeä. Naisten mielestä petollinen nainen Outi Vanamo on pahis, johon Jouni Kalamos oli haksahtanut ja joutunut murhamiehen uhriksi. Tämä on naisten suosima teoria. En ole kuullut yhdenkään naisen näkevän Kalamosta pahiksena. Sen sijaan olen varma, että yksi naisista on maannut Kalamoksen kanssa ja 75 prosentin varmuudella myös toinen. Kalamos oli siis varsinainen erotomaani. Mieshoitajia kuulostellessa he pitävät pääsääntöisesti Kalamosta melko epäilyttävänä kelminä, joka oli hyväksikäyttänyt suojattomassa asemassa ollut Outi Vanamoa. Aina muistetaan kertoa, että tämä Vanamo oli hyvin kaunis nainen. Asiallahan on se huomioitava piirre, että Kalamos, haksahtaessaan Vanamon sänkyyn, teki virkavirheen ja nyt on myönnettävä, etten tunne lakia tarkempaa, mutta luultavasti myös rikoksen. Siihen en sano mitään mitä on tunnetasolla tapahtunut.

Mauri ajatteli ääneen: – Kuinkahan yleistä tuo mahtaa olla psykiatrisella osastolla, että hoitajat sekoavat potilaisiin? Voisi kuvitella, että mahdollista se on, sillä potilaathan saattavat olla fyysisesti hyvin reippaita. Onko sinua Jaana mieshoitajat lähestyneet?

Jaana pureskeli lyijykynäänsä ja sanoi: – Kyllä minua yksi kundi yritti vähän kevyesti flirtillä lämmittää, mutta se oli niin pientä, että laskin sen aivan viattomaksi. Tietysti jos olisin ollut niin peloissani, että olisin siitä paikasta ampaissut hänen syliinsä, luulen, että ei poiskaan olisi käsketty. Joten ehkä se ei ole aivan niin harvinaista ole kuin se saisi olla. Olen silti sitä mieltä, että tämä Kalamos oli ylivirittynyt tyyppi. Meidän olisi hyvä tietää oliko Outikin. Hänestä me tiedämme, että hän on maannut Kalamoksen kanssa ja että hänen miehensä rakastaa häntä kovin.

Elias murahti: – Haluan pöytäkirjaan merkittäväksi, että Elias Saario ei käyttänyt termiä rakastaa.

Jaana jatkoi: – Odotan siis pääseväni Häklin puheille, mielellään jo huomenna. Jos en muuten pääse, niin marssin sinne itse ja tunkeudun hänen huoneeseensa. Mutta toistaiseksi vielä odotan kutsua. Mielestäni olisi hyvä, jos joku kävisi uudemman kerran haastattelemassa Hillevi Joutsenen ja Terhi Luoma-Ahon, vaikka sellaisella idealla, että olemme kuulleet jostakin, että he ovat vilkkaita naisia.

– Joo, Mauri myönteli. – Jelena saa mennä jo heti huomenna. Hehän eivät voi oivaltaa, että tieto on tullut Jaanalta.

Jaana vakuutteli: – Näin on. Heillä ei ole mitään käsitystä, että Jutta Lundgren voi kuljeskella huoneissa ja käytävillä. Minä en jäänyt kiinni. Välttelin päivystystä, sillä tiedän siellä olevan kameravalvonnan. Luultavasti muualla ei ole, sillä muistan yhdestä jutusta, kun päivystyspoliklinikalla käytiin videoita katsomassa, niin sairaalalla oli kova hätä, että ne kamerat olivat potilaiden yksityisyydensuojan kannalta ongelmallisia.

– Muistan minäkin sen, Simo peesasi. – Siellä oli vahvasti sellainen meininki, että on tärkeämpää, että jonkin koipensa katkaisseen naama ei näy videolla kuin että siinä voisi näkyä murhamies. Tämähän on yhteiskunnan henki samalla kun valvontakamerat ovat lisääntyneen eksponentiaalisesti 15 vuoden aikana mitä minä olen tätä työtä tehnyt.

– Joo, Mauri toppuutteli. – Ei tästä tule ongelmaa. Naiset saavat tyytyä selitykseen, että poliisi on tutkimuksissaan tullut siihen pisteeseen, että haluamme vielä puhua heidän kanssaan heidän yksityiselämästään.

Jaana otti taas puheenvuoron. – Haluaisin vielä, että yhteisesti pohdittaisiin tätä minun rooliani. On selvää, että on vain ajan kysymys koska paljastun. Ei ole ollenkaan varmaa, etteivätkö monet potilaat jo nyt pitäisi hyvin epäilyttävänä taustaani. He ovat pirun tarkkoja. Heillä ei ole mitään muuta tekemistä kuin tarkkailla. Hoitajilla on kiireensä ja heiltä on helpompi pitää asia salassa. En ole heihin ottanut kontaktiakaan, vaan jättänyt sen Simolle. Potilaita sen sijaan olen yrittänyt tentata hieman kutakin. Muutenkin tämä rooli tuntuu niin epämiellyttävältä, että heti sillä sekunnilla, kun siitä loppuu hyöty, minä ampaisen takaisin oman itseni nahkoihin.

Simo myönteli Jaanan ajatuksia: – Olen tietysti tarkkaan kuunnellut mitä Jutta Lundgrenista siellä kerrotaan. On sen joku sanonut ääneenkin, että ihmettelee miksi tuo nainen on hankkiutunut hoitoon. Hän on varmasti ahdistunut, mutta kyllä pystyisi elämään sen kanssa aika hyvin. Miten muka osasto voisi auttaa? Nainenhan vaikuttaa täysin kyvykkäältä ja siviiliin kykenevältä. Joku taisi viitata siihenkin, että ei olisi täällä hoidossa, mikäli jos Jussi Tammi ei olisi taustalla juonimassa. Henkilökunta kokeekin, että hoito ikään kuin on osastolla ja sitten kuitenkin varsinainen psykiatrinen hoito on talon ulkopuolisen psykologin heiniä. Olen samaa mieltä, että ei tätä kovin montaa päivää kannata jatkaa. Jaana on varmaan jo selvittänyt suurilta osin kaiken mitä osaston sisältä voi setviä. Olisi minunkin näitä hoitajia paljon helpompi haastatella, jos voisin lyödä virkamerkkini pöytään ja sanoa että nyt jutellaan. Tämä oli varmasti ihan hyvä tapa töniä tutkimusta eteenpäin, mutta ei tätä kannata loputtomasti jatkaa.

Mauri havaitsi kaksikon selvän vastahangan sairaalaväen roolissa. – Joo, mennään päivä kerrallaan.

Jussi avasi ensimmäistä kertaa suunsa: – Kyllä tämä niin vahvasti näyttää kiertyvän joka suunnasta siihen Kalamoksen ja Vanamon seksisuhteen ympärille, että kyllä minusta teidän täytyy vain kartoittaa kaikki linjat siitä, että kuka on voinut olla mustasukkainen kenestäkin. En lyö päätäni pantiksi, mutta olen melko varma, että kyseessä on mustasukkaisuusrikos. Näistä rikoksista lähemmäs 80 prosenttia on miesten tekemiä. Eli tekisi mieleni väittää, että joku on mustasukkaisuusraivoissaan Outi Vanamon vuoksi ja on suunnitelmallisesti murhannut Jouni Kalamoksen ja onko sitten vaikka tullut järkiinsä ja ymmärtänyt, että Outi Vanamohan on jollei silminnäkijä, niin ainakin ilmeinen todistaja ja siksi on äkkipikaisuuksissaan joutunut hiljentämään myös naisen. Ei ennennäkemätön kombinaatio mustasukkaisuustapoissa. Voihan käydä niin, että joku mies, meille siis vielä tuntematon mies vielä tappaa itsensä tai menettää muuten totaalisesti hermonsa ja sitä kautta paljastaa itsensä. Joka tapauksessa joku on tällä hetkellä helvetin kireällä virittyneenä ja epäilemättä tietää poliisin touhuavan aktiivisesti hänen jäljillään. Ihmisen hermothan kestävät äärimmäistä jännittyneisyyttä vain määrätyn ajan. Tästä on jo kohta kolme viikkoa, kun rikos tapahtui,

95

joten ensimmäiset muutamat päivät tekijä on voinut olla siinä harhassa, että hän ei ikinä jää kiinni, mutta mitä enemmän hän sitä pohtii, sitä todennäköisemmin hän tulee ymmärtämään, että näistä melkein aina kiinni jää. Pitää muistaa, että hän ei ole ammattirikollinen. Kahden ihmisen tappamisessa on niin isot stressitekijät, että mies tai nainen rupeaa kohta jo ulospäin näyttämään siltä, ettei pysty nukkumaan tai syömään. Tarkkailkaamme ympäristöä.

Koska kukaan ei spontaanisti jatkanut puhetta, kysyi Mauri: – Onko kaikille nyt selvää mitkä ovat seuraavat toimet? Jos on, voidaan lopettaa. Kyllä te pääsette ihan kohta pois osastolta. Mutta tsempatkaa vielä pari päivää.

– Juu, ei siinä mitään, Jaana lupasi. – Kyllähän me ollaan siellä vaikka kuukausi, jos juttu saadaan sillä aukenemaan. Sitä vain yritin sanoa, samaa kuin Simokin, että meidän hyötymme siellä olosta voi olla nautittu.

Mauri kopautti kynällään pöydänkulmaan: – Julistan palaverin päättyneeksi. Vapaata seurustelua, olkaa hyvä.

Jaana lähti kiertämään pöytää päästäkseen Jelenan luo, jossa hän ryhtyi supisemaan tämän kanssa tämän voinnista ja mitä elämään ylipäätään kuului. Jelena kertoi, että hän muuttaisi viikonlopun aikana vuokraamaansa kaksioon pois Kallen luota. Ei kuitenkaan uuden miehen luo, vaan keskenään koiriensa kanssa. Jelena kuiskasi Jaanalle, että Säntin Sauli oli lupautunut muuttomieheksi. Muuksi mieheksi ei vielä kuulemma. – Odottelen kosintaa.

Jaana puristi Jelenaa kädestä ja lupasi olla tukena, kävi miten kävi. – Ja hyvinhän kaikki käy.

Jussi kolisteli pystyyn ja tokaisi: – No niin, sairaalanväki, lähdetään takaisinpäin. Rupeavat vielä ihmettelemään, jos pidän Jaanaa koko illan poissa enkä ymmärrä millä verukkeella Simo tänne lähti.

Simo hymähti: – Minähän olen vapaalla. Minä olin aamuvuorossa.

– Selvä. Mutta Jaanan täytyy nyt lähteä takaisin osastolle.

He hajaantuivat kukin omiin suuntiinsa.

LUKU 11

Jaana sekoittaa osastoa

Kun Jaana palasi osastolle, hän kävi nopeasti moik-
kaamassa iltavuorolaisia ja istui sitten poikkeukselli-
sesti television ääreen. Sieltä oli alkamassa jääkiekon
U-20 -kisojen loppuottelun USA-Suomi toinen erä.
USA johti peliä 3-1. Jaanaa kiinnosti ennen kaikkea se,
että tämä ohjelma oli saanut suuren enemmistön poti-
laistakin hiissaamaan itsensä tv:n ääreen. Tosin toisen
erän jälkeen, kun peli oli jenkeille jo 6-1, väheni myös
katsojien kiinnostus peliä kohtaan. Joten suurin osa
potilaista ei nähnyt kolmannen erän Suomen taiste-
lua, joka siivitti tilanteen vielä 6-4, kunnes aika loppui
kesken ja jenkit kruunattiin maailmanmestareiksi.

Jaanakin oli jo lähdössä huoneeseensa, kun kuuli omi-
tuisen rämähdyksen ja sen perään naisen kirkumista.
Jaana lähti liukkaasti ääntä kohti koska huomasi, että
hoitajista ei ollut ketään paikalla. Ja olisi hän lähtenyt
muutoinkin. Iso savinen kukkaruukku oli paiskattu
päin tupakkahuoneen ovea. Se oli osunut karmiin ja
hajonnut käytävän puolelle lattiaa, jossa yksi raivo-
päisesti kiljuva nainen potki jäännöksiä pitkin lattiaa
pitäen silmitöntä meteliä. Tämä oli potilas Tuija Ah-
ven. Jaana juoksi paikalle ja komensi naista:

98

– Älä mene sinne sukkasiltasi, ruukunsirpaleet ovat teräviä!

Komento ei vaikuttanut naisen toimintaan, joten Jaana käänsi hänen kätensä selän taakse poliisiotteeseen. Naisen siinä rimpuillessa Jaana ohjasti hänet eristyshuoneeksi tietämäänsä koppiin ja lukitsi oven kiinni perässään. Jaana oli ottanut tupakkahuoneen nurkasta varrellisen rikkakihvelin ja lattiaharjan, ja siivosi ruukunjätteitä, kun hoitajia viimein saapui paikalle. He olivat olleet kahvilla jääkiekko-ottelun jälkeen. Sairaanhoitaja Niilo Harjula kysyi Jaanalta:

– Mitä täällä tapahtuu? Sinäkö tiputit tämän ruukun?

– No en. Minä siivoan jälkiä. Pistin syyllisen eristyskoppiin, kun oli vaarassa teloa itsensä näihin sirpaleisiin.

Paikalle ehti myös Essi Sarjanto, joka kurkisti eristyshuoneen kurkistusikkunasta ja näki Tuijan kyhjöttävän patjalla istumassa. Harjula otti Jaanalta siivousvälineet ja jatkoi jätteiden kokoamista roska-astiaan, jonka Essi oli tuonut tullessaan. Hoitajat naureskelivat: – Sinä siis suljit Tuijan tuonne huoneeseen?

– Niin tulin tehneeksi, kun en muuta keksinyt eikä henkilökuntaa näkynyt missään.

– Ansiokkaasti toimittu, sanoi Essi. – En muista uraltani toista tapausta, jossa toinen potilas olisi eristänyt toisen. Mutta hyvin toimittu joka tapauksessa.

99

Lähes kaikki potilaat olivat kerääntyneet ihmettelemään metelin syytä. Jaana lähti kävelemään poispäin ja sanoi mennessänsä: – Käykää tarkistamassa onnistuiko se telomaan jalkansa.

Hän kuuli miten Essi avasi eristyshuoneen oven ja huuteli ovelta: – Saitko Tuija haavoja jalkoihisi sirpaleista?

Ei kuulemma saanut. – Mitä varten mätkäisit ruukun seinään?

– Vitutti.

– Vieläkö vituttaa?

– Ei niin paljoa.

– Pystytkö tulemaan osaston puolelle vai rupeaako kukkaruukut vielä vituttamaan tänä iltana?

– Pystyn tulemaan.

– Tule sitten pois sieltä.

Eristys purettiin saman tien. Jaana makasi sängyssään pitkällään ja yritti venytellä jalkojaan. Hän huomasi, että tavallista kovatempoisempi lenkki oli jäykistänyt hänen varttaan. Yleensä hän lenkkeillessään ei pitänyt sprinttiosuuksia, vaan pikemminkin tasaista vauhtia. Nyt se kilpajuoksu ylämäkeen oli selvästi aiheuttanut happohyökkäyksen lihaksiin. Hän yritti hypellä huoneensa lattialla verryttelyluontoisia hyppyjä ja teki siinä krav maga-potkuliikkeitä sen mitä ahtaassa huoneessa oli mahdollista. Hän arveli, että potkusarjoja ei olisi soveliasta mennä tekemään osaston käytävälle. Vaikka olikin täysin varma, että Niilo Harjula ja Essi Sarjanto eivät häntä kiinni saisi. Hälyttäisivät kuitenkin pian koko sairaalan henkilökunnan ja siitä seuraisi hankaluuksia, sillä hän oli perehtynyt lakiin ja koska hän oli vapaaehtoisessa hoidossa, ei häntä voinut eristää, mutta jos hän kuitenkin eristettäisiin, joutuisivat he asettamaan hänet tarkkailuun saman tien. Ja se taas tietäisi jonkun päivystävän psykiatrin haastattelua. Ei kiitos. Hän jatkoi ahtaudessa venyttelyä.

Hän pohti, että ehkä käytävällä olisi kuitenkin soveliasta edes hieman hölkytellä. Niinpä Jaana meni takaisin osaston puolella ja hölkkäsi kevyesti käytävää päästä päähän. Se ei näkökään ollut kiellettyä, sillä hoitajat eivät sanoneet mitään, kun hän ohitti heidät. Juostuaan muutaman kerran päästä päähän hän päätti kokeilla rajojaan vähän pidemmälle ja hyppäsi vauhdista kärrynpyöräliikkeeseen. Hän toisti kolme kärrynpyörää ja kun hän siitä palasi seisomaan, oli Niilo Harjula hänen vierellään.

– Älä jumalauta!

Jaana pysähtyi ja kysyi: – Mitä yrität sanoa?

– Yritän sanoa, että olet varmaan kovakuntoinen ihminen ja tuollainen on sinulle jokapäiväistä touhua, mutta ymmärrä se, että psykiatrisella osastolla tuollainen herättää yleistä levottomuutta ja innostaa jonkun muunkin kokeilemaan. Joten älä heitä kärrynpyöriä.

– Selvä.

Jaana oli huvittunut. Hänen kärrynpyörien heittelyllään oli yksi tarkoitus, joka oli toteutunut. Kun hän tömähti takaisin seisomaan, hän huomasi, että Helena Bahna kurkisteli huoneensa raollaan olevasta ovesta lähes lattianrajasta. Sitä Jaana oli epäillytkin, joten hän marssi suoraan naisen huoneeseen kopauttaen kerran ovea ja astuen sisään.

Nainen oli istuvinaan nojatuolissa sen näköisenä, että olisi ollut siinä koko illan. Jaana ei suostunut hämättäväksi, vaan ilmoitti: – Näin kun kurkistelit tuonne ovesi alareunasta.

– Niin kurkistelin. Mitä sitten?

– Olin varma, että sinulla on se tapana, kun pidät aina oveasi raollaan. Mitä mieltä olit kärrynpyöristä?

– Hieno sarja.

– Sinä kuulit siis käytävältä ylimääräistä ääntä ja päätit mennä katsomaan mistä se tulee. Varovaisuussyistä kurkistit oven alareunasta.

– Suurin piirtein niin.

– Kuulit myös silloin outoa ääntä, kun täällä ammuttiin. Ja kurkistit silloinkin, luulen minä. Olen siitä itse asiassa aivan varma. Olen seurannut sinua ja sinä olet

102

hyvin tarkkaavainen, hiukan epäluuloinenkin. Pidät silmällä käytävän tapahtumia, vaikka pysytteletkin täällä huoneessasi. Mitä sinä näit sinä yönä? Tai aloitetaan siitä mitä silloin ensinnäkin kuulit?

– No minä kuulin kolme napsausta tai kai ne olivat laukauksia, mutta ne oli tosi hyvin vaimennettu.

– Niin, Jaana totesi. – Jos sellaisessa ysimillisessä on äänenvaimennin ja peittää vielä tyynyllä koko helahoidon, niin ääni on hiljaisempi kuin kämmenien yhteen lyönti.

– Juuri sellainen, vähän kuin lasten käsien lyöminen.

– Kuuluivatko ne aivan peräkanaa?

– Kaksi ensimmäistä oli ihan peräkanaa. Sitten meni ehkä kymmenen minuuttia ennen kuin kuulin kolmannen.

– Ja silloin sinä kurkistit käytävälle?

– Niin tein

– Mitä näit?

– Näin kun joku poistui viereisestä ulko-ovesta.

– Oliko mies tai nainen, nuori vai vanha, tunsitko sinä hänet?

– En tuntenut. Mies se oli. Ennemmin vanha kuin nuori, mutta ei mikään vanhus. 50 tai 60- vuotias, arvioisin.

103

– Miten muuten arvioisit häntä?

– Puku päällä. Sisävaatteissa, ei päällystakkia. Meni avaimella ovesta.

– Totta kai meni, eihän siitä muuten pääse.

– Ei niin. Tarkoitin, ettei hän jättänyt ovea auki, kun oli tullut osastolle. En sitä nähnyt, mutta kuulin kyllä oven käyvän ensimmäisen kerran. Vasta poistumisen näin ovenraosta. Jos ei ihan juoksuaskelia, niin ainakin ripeästi käveli. Tästä ei näe hyvin meneekö ihminen hissiin vai portaikkoon, mutta olen melko varma, että hänen varjonsa vilahti portaikkoon.

– Anna vielä lisätuntomerkkejä.

– En tiedä. Tyypillinen, asiallisen näköinen mies, näin vain takaapäin, kun meni ovesta. Mitä merkkejä siinä nyt ehtii katsoa?

– Eipä kai mitään. Oliko puku musta, sininen vai harmaa?

– Sanoisin, että tummanharmaa. Ei siinä valossa voinut olla varma.

– Entä hiukset?

– No ei ollut mikään pitkätukka eikä kalju. Tavalliset siististi leikatut miesten hiukset. Vaaleat ehkä, tai harmahtavat. Joo, kyllä minä mustat hiukset olisin muistanut.

– No minkä helvetin takia et ole kertonut tätä poliisille? Vai oletko?

– No en ole.

– Saat luvan kertoa.

– Miksi?

– Ai miksikö? Siksi, että murhaaja saataisiin kiinni.

– Luuletko, että jonkun mielisairaalassa olevan mustan naisen todistus paljon painaa?

– Luulen, että se painaa Suomessa aivan yhtä paljon kuin kenen muunkin. Me emme ole missään Sovetossa. Haluan, että otat huomenna heti yhteyttä tutkivaan poliisiviranomaiseen ja kerrot, että sinulle on tullut mieleesi tällainen asia, jota et ole aiemmin muistanut. Voidaanko sopia näin?

– Miksi se on sinulle niin tärkeää?

– Onpahan vain. Minä olen lainkuuliainen ihminen. Sitä paitsi minä asun Outi Vanamon huoneessa, enkä pidä ajatuksesta, että murhamies tulee muutaman askeleen päästä ulko-ovesta ammuskelemaan ihmisiä. Sitä paitsi minähän olen töissä poliisissa. Eikö se sinunkin mielestäsi ole nyt hyvä selvittää ja saattaa syylliset edesvastuuseen?

– Onhan se niinkin, mutta siitä saa niin lyhyen rangaistuksen, että se on kohta jo kostamassa asiaa minulle.

– Jos ei siitä elinkautista saa, niin ainakin 10 vuotta saa kahden viattoman ihmisen ampumisesta.

– Eivät he olleet mitään viattomia.

– Miten niin?

– Kaikkihan sen tiesivät, että he naivat keskenään joka kerta kun Jouni oli yövuorossa. Joskus iltavuoronkin aikana.

– Eivät siis siinä mielessä viattomia, mutta viattomia tullakseen ammutuiksi. Oletko nähnyt muiden miesten käyvän Vanamon huoneessa?

– En minä sitä työkseni kytännyt. Olen minä joskus nähnyt jonkun sinne menevän, mutta en tiedä kuka se oli.

– Minkä näköinen?

– Tarkemmin miettien se saattoi olla se ampuja. Kylläkin ihan erilaisissa vaatteissa. Farkuissa ja neuleessa.

– Milloin tämä tapahtui?

– Ainakin itsenäisyyspäivän iltana.

– Mihin aikaan?

– Yhdeksän ja kymmenen välillä. Näin hänen tulevan pois sieltä, en menevän.

– Aivan. Kerrot tämänkin poliisille. Oletko nähnyt muita?

– En. Mutta minä olen nähnyt Kalamoksen tulevan ulos tuosta ryhmätilasta ja sulkevan samalla sepalustaan ja harovan hiuksiaan. Ja sitten kymmenen minuutin päästä sieltä tuli osastosihteeri Maija Isola. Tämäkin oli niin posket punaisina, ettei ollut vaikea päätellä mitä siellä oli puuhattu.

– Tämähän on varsinainen seksisaluuna, ihmetteli Jaana. – Sinä olet tähtitodistaja. Kerrot koko stoorin huomenna poliisille. Lupaatko?

– Lupaan.

– Hyvä.

Jaana oli tyytyväinen illan tulokseen. Hän otti iltalääkkeensä, pudotti ne suustaan kämmenelleen ja laittoi vielä ne toistaiseksi farkkujensa taskuun. Jaana soitti Maurille ja kertoi mitä oli saanut puristettua potilastoveristaan tämän illan aikana. Mauri oli ihmeissään.

– Kaikki vakuuttivat heti tapahtuman jälkeen, ettei kukaan ollut nähnyt tai kuullut mitään.

– Tämä nainen on hyvin arka. Hän pelkää, ja jopa uskoo joutuvansa rasistisesti kohdelluksi, jos tulee esittämään havaintojaan. Minä vannotin häntä, ettei niin täällä meillä käy. Toinen urotekoni tälle illalle oli, kun eristin yhden potilastoverin. Oli akuutti tilanne enkä voinut muuta kuin napata poliisiotteeseen ja sulkea putkaan.

– Eikö siellä ole henkilökuntaa sitä varten?

– On, mutta satuin ensimmäisenä paikalle ja oli toimittava heti.

– Vaikuttaa siltä, että sinun roolisi ei kestää enää kauaa. Joka tapauksessa hyvää työtä, odotan huomenna kolmeen asti tämän Helena Bahnan yhteydenottoa ja jos sitä ei kuulu, tulen jollakin tekosyyllä häntä itse kuulustelemaan.

– Hyvä. Jos ei Helenasta ole kuullut mitään kolmeen mennessä, voit huoletta sanoa hänelle, että yksi nimetön potilastoveri kertoi, että sinulla saattaisi olla kerrottavaa. Uskon kyllä, että hän ottaa yhteyttä. Hänen pääasiallinen tunnetilansa taitaa olla pelko, ja nyt luulen, että hän pelkää myös minua.

LUKU 12

Reijo Waseniuksen pinna palaa

Perjantaiaamuna Jaana loikoili sängyssään aamupalan jälkeen. Lääkkeet hän oli tapansa mukaan sylkenyt vessanpönttöön. Hänen ovensa oli raollaan ja hän kuuli kummallisen komennon. Osastosihteeri tuli ulos kansliasta ja huusi hoitajille: – Keskus pyytää kaikkia miehiä päivystyspolille. Siellä on jokin väkivaltatilanne.

Kaksi paikalla ollutta mieshoitajaa lähti hölköttelemään kohti osaston ulko-ovea. Jaana kiskoi villasukat jaloistaan ja veti kovapohjaiset sisätossunsa jalkaan. Hän lähti myös ovelle. Kun hoitajat olivat menossa ovesta, Jaana ilmoitti tulevansa myös.

– Ei helvetti, mihin sinä luulet olevasi menossa?

– Sinne polille missä on väkivaltatilanne.

– Sinne kutsuttiin miespuolisia ja piti kuulua vielä henkilökuntaan.

– Kuulin kyllä, mutta kai olette nähneet minut taustatietoni.

– Ai niin, sinähän olet järjestyspoliisissa töissä.

109

– Niin olen, ei teillä ole siellä liikaa silmiä tai käsiä, minä tulen mukaan.

– No tule sitten.

Käytäviä pitkin matka tuntui toivottaman pitkältä, eivätkä he löytäneet mistään edes potkulautoja yhtä enempää. Kolmikko siis hölkkäsi, kunnes heidät pysäytti teknisen huollon ruokavaunujen kuljetusveturi.

– Hyppikää kyytiin, mekin ollaan menossa sinne polille.

Teknisen huollon jo ikämiessarjassa otteleva tekninen johtaja Manne Jokinen totesi: – Sinne tarvitaan ilmeisesti vain lihasvoimaa, sillä kuulutus tuli meillekin keskusvarastolle, eli sinne kaivataan vain yleensä miehiä, ei edes hoitajia.

– Näin mekin ymmärrettiin. Tämä Jutta on meidän mukana koska hän on siviiliammatiltaan poliisi.

– Aha.

He porhalsivat veturilla niin lujaa kuin koneesta lähti. He saapuivat huoltohissille, joka sattui olemaan oikeassa kerroksessa ja ajoivat hissiin ja siitä oikeaan kerrokseen. Kun he saapuivat päivystyspoliklinikalle, oli siellä väkeä jo ympäri talon. Jaanan oli vaikea pidätellä itseään, ettei ottaisi tilanteen johtoa käsiinsä. Lopulta heille tuli selittämään tilannetta päivystyksessä työskentelevä sairaanhoitaja.

– Täällä sattui ihan älytön juttu. Tunnettehan sen vahtimestarin, sen Waseniuksen Reijon, joka seisoo yleensä tuossa aulassa? No vittu, se tuli pyörimään tänne ja tunki yhteen hoitohuoneeseen. Se on hullumpi kuin luulinkaan. Huoneessa oli tutkittavana yksi nuori nainen kovien vatsakipujen takia. Sillä hetkellä ei ollut hoitajaa tai lääkäriä paikalla. Se Wasenius rupesi kähmimään sitä naista, eikä se likka ensin edes tajunnut, että jotain oli vialla. Sitten kun Wasenius käski sen vatsalleen ja puristeli sen takapuolta, likka kiinnitti huomiota, että äijällähän oli sininen puku päällä ja kaluunat hartioilla. Ei vaikuttanut lääkäriltä. Tyttö nousi istumaan ja huusi suoraa huutoa. Wasenius kaivoi hoitotarvikkeiden korista skalpellin ja uhkaili naista olemaan hiljaa tai hän tappaisi tämän. Meiltä yritti hoitajia mennä huoneeseen, jolloin Wasenius uhkaili myös meitä. Nyt sillä oli skalpelli molemmissa käsissään. Hullunkiilto oli silmissä, kun se sanoi tappavansa jokaisen kuka tielle tuli. Nyt hän on vielä huoneessa naisen kanssa. Siinä vaiheessa me tehtiin hälytys talon sisällä ja valitettavasti vasta sen jälkeen, kun meidän lääkintävahtimestarimme Niila Valjus oli yrittänyt riisua Waseniuksen aseista. Sitten soitettiin vasta poliisille. Joten poliisikin on tulossa. Mutta tämä ei jäänyt tähän. Se Valjushan on jonkunlainen karaten osaaja.

111

Jaana tunsi miehen. Hän oli ollut samaan aikaan sekä karate- että krav maga -salilla Niila Valjuksen kanssa. Joten Jaana kysyi: –Saiko Niila ne veitset riisuttua?

– Eikö mitä. Niila hyökkäsi kimppuun, mutta potku oli kai liian hidas, kun Wasenius ehti iskeä skalpellin sen nilkkaan.

– Arvasin, tuumi Jaana mielessään mutta ei puhunut mitään. – Eli onko huoneessa nyt haavoittunut hoitaja, pelästynyt potilas ja hullu Wasenius?

– Kyllä.

Jaana kääntyi lähinnä oman osastonsa hoitajien puoleen. Hänen mukanaan olivat tulleet lähihoitajat Timo Hukka ja Esa Säteri. Molemmat nuoria riuskoja miehiä.

– Eiköhän mennä riisumaan Wasenius niistä skalpelleista? Ja se Valjus on saatava sieltä hoitotoimenpiteisiin.

Säteri kyseli: – Millä helvetillä me sinne mennään, kun se heiluu siellä leikkausveitset kädessä? Tiedätkö sinä mikä skalpelli on?

– Tiedän kyllä.

Wasenius ilmeisesti samaan aikaan teki jotakin hoitohuoneessa, sillä potilas, joka nimi oli nyt selvitetty, Minna Palonen kiljaisi: – Älä koske minuun, hullu saatana!

Jaana älähti: – Ei voida enää odottaa.

Hän otti käytävältä pyöräpaarit eteensä ja rysäytti ne heiluriovista huoneeseen, jossa tapahtumat olivat käynnissä. Wasenius tulikin häntä vastaan. – Tuollaisen pikkuisen likanko ne sieltä lähettivät?

– Ei Reijo Wasenius, ei minua kukaan lähettänyt. Laske nyt se skalpelli siihen pyöräpaarien kannelle, niin saadaan tämä järjettömyys päättymään. Et kai sinä vankilaan halua?

– Minä en välitä enää mistään.

– Mikset? Mitä sinulle on tapahtunut?

– Minä olen 15 vuotta asunut saman naisen kanssa. Tässä sairaalassa lähihoitajana työskentelevän Ritvan kanssa. Meillä on ollut nyt harkinta-aika päällä ja olen tehnyt kaikkeni, että Ritva palaisi luokseni. Mutta nyt on selvinnyt, että hän ei enää koskaan palaa takaisin. Hänellä on uusi mieskin katsottuna.

– Usko minua, Jaana yritti rauhoitella, elämässä sattuu sellaista ja sinä selviät siitä. Mutta jos sitä selviytymistä täytyy alkaa harjoittelemaan vankilassa törkeän pahoinpitelyn jälkeen, on se huomattavasti vaikeampaa. Ymmärräthän sinä, että sinä et täältä pääse karkuun. Kohta tuo viereinen huone, joka on jo nyt täynnä miehiä, täyttyy lisää sinitakkisista miehistä.

– Minä en välitä. Kun satuin huomaamaan aulasta, että Palosen Minna on tulossa potilaaksi, päätin etsiä hänet ja ehdottaa hänelle treffejä.

– Sinä tunkeuduit huoneeseen, jossa häntä tutkitaan ja tulit ehdottamaan treffejä? Älä nyt hulluttele. Laske se veitsi tähän pöydälle.

– En laske.

Jaana käänsi pyöräpaarit siten, että ne olivat poikittain heidän välissään. Wasenius yritti naureskella: – Luuletko sinä tyttö pystyväsi riisumaan minut aseista?

Jaana ei puhunut mitään. Hän sysäsi itsensä pieneen liikkeeseen ja hänen vasen jalkansa heilahti kiertopotkuun, joka jysähti Reijo Waseniuksen oikean korvan alle, leuan lähtöpisteeseen. Jaana tunsi, kuinka varpaantyvessä sattui. Hän tiesi siitä, että kipu oli helvetisti kovempi Waseniuksen leuassa. Hän kummasteli, miksei mies pudonnut, mutta kun hän tarkasteli Waseniusta, huomasi hän, että tämän ilme oli tuijottava. Eikä Jaanalla ollut enää mitään vaikeuksia tarrata miehen oikeaan ranteeseen ja kiepsauttaa tämän käsi selän taakse. Sitten hän painoi miehen vatsalleen pyöräpaareille.

Hän huusi: – Tulkaa nyt jo saatana apuun, mulla on se kiinni!

Vain muutamaa sekuntia aiemmin oli ensimmäinen poliisipartio pysähtynyt poliklinikan eteen ja sieltä syöksyi sisään kaksi miestä, joista ensimmäinen huusi: – Poliisi paikalla, tilanne seis!

Jaana kuuli tämän huudon ja tunnisti miehen äänestä. – Harjun Jaska, ala tulla ääntä kohti. Mies on minulla kiinni.

Poliisit saivat hyvin tilaa oven edestä ja tunkeutuivat hoitohuoneeseen. Edellä Jaakko Harju ja jäljessä heti partioparinsa Jaakko Tarjanne. Harju kysyi heti sisään astuessaan: – Jaana, mitä helvettiä sinä täällä teet?

Jaana veti sormellaan huuliensa edestä hiljaisuutta vaativan käsimerkin. – Olen salanimellä täällä, olen Jutta. Olen täällä potilaana.

– Aijaa, mikä sua vaivaa?

– Mahahaava.

Poliisit raudoittivat Waseniuksen kädet selän taakse ja ryhtyivät tarkkailemaan tilannetta. Samalla sisään päästettiin myös hoitajia. Nämä auttoivat Valjuksen pystyyn lattialta, jonne hän oli suistunut. Hänen oikeasta jalastaan valui verta solkenaan.

– Täällä on yksi äijä tajuttomana. Kuka tietää mikä täällä on kokonaiskuvio, kysyi Jaakko Tarjanne.

Jaana tokaisi: – En tiedä kokonaistilanteista, mutta riisuin tämän kaverin aseista ja kopautin sen verran että on tajuttomana.

Samainen hoitaja, joka oli perehdyttänyt Jaanaa ja osaston hoitajia heidän tullessaan paikalle, kertoi poliisille tapahtumien kulusta. – Minä luulen, että tämä mies on jossakin seksuaalipsykoosissa. Hyökätä nyt naisen kimppuun kesken hoitotutkimuksen.

Harju katsoi Waseniuksen nimilaatasta. – Vahtimestari Reijo Wasenius. Pitääkö paikkaansa?

– En tiedä mikä minuun meni. Myönnän kaiken.

– Ja iskit puukolla tätä hoitaja Valjusta?

– Puolustauduin. Hän kävi kimppuuni.

– Joo-o. Eiköhän tässä ole nyt meidän osaltamme tärkeimmät tiedot.

Tarjanne selvitti vielä potilas Paloselle ja hoitaja Valjukselle, että rikospoliisista tulisi joku heitä kuulustelemaan. Jaana vannotti vielä Jaakko Harjua ennen kuin tämä ehti lähteä. – Ilmoittakaa sitten heti Taposen Maurille, että Wasenius on teillä kiinni ja kertokaa olosuhteet. Ja muistakaa: minusta ei sanaakaan.

Jaana tunkeutui taas tapahtumapaikalle ja näki tarpeelliseksi mennä lohduttamaan Niila Valjusta. – No mitä tapahtui? Miksi mies pääsi lyömään sinua skalpellilla?

– Sama juttu niin kuin aina, myönsi Valjus. – Minä olen harjoituksissa helvetin hyvä. Pystyn tekemään kaiken, vaikka sata kertaa. Mutta kun tulee tosipaikka, ottelutilanne, niin minä sählään. Tukijalka jotenkin petti, jouduin korjaamaan tasapainoani ja oikea jalka, jonka yritin saada hänen kaulantyveensä, kilpistyikin hiljaisena olkapäähän. Onni oli se, että vasemmassa kädessä ollut skalpelli kirposi hänen kädestään, mutta oikealla hän iski nilkkaan. Sattuu vähän helvetisti. Vaikka kyllä se kuntoon tulee. Oli ainakin ensiapuhenkilökunta lähellä.

Valjusta lähdettiin viemään röntgenkuviin. Jaana mietti millä ihmeellä hän voisi mennä kuulustelemaan Minna Palosta ilman liian huomion herättämistä. Hän päätti yrittää tyttöjen keskinäistä rupattelua, johon Minna tarjosi tilaisuuden vinkkaamalla hänet luokseen.

– Haluan kädestä pitäen kiittää sinua. Pelastit varmaankin minun henkeni tai ainakin terveyteni. Minähän tunnen tuon Reijon. Hän on isäni vanha ystävä. En saattanut käsittää miten Reijo tuli minua tutkimaan ja kesti vähän aikaa, kun tajusin että kyse olikin aivan jostain muusta, kun se puristeli mun persettä.

– Näin tyttöjen kesken, ei perse puristelusta rikki mene. Paranee vain. Mutta tosissaan oli vakava paikka eikä seksuaalisessa uhkailussa ole mitään huvittavaa. Onneksi tilanne ratkesi.

– No ratkesi, kun sinä hyökkäsit paikalle kuin joku Bruce Lee. Pysäytit siltä virrat yhdellä potkulla.

– Oikeasti ihmettelen, miksei se mennyt maihin siitä potkusta. Useimmat olisivat. Ehken osunut niin hyvin tai sitten hän pystyi jotenkin keventämään iskua. Sitten huomasin kyllä silmistä, ettei katse enää kohdistunut, joten oli aika helppoa riisua aseet pois. Ja sitten ratsuväki tulikin paikalle.

– Kuulin, että sulla itselläs on mahahaava.

– Valehtelin, en kehdannut kertoa, että olen psykiatrisella hoidossa. Äläkä sinäkään puhu siitä eteenpäin. Täytyy mennä, etteivät luule, että olen karannut. Moi.

– Kiitos vielä kerran.

Jaana huomasi, että hänen kanssaan tulleista hoitajista Esa Säteri seisoi oven ulkopuolella tupakoimassa. Jaana meni hänen seurakseen.

– Lähtikö se Hukka jo osastolle?

– Lähti. Sielläkin pitäisi olla koko ajan miehiä. Tai eiväthän kaikki miehet täällä ole. Huomaatko Jutta, että mieslääkärit ovat suuremmalti osalta vapauttaneet itsensä tällaisista yleisinhimillisistä velvollisuuksista?

– Huomaan. Annatko tupakan?

– Mutta Hiltusen Jere tuossa jo riisui pikkutakkia päältään ja kravattia kaulastaan sillä aikaa, kun sä olit siellä neuvottelemassa Waseniuksen kanssa. Se on kai omasta mielestään jonkunlainen lähitaisteluosaaja. Hän oli kyllä valmiina syöksymään sisään, jos olisit jäänyt tappiolle. On pakko myöntää, että pelotti ajatuskin, jos joudun sinne ja vastassa on hyväkuntoinen mies, jolla on kirurginen veitsi molemmissa käsissään. Ne ovat teräviä kuin partaterät. No, siitäkin selvittiin. Lähdetäänkö Jutta takaisin osastolle? Sopiiko sulle, että kävellään ulkokautta?

– Sopii hyvin.

He astelivat hiljakseen ison parkkipaikan poikki ja saapuivat psykiatriselle talolle eli Ahveniston vanhalle puolelle. He eivät ottaneet hissiä vaan kulkivat portaat kolmanteen kerrokseen. He lysähtivät päiväsalin sohvaryhmään istumaan. Osastonhoitaja tuli heidän luokseen ja kertoi, että Timo jo päällisin puolin kertoi teidän seikkailuistanne. – Mutta haluaisin Jutta kuulla sinulta tapahtumien kulusta. Olit kuulemma aika fokuksessa.

Kaikki osaston väki kerääntyi kuuntelemaan, niin hoitajat kuin potilaatkin. Ja Jaana selosti lyhyesti, kuinka oli ensin puhumalla rauhoittanut tilanteen ja sitten yhdellä potkulla lamauttanut veistä heiluttaneen vahtimestarin ja järjestyspoliisin rutiinilla riisunut tämän sitten aseista.

Esa Säteri täydensi: – Se voi kuulostaa aika yksinkertaiselta ja helpolta, mutta voin vannoa, että sitä se ei ollut. Mä ainakin pelkäsin ihan helvetisti, että tuo

119

Jutta, joka ensinnäkin puoliluvatta änkesi mukaan, kun juostiin sinne polille, vahingoittaisi vielä itseään sillä reissulla. Ja ketä silloin syytettäisiin? Lisäksi pelkäsin ihan oikeasti, että tuollainen mielenhäiriöön joutunut tyyppi voi lyödä vaikka kaulaan. Mutta Jutta teki siitä vaarattoman helpon näköisesti. Tuollaisen potkuliikkeen takana täytyy olla satoja harjoituskertoja, että se lähtee noin arvaamattomasti, tarkasti ja oman tasapainonsa pitäen.

Jaana päätti sulkeutua huoneeseensa joksikin aikaa, jotta tilanne rauhoittuisi. Sitä ennen hänen olisi soitettava Maurille, että tämä olisi tietoinen, että heidän yksi tutkimussuuntansa oli aktivoitunut selvästi. Jaana selosti Maurille, kuinka oli käynyt riisumassa Waseniuksen aseista päivystyspoliklinikalla.

– No miten se sinä voit siellä olla riisumassa? Missä roolissa sinä olit, potilaana vai poliisina?

– Kai minä yhä olin potilaana. Mutta tilanne oli taas sellainen, ettei ehtinyt miettiä seuraamuksia vaan oli toimittava. Mutta nyt kun se on kiinniotettuna, niin kiskokaa siltä tunnustus, jos se on murhienkin takana. Kun katsoin sitä silmiin pyöräpaarien yli, niin mieleen tuli, että se voisi ollakin. Sille on ottanut todella koville avioero. Itsekin hän tunnusti menevänsä täysin hälläväliä-asenteella. Eikä se mikään tumpelo jätkä ole, koska se pudotti kuitenkin veitseniskulla mustan vyön karatekan, joka tosin tunnusti horjahtaneensa potkussa itse. Mutta yhtä kaikki. Mies on siis valmis käyttämään asetta saadakseen haluamansa lopputuloksen. Pystyy ainakin ahdistettuna äärimmäisiin tekoihin. Jos se kuvitteli, en tiedä ehtikö se sitä harkitsemaan, että se voisi pyytää treffeille potilaana ollutta naista tunkeutumalla hoitotilanteeseen, jossa nainen oli kovien vatsakipujen takia ja rupesi puristelemaan persettä, niin mistä sen tietää miten se on tätä Vanamon Outia lähestynyt. Outihan kävi päivittäin kahviossa ja Waseniuksen työpistehän on siten, ettei siitä voi olla havainnoimatta kahvilla kävijöitä. Jos viedään ajatusketjua pidemmälle, niin jos Outi on antanut pikkuisen peukkua, hänhän ei ollut mikään varsinainen kieltäytyjä tämä Outi, niin sitä ei tiedä kuinka kuumaksi tilanne on Waseniuksen päässä käynyt. Jos hän on syyllinen, niin repikää nyt se tunnustus, kun se kerran kiinni on.

– Voi perhana, kun minulla olisi sinut käytettävissä kuulusteluun. Mutta ei ole. Ylikonstaapelit leikkivät siellä lääkärileikkejä ja yksi on jatkuvasti huonovointinen. Olen näet tarkkaillut. Mutta ehkä vanha herra Elias Saario höykyttää tästä Waseniuksesta totuuden pöytään. Ja varmaan höykyttääkin. Itse meinaan mennä todistajaksi.

– Hyvä suunnitelma, myönsi Jaana. – Olipahan taas sähäkkä alku tälle päivälle. Makasin tässä sängyllä aamiaisen päälle, kun kuulin huutelua ja hälytystä käytävällä. Miehiä siellä kutsuttiin, mutta änkesin mukaan ja siellähän olikin tosipaikat. Ei muuten ollut kovin paljoa halukkaita huoneeseen menijöitä, jossa tämä puukkojunkkari isännöi. Yksi lääkäri oli siinä kravattiaan riisumassa ja suunnitteli kuulemma interventiota, jos meinaan jäädä alakynteen. En jäänyt.

– Näissä sun tempuissa on huono puoli se, että ne tehdään aina tutkan alla. Voisin taas esittää poliisitoiminnan mitalia, mutta niin usein tässä on se omituinen lisävire, että et ole ikään kuin poliisi. Mutta sehän ei sinun syysi ole. Sinuthan on määrätty tehtävään, niin kuin sotilaat.

– Niin on, herra luutnantti. Minä vain toimin.

– No hyvä. Oletko kunnossa tai satutitko itseäsi?

– Olen täysin kunnossa. Mitään ei sattunut.

Ylilääkäriä tapaamassa

Ylilääkäri Raimo Häkli asteli osastolle reippaaseen tapaansa. Hän käveli kansliaan ja tiedusteli: – Voinko vielä Jutta Lundgrenin mukanani hetkeksi? Hän on pyytänyt tapaamista kanssani.

– Kyllä voitte.

– Onko hän niin asiallisessa kunnossa, että uskallan viedä osastolta ulos?

– On täysin asiallinen, kansliasta kommentoitiin, hän on viimeisessä huoneessa ennen ulko-ovea.

Häkli kopautti Jaanan oveen. Hän tervehti naista kutsuen tätä Jutaksi. Jaana veti taas sisätossut jalkaansa ja ehdotti, että he menisivät Häklin virkahuoneeseen. Sinne Häklikin oli ajatellut vieraansa saatella.

Kun he astuivat osaston ulkopuolelle, Jaana sanoi: – Kyllä on ihana olla oven tällä puolen. Täällä minä olen Jaana, Jaana Lindegren. Voit uskoa, että on raskasta olla joku muu kuin oikeasti on.

– Kyllä. Saat ehkä tässä kuvan siitä miten raskasta on skitsofreenikon elämä. Siinä joutuu olemaan jatkuvasti useampi kuin laki sallii.

Kun he astelivat hallintosiiven käytävällä, Jaana peilaili pitkän neuvotteluhuoneen ikkunasta heitä ja totesi Häklin olevan vähintään 190-senttinen. Jaana istahti sohvalle, kun he pääsivät ylilääkärin työhuoneeseen. Häkli tarjoili kahvia ja tiedusteli: – Kuinka tutkimukset ovat edistyneet?

Jaana tokaisi, että hän varsinaisesti tunsi tutkimuksista vain tämän yhden linjan. – Mutta voin vannoa, että muitakin linjoja tutkitaan kaiken aikaa. Eikä keneräisistä tutkimuksista ole tapana paljoa puhua.

– Eipä tietenkään, Häkli myönteli. – Mutta on kai teillä joku epäilty?

– Kyllä, Jaana myönsi. – Ainakin minulla on. Sitovaa näyttöä ei vielä ole kehenkään saatu. Tälläkin hetkellä poliisilla on yksi henkilö kiinniotettuna.

– Niin, minä kuulin siitä kauheasta tapahtumasta päivystyspolilla. Kuulin myös, että sinä olit keskeisessä roolissa sitä selvitettäessä.

– Tilanne oli niin akuutti, että minun oli pakko astua näyttämölle poliisina. En voinut katsella sivusta, kun ihmishenki oli selvästi uhattuna. Tunnetko sinä tätä Waseniusta?

– En voi sanoa varsinaisesti hyvin tuntevani. Joskus jollakin henkilökunnan virkistysristeilyllä olen tavannut hänen vaimonsakin. Minua hiukan yllättää se, että Wasenius on kokenut avioeron niinkin raskaasti.

Mielestäni hän ei mitenkään elänyt niin, että avioliiton säilyminen olisi ollut hänen ykkösprioriteettinsa. Vaikka kyllähän minä sen ymmärrän. En voi itsekään väittää olevani täysin nuhteeton aviomies, vaikka melko nuhteeton olisinkin.

– Voisitteko nyt sitten määritellä täysin ja melko nuhteettoman välisen eron?

– No, minä olen 59-vuotias. Menin avioliittoon 26-vuotiaana. Alkuvuosina tulin joskus hairahtaneeksi sopimattomiin vuoteisiin, enkä lainkaan väitä, etteikö siihen vaikuttaisi selkeästi tämä ammattini. Joskus kun vaimon silmä vältti, minulla syntyi vipinää jonkun hoitsun kanssa. Mutta ymmärrätte, että olen nyt jo niin iäkäs, että ei ole vaikeaa elää siveellisesti. Sitä tarkoitan melko nuhteettomalla.

– Tunsitteko te Jouni Kalamoksen?

– Kyllä minä tunsin. Arvostin häntä hoitajana. Hän teki hyvää työtä. Jaksoi monien hyvin raskashoitoisten potilaiden kanssa. Siksi kun hän aikanaan haki täältä virkaa, minä puolsin sitä ehdottomasti. Tosin en muista, että sitä nyt kukaan olisi vastustanutkaan, mutta huolehdin että hän meni muiden ohi jonossa. Hän oli työtä pelkäämätön mies. Hän ei arastellut olla pitkiä aikoja vaikeasti psyykkisesti sairaiden ihmisten kanssa. Kaikki eivät siihen pysty. Kalamos ei pelännyt sitä vaikutusta, jota muuten ei tieteellisesti ole todistettu tietenkään, että sillä olisi omaan mieleen vaikutusta, kun elää skitsofreenikoiden kanssa yötä päivää. Itse olen sitä mieltä, että sillä täytyy olla vaikutusta. Mutta Kalamos oli eettisesti korkeatasoinen hoitaja. Siksi tuntuu vaikealta kuulla, että hän oli ollut suhteessa potilaan kanssa. On kai kiistatta osoitettu, että hänellä oli intiimisuhde tämän Vanamon kanssa.

– Jos Kalamos olisi elossa, niin miten sairaala olisi toiminut, kun suhde potilaan kanssa olisi tullut tietoon?

– Kyseessä on niin vakava virkavirhe, että hänet irtisanottaisiin.

– Koskeeko tämä kaikkia viranhaltijoita?

– En ole asiaa niin ajatellut, mutta kyllä kai se koskee. Vaikka toisaalta jos puutarhuri sattuisi kiinnittämään huomiota johonkin potilaaseen, ja heille syntyisi suhde, olisi sitä kai hiukan vaikea ja ikäväkin mennä estelemään. Periaatteessa siis asia koskee kaikkia viranhaltijoita ja työntekijöitä. Tarkoitin puutarhuriesimerkillä, että tuollainen on niin kaukana itse hoitotyöstä kuin vain sairaalan virkasuhteessa oleva voi olla. Ensisijaisesti kielto koskee siis hoitotyötä tekeviä. Eli missään tapauksessa henkilö, joka on mukana potilaan hoidossa tai jolla on mahdollisuus vaikuttaa siihen, niin häneltä on ehdottomasti intiimisuhteet kielletty potilaisiin.

– Onko teille koskaan käynyt niin, että olisitte ihastuneet potilaaseen?

– Erikoinen kysymys. Ei ole käynyt. Minua kerran syytettiin nuorena harjoittelijana Varsinais-Suomessa Salon sairaalassa, että olisin ollut suhteissa yhden potilaan kanssa. Totta se on, että saattelin häntä muutaman kerran kotiin, koska meillä oli lähes yhteinen kotimatka. Mutta se suhde oli samalla jalkakäytävällä samaa reittiä kävelyä. Ja joku kateellinen tai muu ilkeämielinen ihminen ilmoitti sairaalaan johdolle, että kuljen iltaisin yhden potilaan kanssa. Asia tutkittiin, ja selvisi, että puheissa ei ollut mitään perää. Ja kuten sanottua, näin ikämiehenä tuollaisista kiusauksista on sangen helppo kieltäytyä.

– Ettehän te nyt loputtoman vanha ole, vasta 59? Minun avomieheni, tuleva aviomieheni, on lähes yhtä vanha kuin te, enkä koe häntä mitenkään vanhaksi. Eikä koe hän itsekään.

– Se on tietysti hyvin henkilökohtainen kokemus. Mutta mitä tekemistä tällä on minkään kanssa?

– Ei varmastikaan mitään, myönsi Jaana. – Tunsitteko Outi Vanamon?

– En tuntenut. En ollut koskaan häntä tavannut niin, että olisimme puhutelleet toisiamme. Hänhän oli useita kertoja osastolla hoidossa ja minä käyn osastolla usein. Olen voinut hyvinkin nähdä hänet käytävällä, mutta en ole koskaan puhunut hänelle tervehdystä enempää eikä meillä ole ollut hänen kanssaan sovittuja tapaamisia.

– Kun hän kolme vuotta sitten tuli ensimmäistä kertaa hoidettavaksi, hänen potilastiedoistaan ilmenee, että te olitte vastustaneet hänen osastolle ottamistaan. Miksi?

– Kun olin perehtynyt hänen papereihinsa.

– Miksi te perehdyitte hänen papereihinsa?

– Antakaa minun vastata loppuun. Kun olin katsonut papereita, syntyi minulle vaikutelma, että nainen oli lähinnä huomiohakuinen ja mielestäni hänen oli haettava sitä jostakin muualta kuin psykiatriselta osastolta. En epäile, etteikö hän olisi ollut ahdistunut, mutta muitakin keinoja olisi ollut käytettävissä.

– Ettekö tässäkään yhteydessä tavannut häntä?

– En tavannut. Sain mielestäni riittävät tiedot potilaskertomuksesta.

– Sitten toinen kysymys. Miksi te ylipäätään tutkitte potilaskertomusta?

– Otin niihin kantaa siinä vaiheessa, kun häntä hoitava psykiatri oli esittänyt hänelle mahdollisuutta osastohoitoon.

– Eikö psykiatri edes tiedustellut etukäteen oliko teillä tilaa?

– Minä en ole henkilö, joka pitää lukua osaston paikkatilanteesta. Hän oli kyllä kysynyt asiaa osastolta ja saanut myönteisen vastauksen. Silloin minä tulin tarttuneeksi tilanteeseen, koska tällaisia ahdistuneita naisia pyörii tällä osastolla enempi tai vähempi. Pyrin siihen, että vähempi, koska jos osastolla on joskus hieman väljempää, on sillä rauhoittava vaikutus niihin, jotka sitä oikeasti tarvitsevat.

– Minulle tulee väkisin sellainen vaikutelma, että te väheksyitte Outi Vanamon oireiden vakavuutta, vaikka ette olleet koskaan häntä tavannut.

– No se vaikutelma on väärä. Se näyttää siltä koska mitä korkeammalle sairaalaan hierarkiassa kohoaa, sitä vähemmän on kontakteja potilaisiin. Eli teoriassa minulla on satoja potilaita, käytännössä ei. Ehdin paneutumaan joidenkin papereihin vain, jos niissä on jotakin kiistanalaista. Psykiatrisen osaston liepeillä pyörii niin paljon porukkaa, että ylilääkäri ei ehdi kaikkia tapaamaan ja heidän hoidostaan on siitä huolimatta pystyttävä antamaan suosituksia. Hänhän tuli osastolle hoitoon, ja osaston lääkäri teki toisenlaisen päätöksen kuin minä. Ja sillä hyvä.

– Sen jälkeenkö te ette enää ottanut asiaan kantaa?

– En ottanut. Ajattelin, että hoitakoot nyt jos haluavat ja saattaahan siitä joskus olla jotakin hyötyäkin.

Jaana muisti tarkasti, kuinka hän oli lukenut Vanamon hoitokertomuksesta, että ylilääkäri Raimo Häkli oli toistuvasti vielä tämän ollessa hoidossa ilmaissut kantansa, että Outi Vanamo oli väärässä paikassa.

Jaana päätti pitää asian vielä omana tietonaan koska Häkli sitä niin painavasti vakuutteli.

– Mitä te luulette, että sinä yönä tapahtui, kun Kalamos ja Vanamo ammuttiin?

– Luulen, että joku tuli keskeyttämään heidän lemmenhetkensä. Ampui ensin toisen ja koska toinen jäi todistajaksi, ampui sitten tämänkin.

– Aika raakaa meininkiä.

– No juuri sitä, raakaa. Minun sairaalaani tullaan ja ammutaan potilas ja hoitaja. Pidän sitä kerta kaikkiaan puistattavana menona. Sellaista ei ole koskaan aiemmin sattunut enkä moista muista kuulleeni kollegoiltakaan mistään muusta Suomen sairaalasta.

Jaana rauhoitteli Häkliä kertomalla hänelle, että Tampereen yliopistollisessa sairaalassahan kerran murhattiin kaksi potilasta. – Joten ei tämä nyt aivan ainutlaatuista ole. Kummallista tässä on kuitenkin se, että tähän tapaukseen ei näytä millään löytyvän tekijää. Tai nythän saatan puhua pötyä. Voihan olla, että tekijä on kiinni tai häntä otetaan kiinni juuri tänä iltana. Polisiin tutkintajuna jyskyttää koko ajan ja joka päivä saadaan jotakin selville. Osaatteko te ampua?

– Minusta alkaa kuulostaa siltä, että pidätte minua epäiltynä.

– Teillä on avaimet osastolle. Se, että kyseessä on suljettu osasto, rajoittaa melko paljon vaihtoehtoja, kun syyllistä etsitään.

– Sen varaan ei kannata liikaa laskea. Avaimia on kateissa niin mahdoton määrä, että ei sitä pysty kukaan edes laskemaan. Minulla toki on avain ja pääsen ovesta. Mutta miksi menisin ampumaan täysin itselleni tuntemattoman potilaan ja mukavan ja hyvän hoitajan?

– Emme me ole teille mitään motiivia keksineet. Kai ymmärrätte, että näitä kysymyksiä heitellään laajalla haavilla toistaiseksi. Minä muuten häivyn osastolta lähipäivinä. En saa sisältä käsin enää luultavasti mitään irti. Mutta en usko, että Reijo Wasenius olisi luonteeltaan ainoa vaikea mies tässä sairaalassa. Onko teillä kenties kokemusta jostakusta muusta?

– Onhan minulla toki vuosien saatossa ollut tässä huoneessa kipakoitakin keskusteluja. Olen joutunut antamaan lopputilejä lääkäreille. Minähän en palkkaa hoitajia enkä heitä myöskään erota. Se on viime kädessä ylihoitajan tehtävä. Mutta lääkäreitä olen tässä huoneessa joutunut erottamaan. Ja on minua uhkailtukin. Mutta toteuttanut niitä ei ole kukaan.

– Te ette vastanneet, kun kysyin, että osaatteko te ampua.

– Mitä osaaminen mahtaa olla? En harrasta ampumista, joskus nuorena kävin muutaman kerran. En enää aikoihin. En ole ollut koskaan erityisen lahjakas, siis saavuttanut mitään kilpailutasoa. Osaan minä tavallisen pyssyn ladata ja tiedän mistä päästä luoti lähtee ulospäin liipaisinta painettaessa. Olenhan minä armeijan käynyt mies.

– Hyvä. Omistatteko te aseen?

– En omista. Olette kai jo tarkistaneet, ettei minulle ole aseenkantolupaa?

– Toki olemme. Mutta tässä maassa on niin paljon luvattomia aseita liikkeellä jatkuvasti, että on ihan perusteltua tiedustella luvattomiltakin aseita.

– Olenko mielestänne henkilö, joka hankkisi luvattoman aseen?

– Ette ole. Näin lyhyen tuttavuuden perusteella sanoisin, että ette ole.

– Pistäkää se Wasenius lujille. Luulen, että noin hullulla miehellä voi olla kontollansa mitä hyvänsä.

– Voitte uskoa, että Waseniuksen tekemiset ja tekemättä jättämiset tarkastetaan ihan varmasti loppuun asti.

– Kuinka teidän roolinne osastolla on onnistunut? Olen kerran ollut ylilääkärin kierrolla tänä aikana ja siellä mainittiin ainoastaan, että vaikutatte tasapainoiselta ja että hoitovastuu on Tammen Jussilla. Muun aikaa olette vain osastolla turvassa.

– Niin se on mennyt. Olen tosin joutunut viime aikoina aktivoitumaan niin paljon, että tämä järjestys on syytä purkaa mahdollisimman pian. Ja kuten sanoin, tämä on jo täyttänyt ne vaateet, jota tälle asetettiin. Henkilökohtaisessakin mielessä olen erittäin halukas lähtemään kotiin. Vaikka olen tietysti täällä juuri niin kauan kuin esimieheni minut tänne määrää.

– Niin, poliisissa taitaa olla vielä sellainen kulttuuri, että esimies voi määrätä alaisiaan johonkin. Täällä sairaalamaailmassa ei ketään voi enää määrätä mihinkään. Yhdessä yritetään löytää paras vaihtoehto tai jokin muu hullukurinen tapa ilmaista se, että absoluuttista määräysvaltaa ei ole kellään.

– Poliisissa on absoluuttinen käskyvalta olemassa, mutta sitä todellisuudessa joudutaan hyvin vähän käyttämään. Totta kai aina neuvotellaan ja yritetään löytää kaikkia tyydyttävä tapa toimia ja ennen kaikkea tietysti tavoitteen kannalta paras. Onko teillä ehdotusta mitä sanoisin syyksi miksi pyysin päästä tapaamaan ylilääkäriä?

– Sanokaa vaikka, että olemme vanhoja tuttuja. Että olen teidän isänne ystävä ja halusitte vain käydä tervehtimässä.

– Minä sanon jotain tuohon suuntaan. Minä kysyn vielä kerran. Jos te nyt kuvittelette astuvanne osaston ovesta sisään, se ensimmäinen huone oikealla, jossa nyt asun, tekö ette koskaan ollut tietoinen siitä, että siinä asui Outi Vanamo-niminen nainen, jonka hoitoon ottamista te vastustitte?

– Voin vannoa, että en ole koskaan tiennyt missä Vanamo majaili. Kun hän tuli toisen kerran hoitoon osastolle, en enää vaivautunut ottamaan asiaa kantaa.

– Sehän ei pidä paikkaansa. Potilaan papereista löytyy mainita, että te ette peruuttaneet kielteistä asennettanne Outi Vanamon osastohoitoon.

– Jos se lasketaan kannanotoksi, kai minä sitten otin kantaa. Enkä minä kolmannella kerrallakaan kantaani peruttutanut. Tiedustelin, että mitä hoitava tahto kuvitteli siitä olevan hyötyä, että potilas tuli kolmatta kertaa sisään. En siis peruuttanut kantaani mutta en sitä myöskään aktivoinut.

– Mitä osastonlääkäri sanoi? Kyllähän minä sen tiedän papereista, mutta muistatteko te?

– Jotain itsemurhavaaraa, muistaakseni.

– Kyllä, näin oli. Osastonlääkäri oli ilmoittanut, että ei osannut muita hyötyjä arvioida, mutta potilas oli ahdistunut ja hänellä oli välitön itsetuhoriski. Jos hän tuli muutaman viikon osastohoidolla hieman seesteisemmäksi, niin se kai oli silloin tavoitteena. Ja yritettiin hoidon aikana keksiä, olisiko jokin tapa, jolla olisi voitu kokonaisvaltaisemmin helpottaa hänen oloaan. Uudella lääkkeellä tai muuta. Näin osastonlääkäri kertoi toimivansa.

– Osastonlääkäri oli siis selvästi kannalla, että Vanamo tarvitsi osastohoitoa ja koska hän oli ensisijaisesti hoidosta vastaava lääkäri, hän myös otti potilaan osastolle.

– Kyllä, juuri näin se tapahtui. En minä tästä koskaan tehnyt mitään auktoriteettikysymystä. Me olimme silloin tällöin aina eri mieltä jonkun potilaan hoitamisesta. Se on normaalia sairaalan käytännössä.

– Niin se varmasti on, myönteli Jaana.

Jaana hörppäsi kupistaan jäähtyneen kahvitilkan ja kiitti Raimo Häkliä tämän ajasta sanoen:

– En itse asiassa tiedä mikä on käytäntö. Saanko kulkea ilman hoitajaa pitkin käytäviä, kun en ole paljoa liikkunut? Joten jos luotat minuun, niin menen kyllä suoraan osastolle, kun ovesta lähden.

– En minä aio sinua lähteä saattamaan. Tiedäthän sinä sen eron, että sinä olet vapaaehtoisessa hoidossa ja voit lähteä lätkimään aivan silloin kun haluat.

– Kyllä minä tiedän.

Jaana pysähtyi vielä ovella sen näköisenä, että hänellä olisi vielä jotain kysyttävää. Todellisuudessa hän ainoastaan tarkasti, että oliko Raimo Häkli todella niin immuuni naiskauneudelle, ettei edes päätään kääntänyt, kun hän teki lähtöä. Ei ollut. Jaana ajeli hissillä takaisin osastolle. Siellä häneltä tentattiin moneen kertaan miksi hän oli ollut tapaamassa ylilääkäriä. Se oli ihmisten mielestä tavatonta, potilaat eivät sitä koskaan pyytäneet.

– No helvetti, me ollaan vanhoja tuttuja. Olen pikkulikasta tuntenut äijän. Pidin kohteliaana käydä moikkaamassa, kun olen kerran täällä.

– Aijaa. Kyselikö se hoidosta?

– Eipä tuo paljoa kysellyt. Kyseli vain olenko viihtynyt ja olenko saanut sitä mitä olen vailla, ja kerroin olevani ihan tyytyväinen palveluun.

Jaana livahti huoneeseensa ja taas puhelimeen. Hän sai Maurin kiinni. Tämä valitteli, että hänellä oli juuri asiakas, muuan Helena Bahna, joka oli tullut häntä tapaamaan. Jaana tokaisi: – Hyvä sitten, minä soitan myöhemmin. Tai soita sinä minulle, kun olet vapautunut.

– Teemme näin, Mauri lopetti puhelun.

LUKU 14

Solutuksen purku

Jaana makaili sängyllään odotellen esimiehensä Mauri Taposen soittoa. Kun soitto tuli, Jaana oli hiukan pettynyt siitä, että Mauri ei pitänyt Helena Bahnan todistajanarvoa kovin hääppöisenä.

Mauri sanoi: – En ole rasisti, mutta tässä todistajan uskottavuus on alentunut normaalitasosta. Se ei johdu rouvan Bahnan ihonväristä, vaan melkoisen massiivisesta psykiatrisesta taustasta. Vai mitä mieltä olet itse? Näkikö Helena jotakin vai toivoiko nähneensä?

Jaana mietti hetken ennen kuin vastasi. – Onhan siinä tietysti tuo puoli olemassa. Henkilökohtaisesti olen aivan varma, että hän näki jotakin. Eli sen mitä hän sanoikin nähneensä, tavallisen siistin keski-ikäisen miehen poistuvan ovesta ulos. Eikä tämä auta mitään niin kauan kuin meillä ei ole ketään kehen verrata todistajan havaintoja. Kävin tässä sillä aikaa haastattelemassa ylilääkäriä.

– No mitäs Häklin Rami?

– Älä vain sano, että tunnet hänet. Mies on perusasenteeltaan armottoman konservatiivinen jäärä. Ja otti aika nopeasti sen linjan, että epäilenkö minä häntä, kun kyselen. Kyllähän sen luulisi olevan vähintään yhtä paljon hänen etunsa, että vapaalla liikkuva murhamies saadaan kiinni. Jollei hän ole siihen itse jotenkin sekaantunut. Ja pitäähän hänen sivistyneenä miehenä ymmärtää, että totta kai minä epäilen häntä. En kyllä pidä häntä missään tapauksessa murhamiehenä, mutta jotenkin tässä koko talossa on sellainen outo mentaliteetti. Ulko-ovet unohtuvat auki, eikä kukaan tiedä kenelle avaimia on vuosien saatossa jäänyt. Oletteko jo grillanneet Waseniusta?

– Alustavasti vasta on puhutettu. Menen kohta Eliaan kanssa kuulustelemaan häntä. Tuletko tänä iltana käymään kaupungissa?

– Tulen mielelläni. Odottelen Jussia taas viiden maissa saapuvaksi. Mutta jos haluat pitää koko työryhmän siellä iltaan asti, niin älä yritä nakittaa sitä minun ehdotuksekseni. Nähdään illalla.

Mauri puki riisumansa pikkutakin takaisin päälleen, tarkisti avaimet ja puhelimet, otti laatikosta yhden aloittamattoman luentolehtiön ja käveli koputtamaan Elias Saarion ovelle. Sitten hän kurkisti sisään ja näki Eliaan olevan yksin ja kysyi: – Joko mennään?

Elias murahti jotakin ja puki hänkin takkinsa takaisin ylleen. He kävelivät putkakäytävälle. Mauri varmisti siellä, että he olivat yhtä mieltä kuulustelustrategiasta. – Sinä siis kuulustelet ja minä tökin jotain sivusta, jos näen parhaaksi, varmisti Mauri.

Putkakerroksen vartija avasi kopin oven ja Elias vinkkasi Waseniuksen ulos ja kertoi tälle, että nyt suoritettaisiin virallinen kuulustelu. He saapuivat kuulusteluhuone kakkoseen ja mukana tullut vartija kysyi: – Laitetaanko pöytään kiinni?

Mauri puisteli päätään. – Ei tarvitse. Voit mennä. Minä saattelen hänet takaisin, kun olemme valmiit.

Elias täytti nopeasti kuulustelulomakkeen vakituiset tiedot ja kysyi sitten Waseniukselta: – Tiedättekö te minkä vuoksi te olette täällä?

– Tiedän. Sattui väärinkäsitys siellä poliklinikalla.

– Mikäs väärinkäsitys siellä sattui?

– No se Palosen Minna luuli, että minä lähentelen häntä, vaikka kävin vain tervehtimässä ja ehdottamassa tapaamista.

Mauri keskeytti Waseniuksen ja ilmoitti: – Tämä ei ole tässä tilanteessa kaikkein vakavin kohta, mutta yksi kohta kuitenkin on se, että sinä törkeällä tavalla tunkeuduit hoitohuoneeseen, jossa tehtiin lääketieteellistä tutkimusta vähäpukeiselle naiselle. Ja kun sinua käskettiin poistumaan, sinä muun muassa puukotit yhtä henkilöä, toista uhkailit. Ja tämäkään ei vielä ole pahinta. Sinua epäillään 15.12. tapahtuneista Jouni Kalamoksen ja Outi Vanamon henkirikoksista.

Wasenius tuijotti suu auki äimistyneenä poliisimiehiä. – Onpahan juttu kasvanut joidenkin mielissä.

Tunnustan tunkeutuneeni hoitohuoneeseen, jossa sinänsä ei ollut mitään törkeää, kun tulin vain tervehtimään vanhaa tuttua.

– Paskat. Sinä tunkeuduit avuttomassa tilassa olleen vähäpukeisen naisen lääketieteelliseen tutkimukseen.

– Enkä minä ketään puukottanut. Se yksi kaheli hyökkäsi kimppuuni ja jotakin minun oli tehtävä itsepuolustukseksi. Törkkäsin häntä jalkaan jollakin minkä olin käteeni saanut, näytti olleen skalpelli. Sitten sinne hyökkäsi joku nainen, jonka annoin pian riisua itseni aseista, mikäli tällaista sanamuotoa sallitaan käytettävän.

– Niin, luovutit skalpellin, kun tämä nainen oli ensin tehnyt sinut toimintakyvyttömäksi, kun uhkailit häntä teräaseella. Sinulle tulee tästä hyvin moniosainen syyte. Mutta mennään nyt varsinaiseen pääasiaan. Tunsitko sinä Jouni Kalamoksen?

– En minä ollut koskaan hänen kanssaan missään tekemisissä, mutta tiesin kyllä kuka hän on.

– Olitko kateellinen siitä, että Jounilla oli selvästikin sitä mitä sinulla ei, eli menestystä naisten kanssa?

– Näin jos asia ilmaistaan ja jos olisin siitä tiennyt, niin olisin varmaankin ollut kateellinen. Minulla ei ollut mitään käsitystä Kalamoksen naisasioista. Ja tähän asti itsellänikin menestys on ollut ihan kohtuullista.

– Tunsitko potilas Outi Vanamon?

– En tuntenut häntäkään. En edes sen vertaa kuin tätä Kalamosta.

– Outilla oli tapana käydä sairaalan kahviossa ja näin ohittaa sinut toimipisteesi. Ja hän oli sennäköinen nainen, että hänet helposti huomattiin.

– Kyllä siitä menee päivittäin ohi kauniita naisia enkä minä tiedä keitä he ovat. En siis tuntisi Outi Vanamoa edes ulkonäöltä.

Elias otti taas puheenvuoron. – Sinullahan on avaimet kaikille osastoille.

– Jos tuo on kysymys, niin vastaan, että kyllä minulla on.

– Joudutko käymään usein psykiatrisilla osastoilla?

– Hyvin harvoin. Kaikilla osastoilla olen joskus vieraillut, mutta mitenkään säännöllistä se ei ole.

– Tiedät kuitenkin millä osastolla tämä murhenäytelmä tapahtui?

– No, ei voi olla tietämättä.

– Tunnetko osaston pohjapiirroksen?

– Tunnen, se on kolmella päällekkäisellä osastolla täsmälleen samanlainen. Osastoille pääsee sisään käytävän kummastakin päästä. Huoneita on järjestetty kullakin osastolla hieman omalla laillaan.

– Tiedätkö tarkasti missä kohtaa osastoa uhrit olivat veriteon tapahtuessa?

– Olen kuullut siitäkin, että tämän Vanamon huone oli toisesta päästä katsottuna käytävän ensimmäinen ja toisesta viimeinen. Ja että he olivat kumpikin lähellä Vanamon huonetta murhatyön sattuessa.

– Osaatko sinä ampua?

– Osaan jotenkuten. En siis ole mikään kilpa-ampuja, enkä varmaan edes huippuharrastaja, mutta kyllä minä tauluun osun.

– Osaat siis käyttää pistoolia?

– Osaan. Jos joku väittää, että ei osaa, niin se valehtelee. Kuka vaan osaa lyödä lippaan sisään, poistaa varmistimen ja painaa liipaisinta.

– Ei muuten osaa, sanoi Elias. – Jos kohteena on toinen ihminen, on tilanne niin jännittävä, että iso osa ihmisistä ei saa ensimmäistäkään ammusta ulos.

Mauri otti taas vuoron. – Surmasitko sinä 15.12. Jouni Kalamoksen ja Outi Vanamon?

– En surmannut. Olen tarkistanut missä minä silloin olin. Pääsin työstä kello 18, vierailin pojallani ja olin kotona noin kello 21, kävin suihkussa ja painuin pehkuihin. Minä asun yksin, joten valitettavasti kukaan ei ollut sitä näkemässä.

– Saitko puheluita enää kello 21 jälkeen?

– Sitä en ole tarkistanut, mutta aika harvoin saan niin myöhään puheluita, joten se on epätodennäköistä.

– Suomeksi sanottuna sinulla siis ei ole alibia? Mauri kiteytti. – Meillä on siis vain sinun sanasi, että et iltayöstä käynyt osastolla ja suuttunut esimerkiksi jostakin syystä Jouni Kalamokselle ja ampunut häntä hengiltä, sen jälkeen todennut, että tuossahan on todistaja ja ampunut hänetkin. Ja sen jälkeen olisit poistunut samasta ovesta mistä olit tullutkin. Meillä on todistaja, joka näki huoneensa ovenraosta ampujan poistuvan osastolta.

– No helvetti, minä se en ollut. Teidän todistajanne on nähnyt jonkun aivan muun.

– Omistatko harmaata pukua?

– Kyllä, ainakin kaksi. Kellähän suomalaisella keski-ikäisellä miehellä ei sellaista olisi? Teidän on hankittava minulle asianajaja. En vastaa enää mihinkään. Te juonitte ja kohta huomaan tunnustavani jotakin mitä en ole tehnyt.

– Kyllä sinulle lakimies löytyy. Pidetään hieman taukoa ja minä soitan sinulle lakimiehen ja sitten jatketaan. Onko sinulla joku, jonka erityisesti haluaisit?

– Minä haluaisin sen saman naisen, joka puolusti minua, kun viimeksi olin käräjillä. Hänen nimensä on Hanna Nilsson.

Mauri lupasi viedä asian eteenpäin. – Minä tunnen hänet ja soitan hänelle. Järjestämme sinulle nyt kahvia ja saat odotella tässä hiukan aikaa, riippuen asianajajan kiireistä.

Mauri ja Elias poistuivat kuulusteluhuoneesta. Elias vei miehelle kupin kahvia ja pari keksiä.

– Mitäs sanot, kysyi Mauri Eliakselta.

– Minä sanon, että tämä on vaarallinen ja hankala jätkä. Mutta epäilen tämän miehen kykyä sellaiseen henkirikokseen, jota emme lähes kuukauteen saa selville.

– Minulla on vähän samanlaiset ajatukset. Jos tämä olisi sen tehnyt, olisi se selvinnyt vuorokaudessa. Mutta voimme olla väärässä.

– Niin voimme, mennään kahville.

Mauri soitti vielä vartijan päivystämään kuulusteluhuoneen ulkopuolelle.

Asianajajan hankkiminen osoittautui ongelmalliseksi. Ilmeni, että Hanna Nilsson oli äitiyslomalla. Mauri kyseli oliko tämän edustamassa toimistossa mahdollisesti muita asianajajia, joista joku olisi käytettävissä heti. Hän saikin puhelimeen nuoren miehen, Kai Juteinin. Tämä lupasi tulla nopeasti paikalle. Elias kävi ilmoittamassa Waseniukselle, että asianajaja vaihtui Nilssonista Juteiniksi. Wasenius hyväksyi muutoksen.

Elias ja Mauri joutuivat aloittamaan kuulustelun alkupisteestä, kun asianajaja Kai Juteini oli ensin keskustellut asiakkaansa kanssa yli puoli tuntia. Tällä keskustelulla oli sellainen vaikutus, että Wasenius myönsi heti törkeän potilasrauhan rikkomisen ja lievän pahoinpitelyn kohteenaan Niila Valjus, mutta mitään muuta hän ei tunnustanut. Hän kertoi olleensa juuri laskemassa veitsen kädestään paikalle tulleen naisen potkaistessa häntä ohimoon.

Mauri mietti, että oli vaikea todistaa, että asioiden järjestys ei olisi se, jonka Jaana tai Wasenius ilmoitti niiden olevan. Kyse oli sanasta sanaa vasten ja koko juttu tapahtui muutamassa sekunnissa. Oikeuslaitoksella kun ei ollut sellaista perusolettamaa, että poliisi kertoo totuuden ja rosvo valehtelee. Hän arvasi tästä tulevan vielä vaikeuksia, mutta niistä selvittäisiin, kunhan saataisiin murhamies esiin.

Syyllisyytensä murhatyöhön Wasenius kiisti täysin, kuten myös sen, että hänellä olisi mitään tekemistä koko asian kanssa. Elias, joka oli samalla kirjoittanut kaiken aikaa kuulustelupöytäkirjaa, kertoikin Waseniukselle ja tämän asianajalle, että hän ottaisi kopiot ja pyytäisi niihin sitten allekirjoituksia, luovuttaisi sitten ne syyttäjälle ja asia etenisi siitä niin kuin etenisi. Luultavasti lisäkuulustelujen muodossa, mutta tällä kertaa asia olisi tässä ja Wasenius voisi palata putkaan. Kun Juteini kysyi kauanko hänen päämiestään aiotaan pitää lukkojen takana, Mauri sanoi, että

145

ainakin toistaiseksi. – Sitten kun pidätysaika päättyy, asiaa joudutaan harkitsemaan tarkoin, mutta toistaiseksi hän on ja pysyy meidän hallussamme. Juteini ei ryhtynyt siitä inttämään. Mauri sai lakimiehestä muutoinkin asiallisen käsityksen. Tämä kuului selvästi niihin asianajajiin, jotka tiesivät, ettei poliisi huvikseen keksinyt syytteitä kansalaisten päänmenoksi.

Viiden aikaan Jaana ja Jussi saapuivat taas neuvotteluhuoneeseen, jossa heitä odottivat Mauri, Elias ja Simo. Jaana katseli ja totesi, että Jelena ja Ville olivat näköjään saaneet vapautuksen iltatöistä. Mauri myönsi, että asia oli näin ja kertoi vapauttaneensa heidät täksi illaksi, mutta oli valmis palauttamaan koko työryhmän pitkään vuoroon huomisesta eteenpäin.

Jaana halusi heti kuulla kuinka Waseniuksen kuulustelu oli mennyt. Mauri kertoi, että Wasenius oli kuulemma juuri luovuttamassa veistä pois, kun joku nainen oli potkaissut häntä päähän.

– Niin varmaan. Minä en kuljeskele tuolla yhteiskunnassa potkimassa ihmisiä huvikseni. Wasenius uhkasi minua skalpellilla, jolla oli juuri viiltänyt jalkaan miestä, joka oli yrittänyt ottaa sitä häneltä pois.

– Kyllä minä sen tiedän, Mauri toppuutteli tutkijaansa. – Kaiken kaikkiaan Wasenius siis myönsi tapahtumat siihen asti, kun sinä otit häneltä veitsen

146

pois. Sen ulkopuolella hän ei myönnä mitään. Kiistää täydellisesti osuutensa joulukuun veritekoihin.

– Miltä se teistä vaikutti, Jaana tiedusteli, ja minkälainen lakimies hänellä on?

– Lakimies on joku Juteini, Mauri kertoi. – Minulle täysin vieras mies, mutta vaikutti hyvin asialliselta. Ei uskonut, että poliisi huvikseen käyttää aikansa virittämällä tällaisia juonia kansalaisia vastaan. Jo hänen paikalle tulonsa ja ensimmäinen keskustelunsa päämiehensä kanssa johti siihen, että Wasenius tunnusti hoitorauhan rikkomisen ja joutumisen pieneen kärhämään Valjuksen kanssa ja viiltäneensä häneen haavan. Eli hän myöntää kaiken mikä on kiistatta ja todistettavasti tapahtunut, eikä mitään päälle.

Elias hieroi ohimoitaan ja sanoi: – Minä en usko, että hän on ampunut näitä kahta. Luonnevikainen ja vaikea jätkä epäilemättä, mutta vaikea uskoa hänestä mitään niin suunnitelmallista. Kuten Maurille jo sanoin, jos hän olisi ampunut nuo kaksi, niin olisimme saaneet sen selville jo vuorokaudessa.

Mauri ilmoitti vielä, että syyttäjä oli antanut luvan pitää Waseniusta tallessa pidätysajan loppuun ja vapauttaa sitten, mikäli lisänäyttöjä ei kertynyt. Mauri kertoi lisäksi: – Kuulustellaan häntä vielä huomenaamulla yhden kerran. Jos mies ei rupea avaamaan tätä murhatapausta, olen valmis uskomaan, että se ei hänen kauttaan avaudukaan. Kyllä tuollaiseen jätkään

147

kaksi putkayötä tehoaa, mikäli hänen juttunsa perustuu täysin valheeseen. Saammehan me Waseniuksen tänne milloin hyvänsä mikäli se tarpeelliseksi nähdään. Huominen toki kaiken muuttaa voi. Huominen muuttaa tutkimuksen myös siltä osin, että haamupäivällä minä tulen sinne osastolle ja pyydän kaikki hoitajat kansliaan, johon me sitten menemme kolmistaan, ojennamme täytekakun, pyydämme anteeksi, että olemme sumuttaneet heitä pahoin. Kerromme, että tämän operaation tarkoituksena on ollut selvittää joulukuun surmia ja sen vuoksi nämä henkilöt ovat esiintyneet sekä valepotilaana että -hoitajana. Kerromme, että peitetehtävän onnistumiseksi poliisien henkilöllisyys oli salattava ja sitä pohdittiin pitkästi ja tunnistimme, että siinä oli eettisesti ongelmakohtia. Kerromme, että uskomme siitä olleen enemmän hyötyä kuin heille haittaa, mutta nyt kuitenkin purkaisimme peitteen.

Jaana huomautti vielä: – Kakkuja pitää olla kaksi. Toinen potilaille.

– Olet oikeassa, myönsi Mauri. – Kaksi kakkua.

Jaana tuumaili, että hänen täytyi ainakin Helena Bahnilta käydä pyytämässä anteeksi, että oli tätä harhauttanut. Muista potilaista ainakin Tuija Ahvenelle hänen täytyisi käydä esittäytymässä omana itsenään, muille riittäisi yleinen pahoittelu.

Simo totesi: – Hemmetti, vielä toinen viikko niin olisin saanut yhden käytännönharjoittelujakson varastoon, jos ryhdyn vaihtamaan alaa. Ei vaan, mielelläni minäkin sieltä pois jään. On yllättävän hankalaa olla jonakin muuna kuin itsenään.

Seuraavana aamuna Mauri soitti osaston ovikelloa kymmenen aikaan. Jaana päätti pitää roolistaan kiinni loppuun asti, eikä mennyt avaamaan ovea vaan jätti sen hoitajien tehtäväksi. Maurilla oli kummassakin kädessään kakkulaatikko. He menivät kansliaan, jossa Simo oli jo valmiina. Kun yksi hoitajista yritti ryhtyä ohjaamaan Jaanaa ulos kansliasta, Jaana sanoi: – En mene. Tämä asia liittyy juuri minuun.

Hoitaja katseli ihmeissään Mauria ja tämän nyökätessä hyväksyi asetelman. Mauri esitteli heidät ja pahoitteli, että he olivat joutuneet toimimaan epärehellisesti toista viranomaistahoa kohtaan. Se oli muodostanut heille eettisesti vaikean dilemman. Nyt he olivat päättäneet purkaa asetelman, kun se ei tuottanut enää lisäarvoa.

– Tästä toiminnasta on ollut hyötyä. Tutkimus on nytkähtänyt eteenpäin, mutta lisähyötyä tästä ei enää ole. Poliisilaitos siis pahoittelee ja kiittää. Siksi minulla on nämä kakut, joista toisen ojennan teille ja toinen on tarkoitettu potilaille.

Hoitajat ryhtyivät heti kahvinkeittoon ja viittoivat heidät istumaan osaston neuvotteluhuoneeseen.

Hoitaja Niilo Harjula naurahti ja sanoi: – Kyllä vähän ihmettelinkin, kun tämä Jutta heitti kärrynpyöriä käytävällä, että ei vaikuttanut ahdistuspotilaan käyttäytymiseltä. Tosin ahdistustakin on monenlaista, mutta silti. Toinen tilanne oli, kun Jutta sulki sen Ahvenen Tuijan eristyskoppiin, kun tämä viskasi kukkaruukun seinään. Että ei tässä meille mitään haittaa ole tullut. Hauskaahan tämä on ollut. On hyvä, jos olemme voineet jotenkin auttaa. Ja tämä Seppo taas välttyi mahdolliselta osastonhoitajan puhuttelulta, sillä ei ole tarkoituksenmukaista, että nuori mieshoitaja solmi erityisen läheisiä suhteita nuoreen naispotilaaseen. Kun Seppo ja Jutta olivat lenkillä yhtenä päivänä kaksi tuntia, osastonhoitaja jupisi täällä, että onkohan tuo Seppo ymmärtänyt täydellisesti oman roolinsa, ettei mikään hoidon ulkopuolinen kanssakäyminen potilaiden kanssa ollut sopivaa. Onko siitä Jounin ja Outin ampujasta sitten saatu lisätietoa?

– Lisätietoa kyllä, mutta mitään sellaista mikä suoraan asian ratkaisisi, meillä ei vielä ole, enkä sitä toki voisi kertoakaan kesken tutkimuksia. Mutta ratkaisua meillä ei ole. Yksi henkilö oli kiinniotettuna, mutta hänet päästetään tänään pois.

Jaana otti taskustaan osaston avaimen ja laski sen pöydälle. – Minullahan on ollut kaiken aikaa tänne avain, mutta jätän sen nyt teille. Otan vain kassini huoneestani ja sitten me lähdemme.

Näin poliisikolmikko poistui osastolta Niilo Harjulan avatessa heille oven ja toivottaessa heille hyvää jatkoa. Mauri kysyi autossa matkalla Jaanalta: – Missä sinä pidit tuolla asettasi?

– Tämän kassin pohjalla. Sen kummempaa asekaappia ei ollut. Ja kassia potilashuoneen lukollisessa kaapissa, mutta lukko ei nyt ehkä järeä ole. Joka tapauksessa kukaan ei sitä nähnyt.

– Hyvä juttu. Olitko sinä Simo aseistautunut?

– En. En pitänyt sitä tarpeellisena. Ja tiesin, että Jaana oli.

– Kirjoittakaahan jonkinlaiset raportit ajasta, jonka vietitte valehenkilöllisyyden varjon alla ja painukaa sitten koteihinne. Nähdään huomenaamulla töissä.

Jaana yllättikin Jussin avaamalla heidän asuntonsa oven puolenpäivän aikaan. Jussi kurkisti keittiöstä kahvikuppi kädessä ja ihmetteli:

– No Jaana, mitenkäs sinä siinä olet?

– Pomo antoi iltapäivän vapaaksi, kun olin ansiokkaasti mielisairaalassa viikon.

– Nytkö se potilaana olo loppui?

– Kyllä.

– Mitäs osaston porukat sanoivat, kun kuulivat totuuden?

– Suhtautuivat varsin ymmärtäväisesti. En tiedä jäikö se heidän viimeiseksi sanakseen. Jos joudumme pidättämään jonkun osastolta tämän jutun merkeissä, saattaa käydä niin, että metodimme saavatkin sapiskaa.

– Näin epäilemättä käy. Otatko kahvia?

– Kiitos.

Kun kahvit oli juotu, Jussi saatteli tulevan vaimonsa makuuhuoneeseen, avasi sängystä päiväpeiton ja kamppasi naisen sinne.

LUKU 15

Jaana palaa arkiseen poliisityöhön

Jaana pukeutui aamulla seitsemän aikaan harmaisiin, suoriin housuihin ja harmaaseen neulepuseroon, vetäisi vielä päälle sinisen jakkunsa, tarkasti kainalokotelon olevan siten, ettei takki pullottanut ja että taskusta löytyivät sekä lompakko että puhelin. Vielä autonavaimet käteen ja ulos ovesta.

Matkallaan linnakkeelle Jaana ajoikin ohitse ja päätti käydä pyörähtämässä sairaalan pihalla. Hän lipui hiljaa pitkin poikin sairaalan parkkipaikkaa ja kiersi sitten reitin, jota muun muassa bussit käyttivät. Ihmisiä oli tähän aikaan runsaasti liikkeellä, koska sairaalan työpäivä oli alkamassa. Myös penkeillä oli istuskelijoita. Silti Jaana yllättyi nähdessään Waseniuksen istuvan penkillä, joka oli lähimpänä hoitajien sisäänkäyntiä.

Jaana pysäytti auton ja työnsi pelkääjän puolen oven auki ja huusi Waseniukselle: – Reijo Wasenius, autoon!

Wasenius tuli katsomaan kuka huuteli. Hän katsoi Jaanaa pitkään ja totesi sitten: – Etkös sinä ole se nainen, joka potkaisi minua päähän?

– Kyllä, minä olen poliisi, joka olin mukana sinun kiinniottotilanteessasi. Tule autoon.

Wasenius istui etupenkille ja vetäisi oven kiinni. Hän katseli ympärilleen ja totesi: – Onko poliisilla varaa tällaisiin autoihin?

Jaana totesi sen olevan arvovalinta. – Minä en ole omakotitaloihmisiä. Onhan tämä todellisuudessa tolkuttoman kallis meikäläisen palkoilla, mutta sain pienen perinnön. Ihmettelen mitä sinä teet täällä istuskelemassa. Sinuthan on määrätty palkattomalle virkavapaalle niin kauan kunnes käräjäoikeus joko tuomitsee tai vapauttaa sinut.

– Niin on, mutta minua ei ole kielletty ulkoilemasta sairaala-alueella.

– Ei tietenkään ole, mutta kysyn vielä, että miksi sinä istut täällä?

– Minulla on asiaa parille hoitajalle ja tiesin näkeväni heidät, jos tulen tähän aamulla, kun he menevät pukuhuoneiden kautta työpisteisiinsä.

– Taidan arvata mitä asiaa sinulla oli, mutta kysyn silti, että mitä asiaa ja kenelle?

Wasenius ilmoitti, että hänet oli jo edellisellä päivällä kuulusteltu poliisilaitoksella ja laskettu kotiin odottamaan kutsua oikeuteen. – Joten ihmettelen hiukan, että mitä kyselyä tämä on olevinaan?

– Vastaa nyt vain, että mitä asiaa ja keille hoitajille?

– No Johanna Peltola -nimiselle sairaanhoitajalle, joka työskentelee poliklinikalla. Olen tutustunut häneen vuosien saatossa, kun ollaan työssä samassa talossa, pyysin häntä illalla baariin. Lisäksi tapasin Seija Lappalainen-nimisen psykologin, pyysin häntäkin baariin ja arvaa mitä. Molemmat suostuivat. Minulla on siis treffit sekä tänä että huomeniltana.

– Elät vilkasta seuraelämää.

– Tiedät hyvin, että vaimoni jätti minut, häipyi johonkin, kuulemma majailee sisarensa luona eikä aio palata kotiin. Tulkitsen sen niin, että olen vapaa poikamies. Ja minä pidän naisista.

Wasenius lopetti puolustuspuheensa siten, että pyysi nähdäkseen Jaanan kädet. Tämä ei näyttänyt niitä, vaan kertoi Waseniukselle, että tämän oli turha edes suunnitella pyytävänsä häntä baariin. Ei onnistuisi.

– Minä annan sinulle nyt sellaisen neuvon, Reijo, että kun olet tässä murhatutkimuksen liepeillä: tiedän, että sinua vastaan ei ole nostettu henkirikoksesta syytettä, mutta ymmärrät, että sitä tutkitaan erittäin aktiivisesti siihen asti, että syyllinen löytyy. Ja kun sinä olet niin sanotusti liepeillä, neuvon, että et istuskele päiviäsi täällä sairaalan pihalla etkä yritä iskeä kaikkia tuntemiasi hoitajia. Se antaa sinusta sellaisen kuvan, että olet ylivirittyneessä tilassa.

– Minähän olen ylivirittyneessä tilassa. Se johtuu siitä, että pitkäaikainen puolisoni on hylännyt minut.

– No, sinä kuulit mitä minä sanoin ystävällisenä neuvona. En minä pysty sinua määräilemään mihinkään. Haluatko, että heitän sinut johonkin vai jäätkö tänne?

– Jään tänne, kun on kaunis ilma ja tykkään katsella tuttuja paikkoja.

– Selvä, Jaana totesi.

Wasenius poistui autosta ja Jaana lähti matkaan. Kun työryhmä oli hetken päästä koolla, Jaana kertoi pyörähtäneensä sairaalan pihan kautta ja löytäneensä sieltä Waseniuksen. Ja että tämä oli naisia jahtaamassa ja ainakin itse hän väitti menestyksensä olevan hyvä.

– Minä aion mennä tapaamaan rouva Waseniusta nyt heti aamupäivällä, jollei komisariolla ole mitään sitä vastaan.

– Ei ole. Rouva Ritva Wasenius on sairaslomalla, luultavasti hänet siis löytää hänen sisarensa luota. Onkin sinun ihan hyvä mennä häntä tapaamaan. Hänet on kuulusteltu kahteen kertaan heti murhatöiden tapahduttua, mutta nyt häntä ei ole pitkään aikaan jututettu.

– Mikä meidän työryhmän tilanne on juuri nyt? Minä tapasin Raikkaan Tiinan yhtenä päivänä ja hän olisi innolla tulossa meille töihin, jos vain jokin vakanssi löytyisi. Hyvä nainen menee petoksilla hukkaan. Etkö voi Mauri mitenkään järjestää meiltä töitä?

Mauri pudisteli päätään. – Minähän tiedän aivan hyvin, että toimimme koko ajan yhden konstaapelin vajauksella, mutta kun olen useampaan otteeseen ehdottanut, että meidän pitäisi saada tyhjäksi jäänyt vakanssi täytettyä, en ole saanut siihen lupaa. Voin tiedustella taas asiaa. Voinhan painaa sillä hiukan, että meillä on pitkäksi venähtänyt kaksoismurhatutkimus. Otan asian puheeksi Leveelahden kanssa vielä tänään. Missäs kunnossa Tiinan olkapää oli?

– Se oli sen verran hyvässä kunnossa, kun leikatut olkapäät nyt ovat. Liikerajoitusta ei jäänyt, voimattomuutta kyllä. Näin hän minulle selvitti. Lähdetkö Simo mukaan, jos saan puhelimitse rouva Waseniuksen ensin kiinni?

– Lähden mielelläni, jos se työsuunnitelmaan sopii.

– Menkää ihmeessä, Mauri myönteli. – Tätähän tämä nyt tulee olemaan. Meidän täytyy tavata samoja ihmisiä uudelleen ja uudelleen. Että saadaan jostakin langanpäästä kiinni.

Jaana onnistui tavoittamaan Ritva Waseniuksen puhelimella. Itse asiassa tämä heräsi soittoon ja lupasi ottaa poliisin vastaan puolen tunnin kuluttua. Poliisilla ei ollut matkaa Waseniuksen majapaikkaan kuin kaksi kilometriä, joten he jäivät vielä kahville.

Kun Jaana käänsi Audin nokan Ritva Waseniuksen sisaren omakotitalon pihaan, oli rouva Wasenius jo ovella heitä vastassa. Hän tumppasi savukkeen lasipurkkiin oven pielessä ja kysyi kelpaisiko poliiseille kahvi. – Ja jos haluatte tupakoida, niin sen pitää tapahtua ulkosalla. Sisareni on kieltänyt jyrkästi sisällä polttamisen.

Simo totesi, että kahvi kyllä kelpaisi ja he eivät tupakoisi. He istuivat olohuoneen nurkkaan järjestetyn ruokailutilan ilmeisesti antiikkisen pöydän ääreen. Jaana kysyi rouva Waseniukselta: – Onko tämä pöytä jokin antiikkiharvinaisuus?

– Luultavasti on, myönsi nainen. – Sisareni on varakas nainen ja saattaa hyvinkin sijoittaa meikäläisen pari kolme kuukausipalkkaa johonkin pöytään, mikäli se häntä miellyttää. Ihan tämän ääressä syödään kuitenkin.

Simo aloitti varsinaisen kuulustelun palaamalla ajassa taaksepäin.

– Oletteko te edelleen aikeissa ottaa avioeron miehestänne?

– Ehdottoman varmasti olen. Olen käynnistänyt asian, siis juridisen prosessin. En pyytänyt, että saisin käyttää siinä olevaa kiirehtimismahdollisuutta. Luotan Reijoon sen verran, että hän antaa minun olla rauhassa ja antaa tämän prosessin mennä eteenpäin omaa tahtiaan.

Wasenius yllätti heidät vastakysymyksellä: – Oletteko te koskaan eronneet?

Simo totesi: – Se ei nyt kuulu käsiteltävien asioiden piiriin.

Jaana myönsi kuitenkin kokeneensa avioeron 12 vuotta sitten ja että hänellä oli mutkattomat välit entiseen mieheensä ja poikansa isään.

Simo keskeytti Jaanan ja pyysi rouva Waseniusta vielä kuvailemaan minkälainen mies Reijo Wasenius hänen käsittääkseen oli.

– Ensin pidin Reijoa poikkeuksellisen petollisena ja kierona miehenä, joka on hyväksikäyttänyt minun herkkäuskoisuuttani. Mutta nyt kun olen saanut asiaa pohtia rauhassa, minusta tuntuu, että Reijo on melko tavallinen, itsetunto-ongelmainen keski-ikäinen mies. Semmoiset ovat vain niin sietämätöntä seuraa, että siinä ympärillä olevat saavat väkisin osumia.

Jaana pyysi Waseniusta tarkentamaan: – Onko teillä kokemuksia useammasta keski-ikäisestä miehestä?

Wasenius oli ensin pitkään hiljaa, kaatoi heille kaikille lisää kahvia ja ilmoitti sitten: – Kyllä minulla on. Minulla oli rakastaja. Mies, johon oli tyttömäisen kiihkeästi ihastunut. Hän lupasi ottaa minut vaimokseen, jos vain vapautuisin entisestä liitostani. Hänen oma liittonsa oli kuulemma pelkkä kuriositeetti ja talous-järjestely. Mutta kun sitten ilmoitin olevani vapaa nai-nen, rupesi suunnitelmiin tulemaan mutkia. Lisäksi tein sen virheen mitä ei tässä tilanteessa oleva nainen saisi koskaan tehdä. Minä tutkin miehen puhelimen. Ja siinä oli niin vähän soittoja ja viestejä, että vaadin häntä näyttämään toisen puhelimensa. Ensin hän kiisti koko toisen puhelimen, mutta kun en antanut periksi, hän lopulta kaivoi työpöytänsä laatikosta toi-sen puhelimen. Joka muuten oli malliltaan täsmälleen sama kuin ykköspuhelinkin, mutta erivärinen. Minun ei tarvinnut kuin avata se ja huomasin hyvin äkkiä, että en ollutkaan ainoa nainen, jota tämä menestynyt herra pyöritti. Huomasin myös, että en ollut nuorin näistä naisista. Enkä se, jolle yhteydenottoja tuli eni-ten. Kun totuus oli pöydässä, mies tunnusti, että hä-nellä oli toinen nainen. Minä sanoin, että minun las-kujeni mukaan vähintään kolmas. En halunnut tietää montako kilpasiskoa siitä puhelimesta olisi tarkem-malla selauksella löytynyt. Olen siis menettänyt ly-hyen ajan sisällä kaksi elämäni miestä.

Simo oli tarkkana ja totesi: – Henkilökohtaisesti pa-hoittelen teidän elämänne vaikeuksia, mutta poliisi-tutkijana minun täytyy tietää kuka tuo toinen mies on.

– Onko pakko, kysyi Ritva Wasenius. Hän kuivasi sil-miään ja vetosi siihen, että häntä oli jo tarpeeksi run-neltu. Eivät hänen miesystävänsä voineet mitenkään liittyä Reijo Waseniuksen kummallisiin edesottamuksiin.

Jaana täydensi Simoa: – Joka tapauksessa meidän täytyy saada tämän menestyneen herrasmiehen nimi.

Ritva Wasenius hörppäsi kupistaan viimeiset kahvit, laski kupin pöydälle ja tuijottaen Jaanaa suoraan silmiin ilmoitti, että hänen ex-rakastajansa oli ylilääkäri Raimo Häkli.

Jaana oli tyytyväinen siihen, että oli jo valmiiksi istumassa tukevasti antiikkipöydän ääressä. He tarkentelivat vielä kauanko suhde oli jatkunut ja oliko se varmasti nyt loppunut.

Simo kysyi Waseniukselta: – Voi olla, että minä miehenä en täysin ymmärrä, mutta miksi te ette olisi voineet jatkaa Häklin toisena tai kolmantena naisena? Niinhän te olette ollut tähän astikin.

Wasenius hymyili ja sanoi: – Niin, te ette taida ymmärtää. Minä luulin hetken aikaa, että minusta tulisi rouva Häkli. Enkä kestänyt sitä, kun paljastui, että korkeintaan voisin toivoa, että elämä jatkuisi vanhankaltaisena. Epämääräisiä salatapaamisia parin viikon välein. Ei enää.

Ilmeni, että rouva Waseniuksen tiedon mukaan ylilääkäri Raimo Häkli oli ollut risteilyllä 14.–16.12. Kysymyksessä oli ollut jokin lääketieteellinen symposiumi, joka oli pidetty Itämerellä. Kuitenkin kun Jaana oli tiedustellut samaa ajankohtaa Häkliltä kuulustellessaan häntä sairaalassa, oli tämä kyllä kertonut aukottoman tuntuisen alibin murhayöksi, mutta ei hän suinkaan missään risteilyllä ollut ollut, vaan hotelli Sveitsissä Hyvinkäällä. Siellä oli luennoitu uusista anestesialääkkeistä ja niillä saavutettavista hoitoajan lyhenemisestä eli rahan säästöstä.

Jaana ei ryhtynyt masentamaan rouva Waseniusta lisää, olihan selvää, että Häklin kaltaisella naistenmiehellä täytyi olla monta päällekkäistä kalenteria, jotta voisi esittää kaikille naisilleen aina tarvittavan hyvän selityksen, miksei tietty päivä sopinut. Se ei ollut sinänsä rikollista.

Jaana tiesi kohdanneensa uransa aikana samalla tavoin toimivia miehiä muun muassa poliisissa. Itse hän oli aina miettinyt, että täytyi olla erittäin vaikeaa muistaa eri valheketjut eri ihmisten kanssa. Tai kai sitä muistaisi, jos motiivi olisi kyllin hyvä.

Kun he ajelivat takaisin laitokselle, Jaana kertoi Simolle, että kun hän oli haastattelut ylilääkäri Häkliä, oli tämä korostanut olevansa jo ikämies eikä pannut enää merkille ympärillä pyöriviä naisia, joita sairaalassa tietysti riitti määrättömästi. He totesivat yhdessä, kun asiaa koko tiimin kanssa pohdittiin, että Häkliä pitäisi käydä jossakin vaiheessa kuulustelemassa uudestaan, mutta myös sitä pidettiin selvänä, että ei noin järjestelmällinen naistenmies menettäisi hermojaan, jos joku hänen naisistaan päättäisikin suhteen. Sitä paitsi olisi vaikeaa, ellei mahdotonta, pystyä jälkeenpäin todistamaan Outi Vanamon kuuluneen Häklin haaremiin, vaikka näin olisikin.

LUKU 16

Naisten ahdistelija

Elias Saario etsiskeli rikospoliisin käytävältä itselleen kuulustelukaveria ja nappasikin Jaanaa kädestä kiinni: – Oletko nyt vapaana?

– Riippuu ihan mitä herra Saario tarkoittaa.

– No kuulepas Jaana Lindegren, minulla on sellainen työ menossa, että poliisipäivystykseen ilmestyi nainen, joka kertoi, että häntä stalkataan. Hän on nähnyt saman sällin kaikkialla missä kulkee, ja hän ei ole skitsofreenikko, vaan sama mies seuraa häntä. Sellaistahan sattuu. Päivystävä poliisi, joka otti ilmoituksen vastaan, soitti tänne, kun ilmeni, että nainen oli tehnyt alustavia tutkimuksia ja tämä mies oli töissä keskussairaalassa. He kysyivät, että kiinnostaisiko tällainen meitä ja sanoin, että ilman muuta, mielenkiintoinen yhteensattuma. Lähdetkö mukaan tapaamaan tätä naista?

– Lähden.

– Mennäänkö heti?

He ajelivat hissillä aulaan, josta he heti näkivät kuka heitä odotti. Aulan seinustalla seisoi yksin selvästi ahdistuneen näköinen nainen. He menivät tämän luokse.

– Oletko sinä tekemässä ilmoitusta ahdistelijasta?

– Kyllä. Oletteko te poliiseja?

– Kyllä, olemme rikospoliiseja. Tulkaa kanssamme yläkertaan.

He veivät naisen kuulustelu kakkoseen ja Elias oli pyytänyt sinne jo etukäteen kahvit kolmelle hengelle. Jelena oli toimittanut ne pikkumutinan kanssa: – Mikä kahvinkeittäjä minä olen?

Elias ei tätä ollut välittänyt kommentoida.

Jaana naputteli koneelle perustiedot, joita hän naiselta kyseli.

– Okei, sitten mennään asiaan. Missä näit tämän miehen ensimmäisen kerran?

– Minulla oli aika sisätautien poliklinikalle, minä olen diabeetikko ja käyn siellä säännöllisesti. Se mies seisoskeli siellä. En tietenkään kiinnittänyt häneen sen enempää huomiota, luulin että hän oli joko menossa vastaanotolle tai kuului henkilökuntaan. Aikanaan lähdin pois ja kävelin pysäköintipaikan läpi, olin nimittäin tullut kävellen, kun olen töissä Jukolan kirjastossa. En kiinnittänyt mieheen huomiota ennen kuin olin jo ylittämässä tietä Jukolan kohdalla, kun huomasin hänen tulevan aivan minun perässäni. En pitänyt sitäkään omituisena. Jukolassahan asuu valtavasti ihmisiä ja työssäkin käy kai tuhansia. Kun menin työpaikalleni, vaihdoin sisäkenkiin ja heitin takin narikkaan, otin kahvikupin ja menin lainaustiskin taakse istumaan. Kysyin työkaveriltani, että kauanko tuo mies, joka luki Helsingin Sanomia, on ollut tuossa. Hän sanoi, että miehen oli täytynyt juuri tulla. Siinä se juippi istui. Silloin alkoi tuntua kummalliselta, mutta enhän minä voinut ketään ajaa pois kirjastosta sen takia että olin nähnyt hänet aiemmin sairaalassa. Ei auttanut mikään. Enkä tietenkään sanonut mitään, mutta alkoi tuntua epämiellyttävältä. Mies oli lehtien lukusalissa yli puolitoista tunti ennen kuin käveli ovesta ulos. Kun menin kasaamaan lehtiä, huomasin jotakin kirjoitusta Helsingin Sanomien etulehden marginaalissa. Se on tässä mukanani se sivunkappale.

Nainen näytti paperikaistaletta poliisille ja Elias luki sen ääneen.

"Hei Oona, minä rakastan sinua. Olen Kalle Hiitola. Tulen tänään soittamaan ovikelloasi illemmalla. Toivon, että lasket minut sisälle ja voidaan tutustua toisiimme."

– Arvaatte kai, että säikähdin aika tulisesti. Kalle Hiitola on ihan mukavan näköinen mies, ja voikin olla mukava, mutta tämä lähestymistapa on minulle liikaa. Voitteko tehdä asialle jotakin?

– Kyllä me voimme tämän jutun ottaa. Mitä sinä tiedät tästä Hiitolasta?

– Minä vähän tutkin netistä erilaisia mahdollisuuksia ja heti tärppäsi. Kalle Hiitola-niminen mies työskenteli keskussairaalan teknisessä huollossa. Iältään 32, siviilisääty naimaton. Uskon sen olevan juuri hän, vaikkei henkilökunnasta kuvia ollutkaan näkyvillä.

– Niin minäkin uskon, totesi Jaana. – Jollemme löydä Hiitolaa ennen hänen ilmoittamaansa treffiajankohtaa eli iltaa, tulee joku sinun luoksesi odottamaan häntä. Hyvä, että tulit kertomaan. Asia on nyt meidän asiamme.

– Voinko minä nyt lähteä?

– Voit. Meillä on sinun yhteystietosi. Kysyn vielä: sinä siis haluat, että me annamme Hiitolalle viestin, että Oona-nimistä kirjastovirkailijaa ei ole syytä stalkata, että hän ei ole kiinnostunut?

– Kyllä kiitos, mahdollisimman selkokielellä.

Elias ohjasi rouva Oona Vakkilan alaovelle asti. Sitten hän tuli takaisin ja kysyi retorisesti: – Mitäs sanot?

– Sanon, että alan kohta epäilemään, että siinä sairaalan vedessä on jotakin. Tämä Hiitola nimittäin seurustelee, tai ainakin tapailee naista, joka oli samaan aikaan psykiatrisella osastolla potilaana minun kanssani. Ja käy noin kuumana johonkin naiseen, jonka kanssa ei ole edes koskaan jutellut. En kyllä täysin osta tuota Vakkilan tarinaa, hänhän on voinut joskus olla jollakin viattomalla tavalla yhteyksissä Hiitolan kanssa eikä ole sitä muistavinaan. Sellainen on yleisin tausta tällaisille, kun ventovierasta stalkataan. Mutta me lähdetään nyt sairaalanmäelle.

Vaikka sairaalalle olisi ollut kävelymatka, ei Jaana sitä hetkeäkään harkinnut. Hän ja konstaapeli Saario matkustivat Jaanan Audilla. Parkkipaikkaa ei koskaan löytänyt sairaalalta, joten auto oli jätettävä vain jonnekin ja siihen lappu, että poliisi virka-ajossa. He kävelivät hissiaulaan ja Jaana sanoi: – Tiedän, että tekninen huolto on 00-kerroksessa. Siellä on vain patologian laitos ja sitten nämä tekniikan ukot. Mennään siis sinne.

Poliisi astui käytävälle ja Jaana sanoi: – Onneksi olemme niin monesti patologian laitoksella vierailleet, ettei tarvitse mennä uteliaisuudesta sinne kurkistamaan. Voidaan mennä suoraan etsimään niitä sinitakkisia jätkiä.

He kävelivät koputtamatta keskusvaraston päädyssä olevaan teknisen huollon valtakuntaan. Toden totta, siellä oli kuusi miestä, joilla oli siniset työtakit ja ainakin Jaanalle yllätyksenä myös yksi nainen. Jaana kopautti lähintä miestä olkapäähän, näytti tälle virkamerkkiään ja sanoi: – Kalle Hiitolaa etsin.

– Kalle lähti juuri käymään keskuslämmityskattilalla. Jos on ihan hirveä kiire, niin sieltä löytyy. Jos taas maltatte odottaa vartin verran ja juoda kupin kahvia, hän varmasti ilmestyy.

Elias sanoi: – Minulla on tästä odottelusta huono etiäinen. Mennään sinne kattilalle.

– Olkaa hyvät, nuori mies näytti käytävältä suunnan ja mistä kääntyä. – Ottakaa tuollaiset potkulaudat, niillä pääsee mainiosti.

Jaana ja Elias tarttuivat ehdotukseen mielellään ja nappasivat käyttöönsä potkulaudat. Sillä pelillä he selvisivätkin minuutissa sairaalaan lämpökattilaan huoltohuoneelle, josta he eivät Hiitolaa löytäneet. Jaana ja Elias olivat kummissaan. Jaana sanoi: – Valehteleeko täällä kaikki, vai voiko olla niin, että Hiitola näki jostakin, kun me ajoimme sairaalan pihaan ja arvasi että häntä oltiin hakemassa?

– Todennäköisesti juuri näin kävi. Vaikka mistä se heti olisi yhdistää meidät itseensä?

– Lykitäänpä huvikseen näillä mainioilla laudoilla vielä tuonne työterveyshuoltoon, jos kävisi sellainen säkä, että Hiitola olisi siellä hakemassa sairaslomaa.

Kun Jaana ja Elias ajelivat työterveyshuollon odotustilaan, ei ollut vaikeaa tietää kuka siellä istuvasta kolmesta miehestä voisi olla heidän etsimänsä Hiitola. Yksi mies istui sininen takki päälleen ja poliisit menivät istumaan häntä molemmin puolin. Elias otti kiinni jykevästi miehen oikean käden ranteesta ja Jaana vasemmasta. Elias kysyi: – Oletko Hiitolan Kalle?

Mies ei halunnut vastata heille. Jaana totesi: – Vastaa selvään kysymykseen tai me raahaamme sinut esimiehesi luokse ja pyydämme häntä tunnistamaan sinut.

Jaana näytti miehelle virkamerkkiään.

– Olen minä Kalle Hiitola. Minulla on kauhea päänsärky ja haen sairaslomaa, että pääsisin lepäämään kotiin.

– Taisi alkaa päätä särkemään, kun näit meidän etsivät parkkipaikkaa tuossa pihalla.

– En muista nähneeni teitä koskaan.

– Nyt on Kalle niin, että särki päätä tai ei, sinä lähdet nyt meidän mukaamme.

– Mihin?

– Poliisikuulusteluun tietysti.

– Mistä te minua syytätte?

– Emme vielä mistään, mutta luulen, että asia sinulle pian selviää.

Elias istui Jaanan Audin takapenkille Hiitolan kanssa. He eivät laittaneet miehelle käsirautoja, sillä tämä lupasi tulla asiallisesti heidän mukanaan. Jaana naurahti auton ratissa: – Oli muutamasta minuutista kiinni, ettet päässyt livahtamaan. Olitko jonossa seuraavana vuorossa?

– Ei, siinä oli yksi ennen minua.

He eivät kuulustelleet asiakastaan automatkan aikana, joka olikin varsin lyhyt. Kuulusteluhuone ykkönen lankesi heille, koska kakkonen oli käytössä. Jaana esitteli tekniset laitteet, videokamerat ja äänentallennuslaitteet. Hän ja Elias esittelivät itsensä ja sitten Jaanaa pyysi Kalle Hiitolalta tämän perustiedot. Saatuaan ne, hän kysyi:

– Tiedätkö miksi olet täällä?

– En tiedä. Sairaalanmäellä on kyllä niin levotonta nykyään, että siellähän pyörii rikospoliisi päivittäin.

– Siitä olen samaa mieltä, totesi Jaana. – Mutta oli meillä oikea syykin tulla sinua tapaamaan. Sinä vakoilit ja seurasit tämän päivän Oona Vakkila-nimistä kirjastotyöntekijää.

– En ole mitään vakoillut. Vähän olen ehkä pihkassa yhteen kirjastonhoitajaan ja olen ehdottanut hänelle treffejä.

Elias totesi, että kyseessä ei ollut ehdottelu, kun ilmoitettiin olevansa tulossa illalla. Se oli kotirauhan rikkomista ja häiriköintiä.

Jaana jatkoi: – Niin, et sinä ole järin suuria rikoksia tehnyt, mutta Oona Vakkila on herkkä ihminen.

Määrään nyt sinut lähestymiskieltoon hänen suhteensa. Tiedän, että lähestymiskiellon voi virallisesti langettaa vain käräjäoikeuden tuomari. Voin istuttaa sinua siinä seuraavat kuusi tuntia, joka siinä menee, kun saamme tuomarilta sen päätöksen, tai sitten uskot kerrasta, kun ilmoitan tämän ei niin virallisen lähestymiskiellon. Sitä paitsi satun tietämään, että sinulla on sairaalan kuviossa muitakin naisia.

– Yksi toinen on niin, mutta en tiedä tuleeko siitä mitään, kun hän on aina sairaana ja sairaalassa.

– Sitä en tiedä minäkään, mutta kerropa nyt minulle, vaikka minulla ei ole sitä oikeutta kysyä, että ketä sinä tapailet siellä sairaalassa?

– No minun tyttöystäväni on siellä potilaana.

– Mikä on hänen nimensä?

– Hänen nimensä on Helena Bahna.

Jaana oli tyytyväinen, että istui taas valmiiksi, muuten hän olisi pudonnut lattialle.

– Vai Bahna, minä taidan tuntea hänet.

– Jos tunnet, niin pyydän poliisia vaikenemaan tämänpäiväisestä. Minä en aio mennä enää häiriköimään Oonaa. Kunhan poliisi pitää näppinsä erossa minun ja Helenan jutusta.

– Sinä jätät Oonan rauhaan vaikka poliisi tekisi mitä. Vaikka julkistaisimme Hämeen Sanomissa sinun kuvasi ja Oonan nimen, niin sinä jätät hänet rauhaan ilman mitään ehtoja.

– Jätän jätän.

– Me harkitsemme asiaa. Tällä haavaa meillä ei ole mitään syytä lähteä jututtamaan tyttöystävääsi, mutta jos ilmestyt näissä merkeissä vielä eteemme, on selvää, että jo suojelumielessä meidän on hänelle kerrottava.

Jaana tulosti Hiitolalle kuulustelupöytäkirjan, pyysi tämän allekirjoituksen ja poliisit lisäsivät siihen omansa sekä ojensivat oman kappaleen Hiitolalle. Jaana tuijotti miestä tiukasti silmiin ja sanoi:

– Saat mennä. Mutta anna saatana olla viimeinen kerta.

Elias lupasi soittaa Vakkilalle ja kertoa hänelle ilouutiset. Vakkilan mielestä Hiitola olisi pitänyt sulkea telkien taakse.

– Mistähän syystä, Elias kysyi.

– Naisten ahdistelusta.

– Voi voi, tästä on vielä ahdistelut todella kaukana, ei edes näköpiirissä. Eikä toivottavasti tulekaan. Ymmärrätte sen itsekin, kun ajattelette, että Hiitola on vain käynyt sairaalassa ja kirjastossa, lähettänyt yhden miltei kohteliaan, joskin määräilevän viestin naiselle, sitten hänet on haettu poliisilaitokselle kuulusteluun ja päästetty pois varoituksen kera. Kyllä tämä juttu on tässä, hän ei tule teitä enää häiritsemään. Mutta olemme täällä tietenkin aina tavattavissa, mikäli vaikeuksia vielä ilmenee.

Kun Elias saapui heidän yhteiseen neuvotteluhuoneeseensa, oli siellä jo muu työryhmä koolla. Jaana pyöritteli mielessään kiusallista ongelmaa. Ja tietenkin hän päätti pukea sen sanoiksi.

– Minä sain Helena Bahnalta tietoja hänen henkilökohtaisesta elämästään sellaisissa olosuhteissa, että minä olin hänen potilastoverinsa enkä kuulusteleva poliisi. Ja nyt minulla on vaikea eettinen dilemma: me kuulustelimme Eliaksen kanssa yhtä sairaalan huoltomiehistä, poika oli ihastunut Jukolan kirjastonhoitajaan, joten suuresta rikoksesta ei ollut kysymys. Oli naista lähestynyt tyhmänlaisella viestillä, eikä siinä mitään. Mutta tämä nuori mies kertoi seurustelevansa minun potilastoverini Helena Bahnan kanssa. Kun minä juttelin Helenan kanssa, hän sanoi avomielisesti ja yksiselitteisesti olevansa lesbo. Ihminenhän on toki monineuvoinen, yhtenä päivänä voi olla yhtä ja toisena toista. Mutta otahan sairaalasta yksi henkilö kynittäväksi, niin jo viimeistään kolmannessa lauseessa tulee valhe. Pelkäävätkö ihmiset niin paljon vai onko minun vakavasti pyydettävä puolueeton tutkija tutkimaan sitä sairaalan vettä?

Simo otti tähän kantaa: – En lähtisi ihan kuitenkaan tuolle tielle. Kun olin siellä viikonpäivät hoitajan vaatteissa, niin kyllä minäkin panin merkille, että jumalauta tuollaiseen porukkaan mahtuu monta hyvännäköistä naista. Tulee hieman ylivirittyneeksi koko ajan. Jos ihmisellä on jotenkin heikko päänuppi, niin kuin tällä Waseniuksella, niin jos käytän kansankieltä, niin se menee sekaisin siinä pillunhajussa.

– Ymmärrän mitä tarkoitat Simo, Mauri sai sanottua, vaikka meinasi väkisin purskahtaa nauramaan.

Elias totesi: – Simon täytyy olla nykyään sokeriväleissä Jaanan kanssa, kun se uskaltaa käyttää tuollaisia vertauksia. Vielä puoli vuotta sitten Jaana olisi keskeyttänyt kyynärpäätaklauksella.

Jaana sanoi: – Voi olla, että olen varmaan passivoitunut ja turtunut kun olen joutunut viettämään liikaa aikaa Simon kanssa viimein aikoina. Kai minäkin jossakin määrin ymmärrän tuon idean. Että se johtuu siitä sukupuolten epätasapainosta. Ja tehdään suljetuissa olosuhteissa vaikeaa ja haastavaa työtä, aivan kylki kyljessä kollegan kanssa. Ajatelkaa vaikka itseänne. Tässäkään työryhmässä ei ole kukaan välttynyt siltä, ettei olisi missään vaiheessa ihastunut pirusti työkaveriinsa. Ja jos taas samaan tyyppiin törmäisi kaupan pakastealtaalla, niin ei hetkauttaisi yhtään. Mutta kun tekee töitä yhdessä, niin se jotenkin lataa.

Mauri halusi ryhtiä keskusteluun: – Nyt kiellän tämän kysymyksen enemmät pohtimiset. Emme voi vapauttaa Waseniusta tai Hiitolaa mistään syytteistä sen takia, että tämä sekoittanut päänsä naisten tuoksuissa. Siihen ei yksikään valamiehistö lankea.

– Eipä niin, Simo myönsi.

Jaana ajatteli taas ääneen: – Menisinköhän minä tapaamaan Helena Bahnaa ihan mielenkiinnosta. Koska ei tässä nyt näköjään päästä tänäänkään murhaajajahtiin. Meidän pidettävä koko ajan kirkkaimpana mielessämme: meillä on vapaana kaksoismurhaaja, kenties jo miettimässä uusia uhreja. Joka tapauksessa hänellä on vähintään kaksi ihmishenkeä tunnollaan.

Jaanan paluu sairaalaan

Jaana totesi, että koska jutussa ei näkynyt valoa tunnelin päässä, niin hän ajatteli jatkavansa ihmisten jututtamista.

– Aion yhdellä reissulla tehdä kaksi tehtävää: keskustella Helena Bahnan kanssa ja kuulustella ylilääkäri Häkliä. ja tällä kertaa en varaa häneltä aikaa. Jos ei äijää löydy kansliastaan, hälytän vaikka koko sairaalan häntä hakemaan.

Mauri hymähti tyytyväisenä: – Aggressiivisesti päälle vaan, mutta katso ettei mene yli.

Jaana tyhjensi kahvikuppinsa ja lähti matkaan.

Kun hän soitti osaston ovikelloa, hän mietti, että suljettu osastohan tarkoitti sitä, että ovet olivat lukossa. Sen primääritarkoitus, eli potilaiden sisällä pitäminen kai toimi ihan moitteetta. Mutta ulkoapäinhän tänne osastolle pääsi liian helposti. Joiltain pääsy oli suljettu, kaikilta ei. Hän lupasi itselleen huolehtivansa siitä, että kunhan juttu olisi hoidettu, sarjoittaisivat kaikki suljetut osastot lukkonsa uudestaan. Hoitaja Niilo Harjula tuli avaamaan oven. Tervehdittyään Jaanaa hän kummasteli, että mitä poliisit täältä vielä hakivat.

Jaana totesi: – Jos olet yhtään seurannut tiedotusvälineitä, tiedät, ettemme ole saaneet murhaajaa kiinni. Mutta olen varma, että pidätys lähestyy.

– Onko se sitten varma, ettei se ollut se Wasenius, kysyi Harjula.

– Ei siitäkään varma voi olla, mutta todisteet eivät ainakaan toistaiseksi ole riittäviä. Kyllä Wasenius on tarkan luupin alla. Mutta minä tulin Helenaa tapaamaan, onko hän vielä täällä potilaana?

– On toki. Muistat varmasti hänen huoneensa.

Jaana kopautti Helenan oveen ja avasi sen saman tien. Tämä istui kirjoituspöydän ääressä täyttämässä ristisanatehtävää.

Tervehdysten ja voinnin kyselyjen vaihduttua Jaana piti pienen tauon ja kysyi sitten: – Saanko kysyä sinulta hyvin henkilökohtaista asiaa?

– Ole hyvä, kysy vain.

– Tapasin sellaisen Kalle Hiitolan. Tämä kertoi olevansa sinun poikaystäväsi.

– Joo, näin kai voi sanoa, myönsi Helena.

– Ymmärsinkö minä siis jotakin väärin, kun minä luulin että sinä olet naisiinpäin kallistuva?

– Kyllä minä olenkin, mutta tämä Kalle ei meinaa sitä uskoa.

– Ahdisteleeko hän sinua?

– Ei. En minä ole koskaan käskenyt häntä lopetta-
maan. Hän käy minua tapaamassa ja ilmiselvästi hän
kiihottuu minusta.

– Missä te tapaatte?

– Täällä osastolla. Kalle tulee aina aamuyöstä.

– Eihän täällä silloin mikään vierailuaika ole.

– Hän tulee salaa. Hänellä on oma avain.

– Niinpä tietysti. Oletko kysynyt häneltä, miksi hä-
nellä on avain tänne?

– Olen. Hän kertoi teettäneensä sen siitä avaimesta,
joka roikkuu teknisen huollon avainkaapissa. Hän itse
kertoi, että koska hän työtehtävissään joutui joskus
täälläkin käymään pattereita ilmaamassa, on kätevää,
että on oma avain.

– Kätevähän se on juu. Näin poliisitutkijan näkökul-
masta ei ole kätevää, että joka toisella sairaalan työn-
tekijällä on tänne avain. Ja lopuilla taas yhteisavain
käytössä.

– Sellaista se sairaalassa on. Näkee kyllä, että et ole
mikään oikea potilas etkä ole koskaan ollutkaan.

– En ole paljoa sairastellut, mutta oli minulla hieman
toisenlaisen käsitys tästä suljetusta osastosta. Kysyn

vielä: sinä siis tapailet mielelläsi tätä Hiitolaa kun hän tulee sinua tapaamaan aamuyöstä?

– No, välillä vähemmän mielelläni ja välillä enemmän. Mutta jos kieltäisin tulemasta, ei hän varmaankaan tulisi.

Tähän Jaana esitti kysymyksen, jota hän oli tullut esittämään: – Oletko varma, että et nähnyt Kallea silloin kun näit jonkun vilahtavan ovesta?

Helena hymähti.

– Jaa, että Kalle olisi murhaaja? Mitä helvettiä se Outia ja Jounia menisi tappamaan? Kuten sanoin, se oli ainakin 20 vuotta Kallea vanhempi mies, keski-ikäinen, jonka näin. Voin olla täysin varma, että Kalle Hiitola se ei ollut.

– Selvä. Ei muuta kuin oikein hyvää jatkoa, minä lähden töihini. Tuletko avaamaan oven, jos sinullakin on avain?

– No minulla ei ole.

– Hyvä sitten.

Jaana vinkkasi yhden hoitajan mukaansa laskemaan itsensä ulos ovesta. Erinomaista oli hänen mielestään se, että poliisin täytyi pyytää ovia auki, mutta kaikki muut kulkivat kuin Valion baariin. Hän ajeli hissillä pohjakerrokseen, käveli Raimo Häklin ovelle, painoi summeria ja kun oven viereen syttyi keltainen liikennevalo, hän avasi oven ja astui sisään. Hän ilmoitti asiakastuolilla istuvalle miehelle, että valitettavasti palaveri jouduttaisiin nyt keskeyttämään.

Häkli ponnahti pystyyn pöytänsä takaa ja ilmoitti määrätietoisella äänellä:

– Minulla ei ole sinun nimeäsi kalenterissa.

– Tiedän. Nyt voit sen sinne lisätä.

Jotakin talousasiaa esittelemässä ollut mies keräsi paperit salkkuunsa ja livahti ulos. Jaana työnsi oven kiinni ja istui vapaaksi jääneeseen tuoliin. Hän laittoi puhelimensa pöydälle ja ilmoitti, että siinä oli tallennus käynnissä.

– Voimme jutella tässä tai voimme lähteä poliisilaitokselle, saat valita.

Häkli viittoili kohti Jaanan puhelinta: – Sulje se.

Jaana otti puhelimensa ja näpäytti tallennuksen pois päältä.

– Niin, tilanne on nyt tämä, että minä kuulustelen sinua lyhyesti joko tässä tai laitoksella. Meidän keskustelumme kyllä tallennetaan.

– Mikä suo minulle tämän kunnian, että Hämeenlinnan poliisilaitoksen kaunein nainen jo toisen kerran vierailee luonani?

– Höpö höpö. Et sinä ole nähnyt Hämeenlinnan poliisilaitoksen naisista mitään kuvamatrikkelia. Tiedän olevani ihan hyvännäköinen, mutta on siellä paljon muitakin. Mutta tämä ei ollut tuloni syy.

– Arvaan kyllä sen.

Jaana laski puhelimensa uudestaan Häklin pöydälle ja tällä kertaa tallennus käynnissä.

– Haluan tarkentaa muutamia asioita, joista viimeksi puhuessamme taisin jäädä väärään käsitykseen. Ensinnäkin tapaus Ritva Wasenius. Sinä seurustelit hänen kanssaan ja olit antanut naisen ymmärtää, että nait hänet, jos hän eroaisi entisestä puolisostaan.

– Ei pidä paikkaansa. Minä tapailin häntä tahtiin kerran kuukaudessa tai joka kolmas viikko. Jotain sellaista. Se oli minulle täysin riittävä tahti. Pidin hänestä, pidän hänestä yhä, mutta avioliittoaikeita minulla ei ole ollut hänen kanssaan koskaan enkä ole koskaan niin hänelle väittänyt.

– No, Ritva Waseniuksella oli kuitenkin tällainen käsitys.

– Hänellä oli virheellinen käsitys. Ei minusta ole miksikään ensirakastajaksi, niin kuin taisin sinulle kertoakin. Kerran kuukaudessa on aivan passeli tapaamisväli minusta.

– Ymmärsit kai, että rouva Wasenius, joka on sinua 10 tai 15 vuotta nuorempi....

Jaana selasi hetken muistiinpanojaan ja jatkoi: – Tarkasti ottaen 13 vuotta nuorempi ja hänellä on pysyvämpiä suunnitelmia elämässään kuin tapailla kerran kuukaudessa jotain naimisissa olevaa vanhaa miestä.

– Niin elämässä usein käy, että tarpeet eivät kohtaa.

– Miksi sinä väitit minulle, että et ole enää mikään aktiivinen naistenmies, kun ilmiselvästi olet? Tämä tarkoittaa sitä, että tulee uudelleen puntaroitavaksi, miten hyvin sinä tunsit Outi Vanamon.

– Kuten sanoin, minä olen naistenmiehenä juuri sellaista kerran kuussa-kaliiberia. Vaimoni kanssa en ole maannut samassa makuuhuoneessa enää kymmeneen vuoteen. Ja Outi Vanamoa en tuntenut lainkaan, voi olla, että olen joskus nähnyt hänet käydessäni osastolla.

– Etkö siis tavannut Outi Vanamoa siinäkään yhteydessä, kun aktiivisesti pyrit estämään hänen hoitonsa osastolla?

– En kertaakaan. Tutkin vain papereita ja edellisiä hoitokertomuksia.

– Selvä. Ymmärrät viisaana miehenä, että murhatutkimuksen yhteydessä valehteleminen, vaikka pienistäkin asioista, herättää tutkijassa aina epäilystä muillekin puheille.

– En minä ole sinulle Jaana Lindegren valehdellut sanaakaan. Kuten sanoin, en ole valehdellut edes Ritva Waseniukselle.

– Voitko kertoa minulle nyt yksiselitteisesti ja tarkasti montako naista sinä tällä hetkellä tapailet?

– Omituinen kysymys poliisin kysymänä. Tapailen yhtä naista ja en ole aivan varma tapailenko Ritvaa enää. Hän ainakin vaikutti minuun sangen suivaantuneelta, mutta on hän tehnyt niin aikaisemminkin.

– Kuka on se nainen, jota sinä aktiivisesti tapailet?

– Hänen nimensä on Ulla Syrjä. Hän on ammatiltaan pysäköinninvalvoja, iältään 34-vuotias ja helvetin hyvännäköinen.

– Kuinka usein tapaatte, kysyn vain uteliaisuuttani.

– Hän on vapaa nainen, joten epäsäännöllisesti, miten saan aina ajan järjestettyä, kerran parissa viikossa tai sitä rataa.

– Selvä. Onko tullut mieleen mitään muuta mitä poliisin olisi hyvä tietää liittyen kaksoismurhaan täällä sinun johtamassasi laitoksessa?

– Ei ole tullut ja voit uskoa, että olen miettinyt pääni puhki.

– Selvä. Olen pahoillani aiheuttamastani häiriöstä päiväohjelmaasi. Tämä riittää minulle.

– Ei tässä mitään korvaamatonta häiriintynyt.

– Sen minä kyllä uskon.

Jaana käveli ulos. Autostaan hän soitti kaupungin liikennevalvontaan ja pyysi Ulla Syrjän puhelinnumeroa. Hän joutui kerran älähtämään olevansa murhatutkija. Sitten numero jo löytyikin. Jaana tavoitti Syrjän tämän kotoa ja ilmoitti tulevansa saman tien käymään. Jaana oli jo valmiiksi jo oikealla puolen kaupunkia, joten häneltä ei mennyt kuin kymmenen minuuttia kurvata sen rivitalon parkkipaikalle, jossa Ulla asui.

Nainen pyysi poliisin keittiöön istumaan ja tarjosi kahvia. Jaana pahoitteli heti alkuun, että hänellä oli pari epäsovinnaista kysymystä esitettävänään.

– Esitän näitä kysymyksiä sen takia, koska tutkin henkirikosta. Kahden nuoren ihmisen kuolemaan johtanutta rikosta. Kysymykset saattavat kuulostaa intiimeiltä ja epämiellyttäviltä, mutta usko pois, niillä on tarkoituksensa. Tiedän, että sinä tapailet ylilääkäri Raimo Häkliä.

Ulla Syrjä ei reagoinut Häklin nimeen millään tavalla vaan totesi – Mikäs tuossa oli se kysymys?

– Odota hetki, kysymystä ei vielä ollutkaan. Sinä tunnet varmasti herra Häklin maineen hillittömänä naistenmiehenä.

– Joo, olen kuullut sen itse asiassa häneltä itseltään, että hän oli nuorempana aika vipeltäjä. Mutta pitää muistaa, että mies on lähes kuusikymppinen.

– Niin, en kysy mitä ihmettä sinä kaunis kolmekymppinen nainen näet sellaisessa vanhassa pukissa, vaan pyydän, että otat esiin kalenterisi ja kerrot kuinka usein sinä tapaat häntä.

Syrjä toimi pyydetyllä tavalla ja selasi puhelimensa kalenteria laskien.

– Tämä on hyvin epäsäännöllistä. Joskus on mennyt kaksikin viikkoa ilman tapaamista, joillakin viikoilla taas, esimerkiksi kaksi viikkoa sitten, tapasimme neljä kertaa. Kuukausi sitten olin hänen mukanaan, kun hän oli jossakin konferenssissa Sveitsissä. Olimme siis kuusi yötä yhdessä.

– Seuraavaksi vielä intiimimpi kysymys. Rakasteletteko te joka kerta kun tapaatte?

– Kyllä näin voi sanoa.

– Eli te saatatte rakastella jopa neljä kertaa viikossa?

– Näinkin on käynyt. Jos laskisin tästä puoli vuotta taaksepäin, niin varmaan olemme rakastelleet keskimäärin kolme kertaa viikossa. Melkein aina täällä minun luonani.

– Oletko aikeissa virallistaa jossakin vaiheessa teidän suhdettanne? Onko teillä ollut asiasta puhetta?

– Ei ole viime aikoina ollut puhetta. En minä usko, että meistä tulee koskaan avioparia. Te varmasti tiedätte, että Häkli on naimissa, ollut jo kymmeniä vuosia. Heidän suhteensa on ilmeisesti hyvin pysyvä siitä huolimatta, että herra Häklillä on minunkaltaisiani hairahduksia.

– Oletko huomannut, että herra Häklin kyvyissä tai haluissa olisi tapahtunut jotakin hiipumista?

– Olen siihen nähden, kun kolme ja puoli vuotta sitten päädyimme samaan vuoteeseen, oli meno tietysti paljon villimpää. Tai ehkä ei ensimmäisellä kerralla, mutta ensimmäisen vuoden ajan. Sen jälkeen tämä on vakiintunut tälle tasolle. Tiedän kyllä, että Rami käyttää Viagraa.

Jaana kiitti kahvista ja varoitti Ulla Syrjää.

– Tuolla menolla saatat saada sydänkohtaukseen kuolevan vanhan miehen syliisi. Mutta se ei ole poliisiasia. Joten näkemiin ja kiitos.

Kun Jaana saapui rikospoliisin tiloihin, hän meni suoraan komisario Taposen huoneeseen. Hän istui asiakastuoliin ja tokaisi:

– Arvaas mitä. Raimo Häkli valehtelee minulle.

Mauri hymyili ja tokaisi sitten: – Millä tavalla?

– Sillä tavalla, että hän väittää olevansa vanha ja vetämätön ukkeli. Todellisuudessa hän nai neljää kertaa viikossa suurin piirtein minun ikäiseni naisen kanssa. Ja nainen vaikutti ihan tyytyväiseltä. Jollain tavalla minun olisi helpompi ymmärtää, jos valehdeltaisiin toisin päin. Tässä on ryhdyttävä näköjään valikoimaan valehtelun laatuja, koska kaikki valehtelevat.

– Jaana, älä vaivu synkkyyteen. Kyllähän se on aina tiedetty, että kaikki valehtelevat poliisille. Meillä on sellainen vaikutus, että lainkuuliaisetkin ihmiset valehtelevat, kun meille puhuvat.

– Niin sen täytyy olla.

LUKU 18

Keskusrikospoliisi saapuu

Mauri Taposen johtama tutkimusryhmä oli jälleen seuraavana päivänä koolla aamupalaverin merkeissä. Paikalla oli koko ryhmä. Heidän vielä juodessa kahviaan Mauri jo ryhtyi pahoittelemaan:

– Kuulin eilen ylikomisario Leveelahdelta, että hän on kutsunut KRP:n avuksi kysymättä kantaani, jonka vuoksi en ole pystynyt kysymään teidänkään kantaanne. Mutta heti kun kuulin tästä, vedin sen verran välistä, että soitin suoraan Kekkosen Askolle. Jos edes siten pystyisimme vaikuttamaan siihen kuka tänne tulee. Asko oli lomalla, mutta hän aikoi keskeyttää lomansa ja saapua tämän päivän nimissä tänne. Asko sanoi, että hän kyllä hoitaisi KRP:n, ettei ketään muuta lähetettäisi. Joten juodaan me tässä kahvia ja odotetaan. Miehen tuntien tiedän, että hän pyrkii tähän aamupalaveriin.

Ei kulunut viittä minuuttia, kun Maurin puhelin pirahti. Puhelu oli lyhyt ja Mauri totesi siihen vain: – Selvä. Sopii.

– Asko pyysi meitä odottamaan kymmenen minuuttia ennen kuin aloitamme. Hän on tulossa.

Jaana pohti ääneen:

– Kyllä me itse asiassa hävettävän vähän olemme saaneet aikaiseksi. Mikä persetti siinä on? Pitäisi kai järjestää sellainen vanhan ajan yhteiskuulustelu, jos se näitä emävalehtelijoita vähän jarruttaisi. Jotenkin se turhauttaa tutkijaa, kun tietää että ihmisillä ei ole mitään tekemistä verityön kanssa, mutta he vain jostakin syystä, jokainen omastaan, valehtelevat poliisille.

Kului vielä 12 minuuttia ennen kuin keskusrikospoliisin rikostarkastaja Asko Kekkonen kopautti neuvotteluhuoneen ovenkarmiin rystysellään ja astui sisään. Asko kiersi tervehtimässä kädestä pitäen kaikkia. Lisäksi hän pöllytti Jelenan hiuksia ja sanoi tälle hymyillen:

– Pikkulinnut ovat kertoneet.

Jaanankin hiuksia hän pöllytti ja sanoi pikkulintujen olleen hänen kohdallaan aivan hiljaa. Kun hän lopulta pääsi istumaan kahvikuppinsa kanssa, pyysi hän jonkinlaisen lyhyen yhteenvedon siitä missä tilassa tutkimus tällä hetkellä oli.

Ville Kohokas, joka heillä toimi virallisena ATK-osaajana, kertoi, että oli juuri näpäyttänyt menemään koko tutkimusaineiston Kekkosen koneelle. Hän oli myös laatinut viimeisen tiivistelmän siitä missä mentiin, ja hän voisi siten esitellä tutkimuksen.

– Joulukuun 14. ja 15. päivän välisenä yönä surmattiin kaksi ihmistä Ahveniston psykiatrisessa sairaalassa suljetulla osastolla. Järjestettiin normaali rikospaikka-tutkimus ja aloitettiin ihmisten puhuttaminen. Tässä vaiheessa ei vielä silminnäkijöitä. Ei meinattu millään päästä liikkeelle. Työvoima oli vähissä. Simo makasi flunssassa kotona ja Jaana oli virkavapaalla Joen-suussa asti.

Tähän Kekkonen naurahti.

– Minä kyllä kuulin Jaanan virkavapaasta. Mehän ta-pasimme Joensuussa, kun tämä virkavapaalainen äi-tyi ammuskelemaan siellä. Selvittäen tosin ansiok-kaasti Joensuun poliisia jo jonkin aikaa rieponeen murhan teologisessa oppilaitoksessa. No, se siitä.

Ville jatkoi: – Vuodenvaihteessa me löimme lisää löy-lyä kiukaalle. Jaana ja Simo solutettiin sairaalaan. Jaana potilaaksi ja Simo opiskelijaharjoittelijaksi.

–Te suljitte siis yhden maan parhaista murhatutki-joista mielisairaalaan potilaaksi? Ja ihmettelette vielä, ettei juttu ole ratkennut?

Jaana hymähti. – Juuri niin, Asko, juuri niin tehtiin. Minut pantiin verkkarit päälle lampsimaan osaston käytäville enkä saanut paskaakaan selville.

Mauri toppuutteli: – Ei se nyt sentään niin hukka-reissu ollut. Siellä saatiin selville paljon yksityiskoh-tia, mutta ei sellaista selvää ykkösjohtolankaa, jota kerimällä olisi päässyt jutun alkulähteille. Meillä oli jo pidätettynäkin yksi ukko, selvästi sukupuolihormonien sekoittama miesparka, jonka vaimo lähti samassa hötäkässä. Miehellä on taustaakin ja nyt hän sekopäisyyksissään tunkeutui hoitohuoneeseen päivystyspoliklinikalla. Huoneessa oli vähäpukeinen nainen hoitotoimenpiteiden kohteena. Hälyttivät sairaalassa sitten apua oikein isolla kutsulla. Huutelivat ylipäätään miespuolisia työntekijöitä paikalle. Mutta Jaana siellä kuitenkin etummaisena hääräsi. En tiedä sitten missä ne miespuoliset ja työntekijät olivat. Äijä oli jo pudottanut skalpellilla yhden lääkintävahtimestarin, joka oli yrittänyt puuttua asiaan, mutta Jaana riisui miehen aseista ja jossakin vaiheessa paikalle ehti myös poliisi. No joo, meillä oli tämä Wasenius pari päivää kiinni, mutta ei se lähtenyt siitä aukenemaan. Ei se täysin suljettu vaihtoehto ole, mutta kun luet sieltä ne kuulustelupöytäkirjat ja muut, arvioi sinä sitten kannattaako siihen vielä painaa päälle vai oliko se hutikuti. Lähtötilanne sairaalassa on kummallinen. Ensinnäkin suljetun osaston avaimia on maailmalla, vaikka kuinka helvetisti asiaankuulumattomissa käsissä. Ja nämä surmatut henkilöt, Outi Vanamo ja Jouni Kalamos, olivat siis potilas ja hoitaja sekä lemmenpari.

Asko Kekkonen pyysi pienen keskeytyksen.

– Minun nykyinen, jo pitkäaikainen naisystäväni on psykiatrinen sairaanhoitaja. Ja ainakin pääkaupunkiseudulla hoitajan ja potilaan välinen lemmensuhde on täysin kielletty mahdollisuus.

– Sitähän se on tietysti täälläkin. Mutta tiedäthän sinä nämä luonnot ja tikanpojat. Se on ollut yleinen salaisuus osastolla, että tällä Kalamoksella oli kova halu naisiin ja naisseuraa ei ollut vaikeaa löytää.

Asko Kekkonen kysyi: – Mistä moinen sukunimi, Kalamos?

– Kreikkalainen isä, ehti Jaana livauttaa.

– Jaana kaivoi osastolla olleessaan esiin yhden silminnäkijän. Potilaan, joka on käynyt myös meillä kuultavana. Hän kertoi nähneensä harmaapukuisen keskiikäisen miehen poistuvan osaston ovesta. Näki miehen vain sekunnin ajan ja silloinkin takaapäin. Tällainen on meillä tilanne. Haluat varmaan lähteä käymään siellä tapahtumapaikalla?

– Ilman muuta. Ja otan tuon Jaanan oppaaksi, koska hänellä on kokemusta siitä paikasta jo valmiiksi.

He hajaantuivat taas töihinsä ja Jaana ja Asko Kekkonen ajoivat hissillä autojen pysäköintitasolle. Asko kysyi: – Mennäänkö sinun vai minun?

– Minun autolla mennään, ilmoitti Jaana, vaikka tästä ei vissiin ole kuin kilometrin verran matkaa. Mutta näyttää typerältä, jos poliisitutkijat marssivat kävellen paikalle. Ja sinähän tiedät, että minä en halua näyttää typerältä sekä autoilen mielelläni.

– Tiedänhän minä sen. Allekirjoittaako Mauri mielellään nämä sinun oman autosi käyttökorvaukset?

– En tiedä kuinka mielellään, on tuo tähän asti kirjoittanut. Enkä minä ole hakenut muuta kuin kilometrikorvauksen, jolla kattaa nippanappa bensakulut. Saa muuten 12 senttiä ekstraa per kilometri kun sinä olet kyydissä.

– Nythän tämä rupesi lyömään leiville.

Kohta he olivat taas osaston ovikelloa soittamassa. Lähihoitaja Tero Varis tuli avaamaan oven. Jaana sanoi tälle vain:

– Tultiin taas mittailemaan ja ihmettelemään. Onko tuo Outin ja minun käyttämä huone tällä hetkellä varattu?

– Joo, siellä on asukas, mutta hän ei ole siellä nyt vaan hän on ulkoilemassa. Voin avata oven ja voitte katsella, mutta älkää koskeko hänen tavaroihinsa.

He menivät huoneeseen ja Jaana sanoi kollegalleen: – Kumpaan tavaraan tekisi mielesi kajota? Noihin villasukkiin vai norttiaskiin?

– Annetaan nyt ollaan rauhassa.

Jaana istahti sängylle.

– Outi Vanamo luultavasti istui tässä näin, kun hänet ammuttiin. Ei kosketuslaukauksella mutta läheltä. Heidän kuolinaikansa sijoittuivat saman tunnin sisään, joten emme tiedä kumpi ammuttiin ensin. Kaikenlaisia teorioita on, mutta vain teorioita.

Seuraavaksi he menivät taas käytävälle ja Jaana meni makaamaan käytävän kulmalla olevaa varaston ovea vasten.

– Tästä makaamasta löytyi sairaanhoitaja Jouni Kalamoksen ruumis. Häntä oli ammuttu kahdesti, yksi rintaan, yksi päähän. Kun taas Outista oli selvitty yhdellä laukauksella. Aselabra on toistaiseksi vielä kahden vaiheilla, että julistaisivatko heidän ammutun kahdella eri aseella vai meneekö tämä tietty heitto luotien rihloissa satunnaishajonnan piiriin. Se on kuulemma siinä ja siinä. Eli käräjillä voi väittää kumpaa hyväänsä. Tuntuisi vaikealta ajatella, että täällä olisi joku kahden aseen kanssa.

Asko katseli asetelmaa ja totesi: – Niin, tai kaksi eri ampujaa.

– Niin tietysti. Ja voihan olla, että täällä on suorastaan toisiinsa törmäilleet.

– Onko täällä öisin vain yksi hoitaja?

– Ei. Vähintään aina kaksi paikalla.

– No missäs se toinen hoitaja kertoi olleensa?

– Ei kovinkaan kaukana. Mennääs tänne, minä näytän. Hän kertoi istuneensa tässä tv:tä katsomassa. Jalat sohvalle nostettuina. Oli mahdollista, että hän torkkui.

– Joopa joo.

– Hoitajat ovat jakaneet osaston öisin kahteen osaan, Stiina Liimatta oli tässä hieman Jounin aluevesillä, kun hän istui katsomassa telkkaria, koska hänen osastonpuolikkaansa oli tuohon suuntaan. Jouni oli sanonut kollegalleen menevänsä hetkeksi juttelemaan Outi Vanamon kanssa, kun tämä oli pyytänyt.

Asko kyhnytti leukaansa ja totesi: – Taas on sellainen kummajainen, jota minun Seijani ei kerta kaikkiaan hyväksyisi.

– Mikä niin?

– Yövuoron aikaan ei harjoiteta mitään keskusteluterapioita. Yöllä potilaiden kuuluu nukkua.

– Niin. Tässä on tietenkin se pointti, että ilmeisesti koko henkilökunta tiesi, tai ainakin oletti, että Jounin ja Outin terapiaistunnot saattoivat olla aivan omanlaisiaan. Ei se ollut mikään salaisuus, että Jounilla oli jotain säpinää tämän potilaan kanssa.

– On jumalauta erikoinen putiikki, tuumasi Asko. – Käydäänpäs pyytämässä tuolta avain ja tutkitaan hiukan tuota oven lukon mekanismia.

Jaana pyörähti kansliassa ja palasi sieltä avaimen kanssa. Hänen seuraansa oli liittynyt Stiina Liimatta -

niminen hoitaja, joka oli ollut toinen yövuorolainen tapahtumayönä. Hän esitteli itsensä Asko Kekkoselle ja Kekkonen sanoi tälle: – Älä häviä mihinkään. Minulla on sinulta kysyttävää. Mutta ensin tutkimme ovea.

He menivät ulkopuolelle ja avasivat oven avaimella niin hitaasti ja varovaisesti kuin mahdollista. Jaana totesi Askolle: – Kuten huomaat, sisäänpäin pääsee kyllä ilman mitään ääntä.

– Kyllä.

He tulivat sisäpuolelle ja Asko kaivoi taskustaan taitteella olevan talouspaperin, jonka jätti ovenrakoon lukon kohdalle. Kun lukko ei loksahtanut, oltiin päästy osastolle täysin äänettä.

– Ja surmapaikka on tuossa alle kymmenen metrin päässä. Kyllä heidät on tässä surmattu. Ei ruumiita ole siirretty.

– Jouni vuosi kuiviin tähän. Verta oli nimittäin niin paljon, ettei sitä muualle ollut riittänyt juurikaan. Ja Outikin oli surmattu sänkyynsä. Vuodevaatteista verta on tietysti vaikeampi arvioida, mutta tekniikka oli sitä mieltä, että käytännössä koko verimäärä oli imeytynyt täkkiin ja patjaan.

– Mutta sitten toinen temppu. Luulen, että se ei onnistukaan yhtä hiljaa.

He menivät taas täysin äänettä oven ulkopuolelle.

Asko vielä varmisti: – Olihan niin, että tämä ovi oli lukossa, kun tapaus paljastui?

– Kyllä. Lukossa oli.

– Eli murhamies ei ollut jättänyt mitään tämän talouspaperin kaltaista stopparia lukon kielelle?

– Ei. Lukko oli normaalisti kiinni.

– Siinä tapauksessa meidän täytyy sulkea tämä ovi. Annapas avain.

Asko asetteli oven kohdalleen aivan milli kerrallaan lopulliseen asentoon. Avaimella hän piti vastaan, ettei kieli uponnut nopeasti sille tarkoitettuun hahloon, vaan hän vapautti kielen mahdollisimman äänettömästi. Siitä huolimatta hän joutui kiertämään niin paljon avainta, että ovesta kuului pieni loksahdus.

– Kuten huomaat, viimeistään tässä vaiheessa ovesta kuuluu ääni, kun siitä kuljetaan.

– Niin kuuluu, mutta pieni ja vaatimaton ääni.

– Toki, mutta ajattele asetelmaa. On yö ja hiirenhiljaista. Nainen istuu sohvalla tv:tä katsellen suljetulla osastolla. Hänen vaarallisiksi tietämiään potilaita on myös paikalla. Hän kuulee pienen rapsahduksen ovelta. On aika rautahermo, jos ei siinä vaiheessa nouse katsomaan kuka siellä ovella rapisee.

– On kyllä, myönsi Jaana. – Stiina Liimatta pistetään nyt varsinaiseen piinapenkkiin. Koitetaan ovea vielä pari kertaa.

He totesivat saranat niin hyvin voidelluiksi, ettei ääntä kuulunut, mutta takaisin lukkoon ovea ei saanut ilman pientä kloksahdusta. He menivät osastolle ja Asko pyysi Stiina Liimatan istumaan samaan paikkaan ja asentoon, jossa hän oli ollut tuona yönä. Lisäksi hän vaati, että televisio avattiin myös, aivan hiljaiselle.

Nainen istui ja odotti. Jaana toimi näytelmän ohjaajana. – Nyt istut siinä ja odotat kun kollegani menee ovesta ulos. Sinä huomaat, että ovesta kuuluu tietty ääni.

Asko käveli ovelle ja toimitti edellä testatut vaiheet lukon kanssa. Jaana ja Stiina odottivat korvat höröllä ja joka kerta ääni kuului. Se kuului hyvin sinne missä Stiina istui. Asko tuli takaisin naisten luo ja kysyi:

– Kuuluiko?

– Kyllä kuuluu, myönsi Liimatta.

– Sinä väität, että et noussut kurkistamaan kuka siellä kolisi, kun yöllä ei pitäisi kenenkään liikkua ja kuitenkin kuulet selvästi oven käyvän?

– No ensinnäkin se oli Jounin pääty. Ja minä tiesin Jounin olevan siinä huoneessa, mikä on ovea lähimpänä.

Asko täräytti naiselle suoraan vastapalloon: – Sinä tiesit myös, että Jounilla ja Outilla ei luultavasti olleet housut jaloissa.

– En minä mitään sellaista tiennyt.

– Tiesitpäs. No okei, kun minä kuulin sen napsahduksen ovesta, nousin seisomaan ja kurkistin ovelle.

– Etkö nähnyt mitään?

– Tuo ovihan on, kuten olette huomanneet, tuollaista ihmeellistä röpöpintaa, josta valo tulee läpi mutta muuten siitä ei oikein näe.

Jaana pyysi Stiinan takaisin istumaan sohvalle. – Sinä nousit siitä ylös, näit jotakin, kun ovi oli painettu kiinni. Minä arvaan, että sinä näit jotain niin epäuskottavaa, että sinä et uskonut silmiäsi.

– No kun se on ihan mahdottomuus.

– Mikä se mahdottomuus oli?

– Luulin näkeväni Törmäsen Uunon menevän siitä ovelta portaisiin. Ja ihan kuin siinä Uunon edelläkin olisi mennyt joku hahmo.

Asko Kekkonen keskeytti. – Hetkinen. Kuka on Uuno Törmänen?

Stiina kertoi: – Uuno on meidän moninkertainen potilaamme, jonka hoitovastuu on siirretty nyt Lahteen Jalkarannan sairaalaan. Siellä hän on varmaan nytkin hoidossa. Sitä paitsi ei Uuno olisi voinut olla siellä siksikään, että joku meni ovesta avaimilla.

– No tuo avainjuttu ei nyt mene enää kehenkään läpi, Jaana totesi tylysti. – Kerro nyt tarkasti mitä näit.

– Näin että portaisiin olisi mennyt hahmo ja kun näin hänet hartiatasosta ylöspäin, näytti hän aivan Törmäsen Uunolta. Ja jokin varjo vilahti hänen edellään.

– Kun minulla ei ole kunnia tuntea tätä Törmästä, niin kerro nyt tarkasti mitä näit äläkä sano kertaakaan, että Uuno Törmänen.

– Noin nelikymppinen mies, lyhyt tukka, parransänki. Punaharmaa verryttelyasu, ainakin takki. Housuista en ole varma. Minusta tuntuu, että takissa olisi voinut olla Puman logo. Minä näin siis kaiken sekunnin väläyksenä ja tiesin heti, ettei näkemäni voinut olla totta.

– Palataanpa vielä siihen vilkkuvaan varjoon.

– Näin vain tumman varjon, ikään kuin isompi henkilö kuin Uuno.

Jaana ei kivahtanut ääneen, vaikka mielessään kirosikin, ettei tämä saatanan Uuno-höpötys loppunut.

– Kuules Stiina Liimatta, sinä lähdet nyt poliisilaitokselle antamaan virallisen lausunnon. Näin meidän kesken: minkä helvetin takia et ole kertonut tätä aiemmin?

– No kun en usko itsekään siihen mitä näin. Se on fysiologinen mahdottomuus.

– Joo joo. No, et sinä tästä linnaa joudu, vaikka oletkin saatanallisesti haitannut murhatutkimusta. Mene sanomaan kollegoillesi, että joudut poistumaan hetkeksi aikaa.

Kun he ajelivat hissillä katutasoon, Jaana puri hammasta. Häntä vitutti niin tämä asetelma. Miten oli mahdollista, että KRP:N tutkija Asko Kekkonen tuli ja kaivoi puolessa tunnissa esiin uuden todistajan, joka oli ollut heillä kaiken aikaa silmien edessä. Ei ollut kai Asko suotta KRP:ssä. He palasivat linnakkeelle. Simo otti kuulusteluvastuun. Asko meni istumaan todistajaksi ja lisähavainnoitsijaksi. Jaana ja Mauri istuivat peiliseinän takana kahvikupit kädessään.

Jaana purki sydäntään: – Tämä on ihan käsittämätöntä, Mauri. Mä olen ihan onneton typerys. Tulee piäkaupungista piäseriffi ja lätkii puolessa tunnissa uuden silminnäkijän kuulusteluun.

Jaana selitti Maurille teknisesti kuinka Asko oli kerta kaikkiaan pakottanut Stiinan myöntämään, että hän oli kuullut jotain.

Kuulusteluista tuli yhtä epämääräinen kuin sairaalassa tehty puhuttelu. Stiina Liimatta ei hyväksynyt sellaista kirjoitettua muotoa, jossa hän tunnisti Uuno Törmäsen. Hän kuvitteli nähneensä miehen, mutta oli samalla vakuuttunut, ettei se ollut mahdollista. Häneltä kysyttiin, miksei hän kävellyt ovelle tarkistamaan oliko se lukossa tai muutoin tarkentamaan miksi siellä oli liikennettä.

– Siksi että se oli Jounin pääty. Ja tiesin että Jouni nussii sitä Outia, niin en viitsinyt mennä oven taakse seisomaan.

– Joo-o. Sen sijaan menit omaan päätyysi eli kauemmas ovesta?

– Kyllä. Niin tein.

He saivat kuitenkin kuulustelun tehtyä ja Asko heitti omalla autollaan Liimatan takaisin tämän työpaikalle. Mauri seisoi osaston käytävällä ja sanoi: – Pitäisi olla sellainen vellikello, jota soittamalla saisi kaikki koolle.

– Mene sinä keittämään kahvit, minä kerään porukat koolle, sanoi Asko.

Mauri sujahti nopeasti lataamaan kahvinkeitintä neuvotteluhuoneeseen.

Asko kiersi huoneet, kopautti tuttuun tyyliinsä rystysellään ovenkarmeihin ja kohta he olivat taas kaikki koolla. Jaana ilmoitti ensimmäisenä:

– Olen soittanut Jalkarannan sairaalaan. Osastolta 1A löytyy potilas Uuno Törmänen. Sanoin etteivät päästä tätä mihinkään edes kahville, täältä tulee vielä tänään joku häntä juttuttamaan. Hoidelkaa te isot herrat,

Jaana mulkaisi Askoa ja Mauria, meille lupa hääräillä vieraassa piirissä.

Mauri lupasi olla yhteydessä Lahden poliisiin.

– Tuo Askohan on niin iso herra, että sen reviiriä on koko maa.

– On se niinkin niin, myönsi Asko.

LUKU 19

Uusi epäilty

Hämeenlinnasta lähti Lahden Jalkarannan sairaalaan kolmen hengen iskuryhmä. Jaana kuskina omalla autollaan, hänen kollegansa Simo Savu etupenkillä ja takapenkin oli valloittanut KRP:n Asko Kekkonen. Lahden poliisille oli ilmoitettu, että mikäli mahdollista, yksi partio pyörisi sairaalan ympärillä muutaman seuraavan tunnin ajan, mikäli he tarvitsisivat apua. Lahti oli luvannut heille kaiken tarvittavan tuen.

Kun he saapuivat osaston ovelle, nykäisi Simo sitä vaistomaisesti mutta ovi ei tietenkään auennut. Jaana peilaili ovesta itseään ja totesi, ettei kainalokotelossa ollut ase näkynyt. Hän nyki Simon aseen piiloon paidan alle. Kekkosen takkia hän ei rohjennut nykiä ja Asko taisikin säilyttää asettaan vyökotelossa selkäpuolella.

Ovikellon soitosta ovi avautui pian. Ovelle ilmestyi parikymppinen rastapäinen nainen. Rintapielen nimikyltistä hän paljastui hoitaja Marjukaksi. Simo toimi puheenjohtajana ja tiedusteli naiselta, oliko tämä vakituista henkilökuntaa ja tämä myönsi olevansa.

– Voisimmeko jossakin rauhallisessa paikassa vaihtaa muutaman sanan?

– Toki. Mennään vaikka tuohon tyhjään potilashuoneeseen.

Marjukka avasi oven heille. Samalla kansliasta ulos astunut osastohoitaja Vappu Oksanen huomasi erikoisen näköisen saattueen marssivan yhteen huoneeseen ja Marjukan pitämässä heille ovea auki. Hän päätti lähteä katsomaan mikä oli tilanne. Ennen kuin kaikki olivat löytäneet sopivan istumapaikan ja Marjukan haettua muutaman lisätuolin, Oksanenkin saapui huoneeseen.

– Mitäs porukkaa tänne kokoontuu, hän kysyi.

Simo levitti virkamerkkinsä naiselle esiin. – Ollaan sellaista poliisiporukkaa. Tultiin Hämeenlinnasta.

– Mitenkäs te tänne sairaalaan ja vieraaseen kaupunkiin?

– Ensinnäkin meillä on Lahden poliisiin lupa ja siunaus olla täällä. Tutkimme murhaa, itse asiassa kaksoismurhaa, ja meidän on saatava tavata eräs teidän potilaistanne.

– Miten te tiedätte meidän potilaista?

– Me vain tiedämme.

– Kenestä on kysymys?

Asko Kekkonen puuttui puheeseen leväyttäen myös virkamerkkinsä esiin. – Minä olen keskusrikospoliisista. Osaatteko te ulkomuistista sanoa, että onko täällä hoidossa Uuno Törmänen-niminen henkilö?

– Kyllä hän on.

– Onko hän ollut täällä jo pitkään?

– Tällä kertaa Uuno on ollut täällä tammikuun 2. päivästä alkaen.

– Osaatteko sanoa missä hän oli joulukuussa?

– Kyllä. Hänen kohdallaan kokeiltiin vähän vapaampaa hoitomoodia. Sairaalan takana on soluasuntoja, joissa potilaat ovat melko vapaasti. Uuno oli siellä 1.12.–1.1., mutta se ei ihan onnistunut. Hänelle tuli pelkotiloja, hortoili ulkona, hän ei syönyt, eikä varsinkaan lääkkeitään. En tiedä miten paljon minun on sopivaa kertoa potilaan voinnista, mutta Uuno oli avoimen psykoottinen, kun hänet saateltiin osastolle 2.1.

– Eli ymmärsinkö oikein, kysyi Jaana, kukaan ei voi antaa alibia Törmäselle jollekin tietylle joulukuun yölle?

– Riippuu varmaan yöstä, mutta ei varmaan kovin pätevästi pysty. Voin soittaa sinne avopuolelle ja pyytää sieltä jonkun tänne, mikäli haluatte.

Asko totesi: – Kaikki aikanaan, mutta nyt haluaisin tavata tämän Uuno Törmäsen.

Marjukka pyysi katseellaan lupaa osastonhoitajalta ja totesi sen saaneensa.

– Minä lähden etsimään Uunon.

Kohta huoneeseen lampsi koputtamatta ja tervehtimättä hieman kumarassa kävelevä keski-ikäinen mies. Hän istui viimeiselle vapaalle tuolille ja Marjukka jäi seisomaan ovensuuhun. Jaana esitteli keitä heitä olivat, mutta ei vielä sitä miksi he olivat täällä. Kekkonen kysyi Törmäseltä, oliko tämä mahdollisesti käymässä Hämeenlinnassa Ahveniston sairaalassa 14.–15.12. välisenä yönä?

– Eihän mulla ole edes ajokorttia eikä autoa, totesi Uuno.

– En kysynyt autoista enkä korteista, vaan sitä että olitko käymässä Hämeenlinnassa.

Näin keskustelu jatkui Uunon kieltäessä kaiken, kunnes tunnin inttämisen jälkeen Jaana ilmoitti Törmäselle:

– Sinut on nähty. Meillä on silminnäkijä, joka näki sinun poistuvan osaston ovesta. Miten se on mahdollista? Miten sinulla on avaimet sinne?

– Menin minä siitä ovesta sitten, minä tunnustan.

– Ja tulit ampuneeksi siellä kaksi ihmistä.

– En saatana ole koskaan ampunut ketään.

Asko Kekkonen ilmoitti: – Me pidätämme nyt sinut, ja sinä lähdet meidän kyydissämme Hämeenlinnaan. Voitteko laittaa tälle Törmäselle vähän lääkkeitä mukaan vaikka johonkin kuoreen, niin me kyllä niitä jakelemme, jos saamme ohjeet. Simohan on tässä jo puoliammattilainen.

Hoitaja kävi jakamassa viikon lääkkeet dosettiin ja ojensi ne Simolle sekä epikriisin kirjekuoressa potilaan viimeisestä hoitokerrasta. Autossa he eivät paljoa jutelleet. Matka taittui nopeasti Jaaran raskaan kaasujalan ansiosta. Simo tönäisi Törmästä polveen ja yllytti tätä: – Me tiedämme Uuno, että sinä et ollut siellä yksin. Kenen kanssa sinä olit?

Uuno ei vastannut. Kun he saapuivat linnakkeelle, Uuno vietiin suoraan kuulusteluhuoneeseen, johon he pyysivät vartijan siksi aikaa, kun pitivät pienen palaverin neuvotteluhuoneessa. Mauri tiedusteli: – Oliko vaikeuksia matkalla?

– Ei mitään, vastasi Jaana. – Mies oli hyvin sävyisä, menee mihin käsketään. On psykoottinen, mutta on niin paljon järjissään, että tietää olevansa nyt pidätettynä poliisilaitoksella. Niin hyvin hän on perillä, että tietää olevansa vasta kiinniotettuna, ei pidätettynä. Se tapahtuu huomenna. Tämä on tietysti siviili-ihmisille saivartelua. Lukkojen taakse ja kiinni pidetään. Se on ollut Uuno-raukan elämässä se pysyvä linja.

Mauri totesi: – Katselin kun tulitte tuolla käytävällä. On vaikea uskoa, että tuo kumaraharteinen vässykkä olisi kahden ihmisen murhaaja.

Kekkonen toppuutteli: – Eipäs nyt mennä asioiden edelle. Joku rooli tässä hänellä on, tutkitaan asiaa ja katsotaan mitä meillä sumpussa oikein on.

Jaana kaatoi kahvia kaikille kolmelle herralle ja itselleen. Hän kysyi: – Oletko Mauri miettinyt kuka kuulustelee?

– Simo kuulustelee ja Asko menee kuuntelemaan. Mennään me taas peilin taakse.

He joivat kahviaan ja hieman sopivat taktiikasta eli siitä että Simo johti kuulustelua ja Asko voisi sitä ohjata sivusta, tarkkaillen epäiltyä Jaanan ja Maurin tavoin. He olivat luonnollisesti pyytäneet paikalle oikeusavusta vuorossa olleen lakimiehen. Vuorossa oli nelikymppinen Jonna Pekkola, joka oli heille kaikille täysin tuntematon tekijä. Tämä ei tarvinnut asiakkaansa kanssa kuin viisitoista minuuttia ennen kuulustelun alkamista. Perustiedot täytettyään Simo kysyi:

– Murhasitko joulukuun puolivälissä hoitaja Jouni Kalamoksen ja potilas Outi Vanamon Ahveniston sairaalassa?

– En murhannut. en ole koskaan ampunut ketään.

– Tiedät kuitenkin, että heidät ammuttiin?

– Osaan lukea ja sairaaloiden välillä kulkee potilaiden tiedotustoimisto, joka on yleensä sanomalehtiä nopeampi.

– Mitä sanot siihen, että meillä on silminnäkijä, totesi Asko.

– Jos teidän näkijänne väittää, että minä olen jotakuta ampunut, niin hän valehtelee.

– Ei hän niin sano, siinä sinä olet oikeassa. Hän väittää nähneensä sinut poistuvan osastolta. Avainta käyttäen, juuri samoihin aikoihin, kun siellä ammuttiin ihmisiä. Mitä siihen sanot?

– Olin vittu kuskina.

– Kuskina? Mies, jolla ei ole korttia eikä autoa?

– Kuskina niin.

– Kenen kuskina ja mistä mihin, tiukkasi Simo.

– Lahdesta lähdettiin, yksi vanha kaveri pyysi, käymään Ahvenistolle ja ajeltiin Lahteen takaisin.

– Kuka se kaveri oli ja mikä oli retken tarkoitus?

– Minä en sen kaverin nimeä muista.

– Paskapuhetta, tyrmäsi Asko. Henkilö, joka osasi tulla etsimään sinut jostakin tukiasunnosta, sai sinut lähtemään kuljettamaan itseään toiseen kaupunkiin, on sellainen kaveri, jonka sinä tunnet. Me voidaan vääntää tätä aamuun saakka, mutta niin kauan väännämme, että sinä sanot ketä sinä kuljetit.

Uuno tinkasi väliin – Tuleeko tästä minulle vaikeuksia?

Asko totesi: – Se riippuu siitä mitä vaikeuksilla käsität. Tällä hetkellä olet ykkösepäilty kaksoismurhaan. Seuraavat 20 vuotta Niuvanniemessä tai Vaasan Mustasaaressa. Jos minulle luettaisiin tällaiset ukaasit, toteaisin olevani kusessa.

– Minä en ole ketään ampunut. Eikä sitä voida koskaan todistaa. Koska en sitä tehnyt.

– Pidetäänpäs pieni tauko. Haluatko kahvia, kysyi Simo.

– Kiitos, mielelläni.

Simo haki Törmäselle mukillisen kahvia, pyysi vartijan huoneeseen ja poliisit palasivat neuvotteluhuoneeseen.

– Mitä sanotte, Jaana ja Mauri?

– Hyvin menee. Olette jo yli puolimatkan, totesi Mauri. – Ei mene enää kauaa, kun tämä Törmänen tulee paljastamaan sen ketä hän on kuljettanut ja miksi. Oletteko ajatelleet vaihtoehtoa, että unohtaisitte koko kuski-idean? Jos painaisittekin siitä, että ei hän minään kuskina ollut, vaan ihan omalla tapporeissullaan?

Asko epäili tätä. – Tämä mies on taantunut. Hän on viettänyt mielisairaalassa puolet elinvuosistaan, mutta hänelle ei ole koskaan luettu mitään väkivaltarikkeitä. Jos hänellä on ollut jotain pieniä kahakoita hoitajien kanssa, niin ei Uunon taustoilla mikään käräjäoikeus lähde pelkillä aihetodisteilla miestä tuomitsemaan. Olen taipuvainen uskomaan, että hän ei ole painanut liipaisinta. Mutta mennään puristamaan jätkästä esiin se ketä hän kuljetti.

Törmäsen asianajaja tuli huoneeseen ja kertoi:

– Asiakkaani on valmis kertomaan mikä hänen yöllisen retkensä tarkoitus oli ja ketä siinä oli mukana. Jos lupaatte, että häntä ei syytetä henkirikoksesta.

Mauri sanoi:

– Eihän me sellaisia voida luvata. Kyllä tässä selvästi ainakin murhan avustaminen on, tai tapon, jos se sellaisena menee. Mutta jos saamme jonkun pääepäillyn murhiin Uunon kautta, on tietenkin selvää, että se keventää Uunon syytetaakkaa. Voit kertoa hänelle näin. Selvä etu tuomarin silmissä hänelle on, jos hän auttaa meitä nyt eteenpäin. Taaksepäin hän on jo auttanut riittävästi.

Elias Saario puuttui puheeseen sivusta:

– Jalkarannan sairaalasta soitettiin, ja kysyttiin, onko Törmänen mahdollisesti pidempään tällä reissulla. Sanoin huumorimiehenä, että kaikki viittaa elinkautiseen, mutta ei hän nyt pariin viikkoon ole palaamassa. Sielläkin oli hoitaja kummissaan, että jos Uuno on jonkun tappanut, niin onpa erikoinen tilanne. Sepä juuri, erikoista on, sanoin, ja kieltäydyin kertomasta yksityiskohtia. Mutta jatketaan puhutusta.

LUKU 20

Kuulustelu

Simo totesi tallennukseen taas perustiedot ja läsnä olevan kokoonpanon.

– Nyt Uuno tilanne on se, että sinun tulevaisuutesi riippuu helvetin paljon seuraavaista lausunnoistasi. Jos näillä mennään oikeuteen, ei syyttäjälle jää oikein muuta mahdollisuutta kuin syyttää sinua kahdesta murhasta. Mutta jos tähän löytyy joku painavampi epäilty, se saattaa helpottaa sinun syytetaakkaasi.

Uuno Törmänen vaikutti täysin lamaantuneelta. Hän pyysi lupaa tupakoida, mutta se evättiin. Poliisi antoi hiljaisuuden tehdä työtään.

– No, se oli Juri Säkki, joka hyökkäsi sinne mun kämppään ja vaati kuskiksi. Sillä oli sellainen Toyota Hiace, paku. Vaati kuskiksi Hämeenlinnaan, jossa oli saamassa joltakin hoitajalta pameja. Kysyin miksi ei itse voinut lähteä. Se oli niin hermostunut, koska ei ollut saanut sinä päivänä pameja, eikä uskaltanut käydä rattiin. Kysyin että kuka niitä yöaikaan antoi. Ja Juri sanoi, että ei anna, vaan myy. Yksi hoitaja. Niin me ajeltiin Ahvenistonmäelle ja Juri neuvoi minne pysäköidä sisäpihallem ettei mentäisi pääovesta.

Simo kaivoi taskustaan Marlboro-askin ja ojensi Uunolle savukkeen ja siihen tulen.

– Palkinnoksi, kun päästiin näin hyvin liikkeelle.

– Sitten mä ihmettelin, kun se avasi takaoven josta hoitajat kulkee. Niin vaan siitä mentiin. Tultiin osaston ovelle ja Juri näytti sormellaan huulilla, että nyt ihan hiljaa. Me mentiin tosi hiljaa ovesta sisälle ja Juri jätti hanskan oven väliin. Siinä vaiheessa huomasin ekaa kertaa, että Jurilla oli tyyny sylissään. Ja arvasin, että sillä oli ase siellä tyynyn sisässä. Sitten siihen tuli hoitaja siitä ovea lähimpänä olleesta huoneesta, tuuppasi oven kiinni perässään, näki meidät ja pysähtyi. Juri otti rintataskustaan nipun sadan euron seteleitä, ojensi ne sille hoitsulle ja sanoi, että kympin kappale, kympin pameja, koko sadan pakkaus. Se hoitaja sanoi siihen, että kyllä se on kaksi kymppiä kappale. Se sanoi, että tässä on melkoiset riskit heikäläisellä. Se kertoi, että ensi viikolla ihmetellään taas, että pitäisi olla sata kappaletta Diapameja enemmän kuin kaapeissa on. Juri sanoi siihen, että et sä voi kesken kauppojen nostaa hintaa. Se kundi sanoi, että sehän voi keskeyttää koko kaupanteon, jos ehdot olivat herrojen mielestä kohtuuttomia. Juri tuuppasi sen seinää vasten, painoi pistoolin sen kundin rintaa vasten ja sähisi, että pamit tänne. Mä seisoin vaan siinä vieressä ja ihmettelin että mitä helvettiä oikein tapahtuu. Se hoitsu antoi Jurille laatikon niitä kympin pameja ja sanoi, että sä jäät mulle tonnin pystyyn. Silloin Juri painoi liipaisinta. Luulen, että osui aika lähelle sydäntä. Eikä siitä kuulunut paljoa mitään, kun siinä mutkassa oli äänenvaimennin ja vielä tyynyn sisässä. Toisen laukauksen se ampui ohimoon, kun se kaveri oli jo tipahtanut polvilleen maahan. Mä menin kurkkaamaan kulman taakse, kiersin sieltä kurkistamaan näkyikö mitään elämää. No ei näkynyt. Juri tarkasti kundin kaulavaltimon ja totesi, että valmista tuli. Sitten me lähdettiin.

Simo pysäytti tarinan tähän kohtaan. – Taisin sen sanoakin, että sinua epäillään kahdesta murhasta.

– Ei me nähty ketään muuta ihmisiä koko reissulla. Sitä mä en tiedä kuka muu siellä on tapettu, mutta mä näin vain, että Juri tappoi sen yhden hoitsun ja sitten me lähdettiin karkuun. Oikeastaan mulla ei ollut osaa eikä arpaa koko tapahtumasarjassa.

Asko nyökkäsi Uunolle kehottaen tätä jatkamaan.

– Me hiippailtiin sitä samaa käytävää takaisin sisäpihalle, noustiin autoon ja lähdetiin menemään. Säkki rupesi nappailemaan niitä pameja ihan kuin jotain hedelmäpastilleja. Se oli vetänyt jo 100 milligrammaa ennen kuin oltiin ehditty Lahdentielle takaisin. Kehui vaan että miten ei voitaisi koskaan jäädä tästä kiinni, kun kukaan ei nähnyt meitä. Enkä mä uskaltanut muistuttaa, että se oli luvannut mulle ihan rahapalkan. Kun oltiin jossain 15 kilometrin päässä Lahdesta, tuli Juri itse rattiin. Se heitti mut Jalkarantaan ja sanoi,

217

ettei sillä ollut just nyt rahaa, mutta kyllä se maksaisi sen satkun minkä se oli luvannut mulle tästä reissusta.

– Mihinkäs tämä Juri laittoi sen aseen minkä kanssa oli heilunut osastolla?

– Se työnsi sen takkinsa oikeanpuoleiseen sivutaskuun. Sen rei'itetyn tyynyn se heitti auton perään. Mä olin ihan varma, että ei tästä niin helpolla selvitä. Olen joka päivä odottanut koska poliisit olisivat oven takana. Mutta mä en ketään ampunut eikä mulla ollut mitään mahdollisuuksia estää Juria.

Simo yritti edelleen tarkentaa tapahtumia sairaalassa.

– Kerro vielä siitä tilanteesta, kun Juri ampui sen toisen laukauksen hoitajan päähän. Mitkä olivat teidän seuraavat liikkeenne?

– No se hoitaja rojahti siihen seinän viereen ja se oli ihan käsittämättömän hiljainen se aseen päästämä ääni. Ihan kuin joku taputtaisi hiljaa käsiä yhteen. Mä kurkin kulman takaa sinne käytävälle ja olin helpottunut, ettei ketään näkynyt. Mä tiedän kyllä, että siellä valvoo kaksi hoitajaa. Mutta sitä toista yöhoitajaa ei näkynyt. Eikä varmaan tullutkaan näkyviin koko aikana, kun meillä meni se muutama sekunti, kun oltiin jo ovesta ulkona. Se Juri on ihan arvaamaton hullu silloin kun sen pinna kiristyy, niin kuin nyt kun se ei ollut vaan saanut tarpeeksi lääkkeitä.

– Arvaamattomalta hullulta kieltämättä vaikuttaa, myönteli Kekkonen. – Mutta selitäpäs mistä sinne sairaalaan samalla osastolle, suurin piirtein samaan aikaan, ilmestyi toinen ruumis?

– Minä en pysty sitä selittämään. En ole ketään tappanut ja voin antaa Jurillekin alibin kaikkia muita tapahtumia koskien. Muuten oltiin kaiken aikaa yhdessä.

– Tekö olitte siinä uskossa, että kukaan ei ollut teitä nähnyt? Yrittäisit nyt ajatella Uuno vähän realistisemmin. Te olitte niin julkisella paikalla kuin olla voi, ammuskelette siellä, osaston suljetussa tilassa on parikymmentä ihmistä, sinne tulee kaksi hamppia, jotka alkavat ammuskella ja te kuvittelette, että kukaan ei teitä näe? Tai ehkä Juri huomasi silminnäkijän ja päätti juuri siksi ampua?

– Ei ampunut.

– Tiedätkö mistä Jurin ase on kotoisin eli mistä hän on sen ostanut?

– En minä sen tarkempaa tiedä, jostakin pimeästi Lahdesta.

– Pimeästipä niin. En minäkään uskonut, että herra olisi alkanut tarkkuusammuntaa harrastamaan. Ja kun olet aikaisemmin liikkunut tämän Juri Säkin kanssa, oletko osannut pitää häntä väkivaltaisena ja täysin arvaamattomana henkilönä?

– Ei hän ole arvaamaton, jos hän saa kylliksi lääkkeitä. Hän on hyvin rauhallinen. Juri asuu Hämeenkoskella. Semmoisessa asuntoyhtiössä, joiden asunnot on tarkoitettu mielenterveyskuntoutujille. Mutta ei hän siellä joka yö ole, hyvä jos joka toisen. Hän on milloin missäkin hankkeessa mukana. Tai sitten tulee vain mun kämpilleni makailemaan mukanaan kassillinen kaljaa ja taskussa pameja.

– Ja sinäkö et ole tätä yhdistelmää nauttinut?

– No olen. Mutta mä otan vain sen verran, että saan hyvin nukuttua. Juri ottaa niin kauan, ettei enää jalat kanna.

– Sanoit, että siinä teidän kohtauspisteenne oikealla puolella olevan huoneen ovi oli kiinni ja hoitaja oli tuupannut sen kiinni tultuaan sieltä? Te ette siis nähneet huoneeseen sisälle?

– Ei nähty eikä kuultu mitään. Oliko siellä sitten joku?

– Emme voi tässä vaiheessa tutkimuksia paljastaa mitään. Vaikka eikös se ole itsestään selvää, eihän hoitaja nyt siellä tyhjässä huoneessa teitä odottele? Tai ehkä olisikin voinut odottaa ottaen huomioon teidän liiketoimintanne luonteen, mutta nyt huone ei ollut tyhjä, myönsi Kekkonen. – Tässä nyt ainakin sen verran on selvinnyt, että tiedämme missä ominaisuudessa sinua kuullaan. Sinä olet tällä hetkellä epäiltynä avunannosta surmatyöhön. Se on sitten syyttäjän ja tuomarin asia, meneekö asia murhana vai tappona, mutta surmatyöhön sinun nyt epäillään toimineen avustajana. Mutta eiköhän tämä riitä tällä erää. Palataan asiaan, kun jotain uutta ilmenee.

Simo pyysi käytävällä odottaneen vartijan ottamaan kiinniotetun haltuunsa ja kuulustelijat lähtivät maleksimaan kohti jo tutuksi tullutta neuvotteluhuonetta.

LUKU 21

Juri Säkki

Tällä kertaa kahvia tarjoilemassa kiersi Simo. Ville oli kuulustelun aikana pyrkinyt ottamaan selvää, minkälainen hoitoyksikkö Hämeenkoskella sijaitseva asuntola oli. Se oli kevyen organisaation paikka, jossa iltaisin hoitajat olivat paikalla kello 22 asti ja aamulla tulivat taas seitsemältä. Yöajan asukkaat olivat siis keskenään. Asuntolassa oli 14 vuodepaikkaa ja kaikki olivat varattuja. Ville kertoi jo soittaneensa Hämeenkoskelle ja tiedustelleensa oliko Juri Säkki siellä nyt henkilökohtaisesti tavattavissa. Kuulemma oli.

Simo ehdotti: – Mitäs sanot Jaana, lähdetäänkö taas Lahdentielle?

– Kyllä minulle sopii. Mutta kyllä me tarvitaan tällä kertaa myös koppiauto. En halua murhamiestä takapenkille.

– Hyvä ajatus, tuumasi Simo.

Matkaan lähti Jaanan ja Simon lisäksi myös Elias. Mauri painotti jälleen, että kaikkien oli puettava päälleen kevlar-liivit ja kypärät oli otettava mukaan. Mauri lupasi sillä aikaa toimia kenttämestarina ja hankkia siihen osoitteeseen koppiauton ja kaksi virkapartiota siihen mennessä, kun he olisivat taittaneet 45 kilometrin matkan.

– Joten kun saavutte sinne, jos siellä ei ole vielä valmiina kahta partiota, te ette mene peremmälle ennen kuin tukijoukot ovat saapuneet. Ei, vaikka tilanne vaikuttaisi miten rauhalliselta.

Rikospoliisiyksikkö paineli taas tuttua tietä pitkin. Kun he saapuivat navigaattorin neuvomaan pihaan, oli siellä jo kaksi partiota valmiina. He kertasivat vielä yhdessä operaation tarkoituksen. Tarkoituksena oli siis ottaa kiinni Juri Säkki-niminen asuntolan asukas ja kun hänet oli saatu koppiautoon, ajelisi se Hämeenlinnan poliisien perässä ja toisi kiinniotetun heidän huostaansa. Paikallisesta poliisista oli mukana komisariotason mies. Tämä Iiro Metsola-niminen kokenut rikoskomisario kertoi, että hänellä oli viime viikolla ollut juuri tappelua täällä henkilökohtaisista potilaistiedoista.

– Eli minä aion nyt karjua ovet auki. Vanhasta muistista pelkäävät vielä minua.

Poliisijoukko saapui laitoksen aulaan ja yksi partio jakaantui niin, että toinen puoli jäi etuovelle, kun toinen meni takaovelle. Metsola oli lyhytpuheinen, kun ilmoitti vastaanottovirkailijalle:

– Säkki. Mikä huone?

Hoitaja kysyi ensin, että oletteko sopineet potilaan kanssa, että tulette vieraaksi. Metsola tuijotti häntä murhaavan viileästi.

– Kumpi sana oli vaikea ymmärtää? Mikä huone?

– Se on huone 10, mutta kai pitäisi pyytää johtaja paikalle.

– Pyydä vaikka paavi, sanoi Metsola ja ojensi kätensä.

– Yleisavain tähän käteen heti.

Nainen oli jo pehmennyt sen verran, että ojensi avaimen ojennettuun kouraan. Poliisit kävelivät käytävän perälle, josta löytyi huone numero 10. Metsola laittoi avaimen lukkoon, täräytti kaksi kertaa oveen ja karjui:

– Säkki! Lattialle mahallesi, täällä poliisi.

He astuivat sisään. Säkki istui sänkynsä reunalla.

– Täällä on samaa hidassytykkeisyyttä kuin tuolla hoitavalla tasolla, totesi Metsola.

Elias oli jo ottanut käsiraudat esille ja Metsola nappasi Säkkiä niskasta kiinni. Tämä kuului jotain valittavan, ettei näin saanut tehdä. Metsola ei kommentoinut asiaa, vaan väänsi Säkin kädet selän taakse niin että rystyset tulivat vastakkain. Kun Säkki oli raudoitettu, oli selvää, että hän oli täysin vaaratonta poikaa.

– Lähdet Hämeenlinnaan näiden poliisien mukana. Meidän pojat käy sut heittämässä. Menet sinne vastaamaan teoistasi.

Metsola huikkasi toiselle alaiselleen.

– Paju, hae sinä tämän Säkin dosetti. Minä en viitsi enää tulla puheisiin sen naisen kanssa, poltan pian hermoni.

Poliisi poistui samaa vauhtia ulos. Säkki talutettiin koppiauton peräkoppiin ja Paju hölkötti sen kuskiksi dosetti povitaskussaan. Hänellä oli kädessään kirjekuori, jonka ojensi Jaanalle.

– Tässä on viimeisimpiä hoitotietoja.

– Kiitos.

He lähtivät paluumatkalle saman tien, kunhan olivat kiitelleet sujuvasta yhteistyötä paikallista rikoskomisariota. Autossa Simo ihmetteli ääneen:

– Vaikutti aika kovanaamalta tuo kommari. Ymmärrän, että noilla sosiaalisilla taidoilla on saattanut tulla kahnausta.

Jaana myhäili.

– Halusi näyttää meille. Arvostan kyllä suoraa toimintaa, kun asia on selvä. Sitten kanssa toimitaan eikä äpöstellä.

Kun he saapuivat Hämeenlinnan linnakkeen pihalle, otti Mauri heiltä vastaan sekä lääkedosetin että potilaan. – Vien nämä kuulustelu kakkoseen.

Dosetin hän heitti Simolle ja ohjeisti: – Vie tämä sellipartiolle.

Elias neuvoi miehen istumaan kuulusteltavan tuoliin. Sitä ennen hän kuitenkin avasi raudat miehen selän takaa ja pisti sen jälkeen ne takaisin kiinni pöydän edessä olevan teräsvanteen kautta. Mauri riensi jo paikalle. Hän kertoi suunnitelleensa niin, että Jaana kuulustelisi ja hän tulisi todistajaksi.

– Peilin taakse saa mennä kuka haluaa ja joutaa.

Elias ja Simo päättivät kumpikin kahvikuppien kanssa siirtyä istumaan katsomoon. Henkilötiedot saatiin Säkiltä kivuttomasti. Jaanan tiedustellessa tiesikö Säkki miksi oli täällä, oli mies täysin ymmällään. Hän totesi vain:

– Täytyy olla joku helvetin iso juttu, kun tällaisella rytinällä lähdetään toiselta paikkakunnalta hakemaan. Viatonta miestä.

– Kyllä meillä iso juttu on. Sinä kävit Hämeenlinnassa joulukuun 14.–15. päivien välisenä yönä.

Säkki oli ilmeisesti katsonut televisiota, sillä niin sulavasti häneltä tuli: – En kommentoi.

Mauri ilmoitti tälle: – Eihän sinun toki tarvitse kommentoida, mutta vaikuttaa hassulta, jos oikeudenkäynnissä rupeat vuodattamaan jotain puolustuspuhetta jostakin mitä et täällä viitsi sanoa. Tuomarit huonosti uskovat viime hetken tunnustuksia. Sinänsä sinun ei tarvitse mitään tunnustaa. Meillä on rikostoverisi sana, että sinä kävit silloin Hämeenlinnassa ja syyllistyit kaksoismurhaan.

Säkki puisteli päätään ja oli kuin ei voisi millään ymmärtää mistä viranomaiset puhuivat.

Jaana jatkoi: – Kauanko olet ostanut lääkkeitä Kalamokselta?

– Ai sitäks tämä onkin? Ehkä puolen vuoden ajan, pameja.

– Etkö saa niitä lääkäriltä tarpeeksi?

– En läheskään. Mitään lääkkeitähän minä en tarvitse. Olen täysin terve mies. Se on minun tapani juopotella. Huumaaminen.

Jaana hymähti: – Uskotko, että tuo on lieventävä asianhaara? Että en minä lääkkeeksi, vaan narkkaan?

Mauri otti tässä vaiheessa puheenvuoron itselleen ja tiedusteli: – Ymmärrän sen, että tarvitsit ainetta ja sait sitä Kalamokselta. Mutta miksi sinä ammuit hänet? Hänhän oli sinun ilmeisen vakituinen lääkkeidentoimittajasi? Vai onko sinulla montakin myyntipaikkaa, joita kiertelet läpi?

– On niitä useampia. En minä ole ketään tappanut. Minä arvaan, että teidän todistajanne on Törmäsen Uuno. Siinä onkin sellainen todistaja, että täytyy olla laput silmissä, jos sen Uunon puheita vakavasti ottaa.

– Sinä ammuit ensin Kalamoksen, palautti Jaana taas keskustelun asialinjalle. – Ehkä teille tuli hinnasta erimielisyyttä, Kalamos oli ahne mies ja oli taas nostanut pamien hintaa. Mutta mitä pahaa Outi Vanamo oli sinulle tehnyt, että hänetkin piti ampua?

– En ole koskaan kuullut mistäkään Vanamosta, kuka hän on?

– Hän on nainen, joka ammuttiin sillä samalla murharetkellä, millä sinä ja Törmänen täällä olitte. Voihan se olla, että hänen nimeään et tiennyt, mutta hän oli se nainen, joka asui siinä huoneessa, jonka ovelle te Kalamoksen murhasitte.

– Menee aina vain sekaisemmaksi, tuumi Säkki. – Minä tarvitsen asianajajan.

– Se on totta. Niin tarvitset, totesi Jaana. – Onko sinulla jokin vakituinen lakimies, vai otetaanko oikeusavusta se, joka on vuorossa?

– Ei kai tällaisella hampilla mitään lakimiehiä ole.

– Et siis halua ehdottaa ketään nimeä, vaan otamme listaltamme jonkun?

– Tehkää niin, en minä täällä ketään tunne.

– Selvä. Jos tämä ei etene nyt illalla pidemmälle etene, niin saat mennä selliin nukkumaan ja huomenaamulla jatkuu sama tenttaaminen. Ja se jatkuu niin kauan, kunnes sinä tunnustat tai me kyllästymme.

Joka tapauksessa sinä lähdet käräjille syytettynä murhatöistä.

Mauri pyysi käytävästä vartijan paikalle ja sanoi, että Säkin saisi viedä.

Kun poliisit kokoontuivat neuvotteluhuoneeseen, kysyi Mauri ensin Simon ja Eliaksen näkemyksiä.

– Miltä se näytti sinne katsomoon?

– Eihän tuossa liene kahta sanaa, kyllähän tämä mies syyllinen on.

– Syyllinen on, mutta mihin, mietti Jaana ääneen. – Hän ei isommin pelästynyt, kun hänet napattiin kiinni ja tuotiin raudoissa kuulusteluun. Hänestä tuli sellainen vaikutelma, että näin tässä aina käy. Mutta kun ruvettiin pudottelemaan syytteitä, kaksi murhaa, hän mielestäni hätkähti. Voi olla hyvää näyttelemistäkin, mutta vielä en ole vakuuttunut tämän kaverin syyllisyydestä. Tosin vakuuttunut olin vielä silloin kun juttelin Törmäsen kanssa. Nyt meillä on kuitenkin kaksi miestä kopissa ja aikaa loputtomasti heitä kuulustella, sillä käräjäoikeus kyllä antaa vangitsemispäätöksen näitä kullanmuruja vastaan, joten kolmen päivän takaraja ei nyt päde.

Elias pyysi saada sanoa sanan. – Oletteko miettineet mahdollisuutta, että nämä jätkät tappoivat Kalamoksen mutteivät Vanamoa?

– Olen miettinyt, Mauri myönsi. – Mutta tuntuu todella karmaisevalta onnettomuudelta, että samana päivänä kaksi murhanhimoista henkilöä päätyy samalle suljetulle osastolle tekemään veritöitä kenenkään näkemättä. Vai onko jollakulla hyvää ehdotusta kuka se toinen murhaaja olisi ja mikä hänen roolinsa koko kuviossa voisi olla?

Jaana totesi: – Minulla on yksi teoria, mutta en halua sitä vielä julkaista. Minun täytyy sitä vielä käännellä omassa päässäni ja miettiä.

– Okei, mennään kotiin, maataan huomenaamulla herroiksi ja tullaan aamupalaveriin vasta kymmeneltä.

Kun Jaana loksautti kotioven auki, tunsi hän tuoksusta, että Jussi oli laittanut jotain ruokaa. Jussi nostikin juuri uunista pellillisen täytettyjä ohukaisia paksun juustokuorrutuksen alla. Jaana kysyi: – Saanko levätä sohvalla kymmenen minuuttia ennen ruokaa?

– Oikein hyvin sopii. Haluatko valkoviiniä?

– Kiitos.

Jussi änkesi istumaan samalle sohvalle jalkopäähän. Jaana avasi vyönsä ja pyysi Jussia kiskomaan häneltä farkut yltä. Sitten Jaana kysyi, että tunsiko Jussi sellaisia miehiä kuin Uuno Törmänen ja Juri Säkki.

– Kyllä minä heidät tiedän. Pojilla on pitkä ja raskas tausta psykiatrisissa hoitolaitoksissa. Koska sinä sitä kysyt, niin se viittaa siihen, että jatkokin tulee menemään samoilla jengoilla.

– Niin, mutta kumpi on mielestäsi todennäköisemmin murhaaja?

– Pelkästään historian perusteella sanoisin, että huomattavasti todennäköisempi on Säkki. Hän on aika rationaalinen ja täysin tunneköyhä. Itse asiassa aika hyvääkin tappaja-ainesta. Törmäsen Uuno taas on mielestäni omanlaisensa höppänä. Kaipa se sopivasti ärsytettynä jonkun voisi tappaa. Mutta jos he ovat esillä nyt siinä sairaalan mysteerissä, on siinä pitänyt käyttää sen verran järkeä, että Uuno olisi jo jäänyt kiinni.

– Olen samaa mieltä, ja luulen että saammekin puristettua Säkistä tunnustuksen. Mutta tässä kummittelee sellainen omituisuus, että voi hyvin olla, että Säkki tunnustaa Kalamoksen murhan mutta ei Vanamon.

Jussi mietti.

– Mikäli oikein muistan, niin ruumiinavauslausunnoissa todettiin, että henkilöt ovat kuolleet suurin piirtein samaan aikaan. Maksimissaan tunnin heitto. Joten onhan siihen hyvin ehtinyt vielä toinen murhamies paikalle.

– On toki ehtinyt, jos niitä on siellä jonopäittäin päivystämässä. Tietysti tämä toinen murhaaja voikin sitten täyttää sen puuttuvan aukon, joka tässä nyt on.

Mutta miten todennäköistä tällainen asioidenkulku on?

– Varmasti äärimmäisen epätodennäköistä. Mikä aukko?

– Se, että sinä olet ollut koko ajan sitä mieltä, että kyseessä on intohimorikos. Mutta Säkki ja Törmänen ovat käyneet ostamassa Kalamokselta lääkkeitä. Eivät suinkaan minkään intohimon ajamina, vaan kuten Säkki mainiosti mainosti, niin hän ei lääkkeeksi syö vaan ainoastaan viihdekäyttää halutessaan.

– Siinä hän varmasti puhuu totta. Tämä Säkki on niin luupäinen jätkä, että vaikka hän on ollut varmaan 35 vuotta erilaisen pakkohoidon piirissä, ei hänen pieneen päähänsä ole koskaan vilahtanut epäilys, että hän voisi olla mieleltään sairas.

– Niinpä. Tällä hetkellä Säkki on muuten ihan tuollaisessa vapaaehtoisessa asuntolatyyppisessä hoidossa, vähän niin kuin Törmänen Lahdessa. Säkki on Hämeenkoskella.

– Tässä se nyt nähdään erinomaisen hyvin, että ei ole poikien avohoito viimeisen päälle onnistunut, jos muutaman kuukauden vapaana olon jälkeen ollaan käräjillä kaksoismurhasta syytettynä.

– Ei ole ei, komppasi Jaana. – Mutta ei nyt jakseta sitä psykiatristen hoitopaikkojen vähyyttä. Jos nämä kundit arkiselviytymiseltään ovat vähän parempia kuin toiset, eli saavat hernekeittopurkin auki, pystyvät keittämään kahvia ja ovat taitavia lintsaamaan lääkkeistä, niin he ovat päässeet kevyemmän kaliiberin hoitoympyröihin. Onhan näitä jo kymmeniä vuosia hoidettu raskaalla kalustolla eikä tulos ole niinkään ollut häävi.

– Ei ehkä häävi, mutta pitää muistaa, että sairaalaan myös kuolee ihmisiä. Kaikki eivät parane. Vaikka skitsofreniaan ei usein kuole, niin samaan tapaan hekin kuolevat. Ja jotkut tekevät sen sairaalassa, kun tauti ei missään vaiheessa helpota niin että voisi pärjätä kevyemmällä hoidolla.

Jaana ahtoi sisäänsä kolme täytettyä ohukaista, huuhtoen ne alas kahdella isolla lasillisella valkoviiniä. Hän valitteli olevansa niin väsynyt, että haluaisi jo siirtyä makuuhuoneeseen. Jussilla ei ollut mitään sitä vastaan.

– Tein tänään sellaisen hyvän työn, että vaihdoin puhtaat lakanat niin kolmenteen kuin viidenteenkin kerrokseen.

– Suurenmoista. Mennään sitten kolmanteen kerrokseen.

– Mennään vain mutta miksi?

– Huomisen aamun kannalta, löydän sieltä paremmin vaatteet huomista ajatellen.

– Ihan miten vain.

Heillä oli kummassakin makuuhuoneessa samanlainen viihde-elektroniikkavarustus, joten siitäkään ilta ei jäänyt kiinni. Jussi selaili tv:stä esille Aki Kaurismäen elokuvan, jota ei muistanut nähneensä ainakaan viiteen vuoteen. Jaanakin jumittui katsomaan elokuvaa. Niissä merkeissä kello vierähti puoleen yöhön. Sitten Jussi ryhtyi lämmittämään vaimoaan, olipa tällä miten aikainen herätys hyvänsä. Hän lohdutteli Jaanaa sillä, että aikoi itsekin lähteä aamulla kuuntelemaan heidän palaveriaan.

– Jos vaikka osaisin jotakin ongelmaan sanoa, tai jotain siitä miten minä näin väärin olen profiloinut.

– Ei hätää, kuiskasi Jaana. – Mauri sanoi kaikessa lempeydessään palaverin alkavan vasta kymmeneltä.

– Suurenmoista.

Meni vielä tunti ennen kuin he pääsivät nukkumaan.

LUKU 22

Säkkiä grillaamassa

Rikospoliisiin neuvotteluhuone oli täysin miehitetty
jo klo 9.45. Pullan tarjoajiakin oli kaksin kappalein.
Mauri oli hankkinut tullessaan jostakin pussillisen
munkkirinkilöitä ja Jelena viinereitä. Heillä oli siis
runsaat tarjoomukset ja pannullinen sekä kahvia että
teetä. Mauri ihasteli:

– Täällähän on virkeän näköisiä poliiseja ryhtymässä
päivän työhön. Sekä Jussi. Tervetuloa vain kaikki.

Ville ryhtyi kaatelemaan teetä ja kahvia Maurin ker-
toessa, että asianajaja Virpi Karelia oli lähestynyt
häntä jo kahdeksan aikaan puhelimitse.

– Kertoi tulevansa Säkin asianajajaksi. Kysyi vain, että
monelta pitäisi olla paikalla eli koska aikoisimme
kuulustella. Heitin summassa, että yhdeltätoista. Tun-
teeko joku tällaista Kareliaa? Minä en nykyään tunne
enää asianajajia, olen pudonnut juridiikan ihmeelli-
sestä maailmasta.

Elias kääntyi Jaanan puoleen ja kysyi tältä: – Eikös se
ollut tällainen Karelia, joka puolusti sitä itsensäpaljas-
telijaa, jota me jahdattiin pari kesää sitten tuolla kau-
punginpuistossa?

– Niin muuten oli, myönsi Jaana. – Sen täytyy olla sama ihminen. Sehän oli ihan asiallinen, ei pyri keskeyttämään kuulustelua eikä muutenkaan haittamaan työtämme.

– Hyvä sitten, Mauri totesi ja jatkoi: – Menkää te, Jaana ja Elias, kuulustelemaan sitä Säkkiä, jos vaikka lakinaisella sattuisi olemaan teistä yhtä hyvä käsitys kuin teillä hänestä. Se on aina edullista.

Simo jatkoi asiaa eteenpäin: – Kävin eilen illalla puhuttamassa ballistiikka-asiantuntija Repoa. Jos muistatte, niin se raportti näistä ampumisista oli vähän kaksijakoinen. Eikä tämä vieläkään suostunut jyrkästi olemaan mitään mieltä, mutta sanoi kuitenkin, että hän on tyytyväisempi, jos paljastuu, että nämä surmat ovat tehty eri aseella. Mutta koska luodissa oleva tunnistettava jälki on aivan siinä luodin alaosassa, on mahdollista, että sama pistooli olisi raapaissut luoteihin vähän erilaiset jäljet. Piti sitä kuitenkin epätodennäköisenä ja helpompana ymmärtää sitä, että aseita olisi ollut kaksi.

Simo piti tauon ja jatkoi sitten ajatusta: – Kyllä tämä kuulkaa niin päin pyrkii kääntymään väkisinkin, että siellä on ollut joku muukin pyssymies Säkin lisäksi ammuskelemassa. Jos tästä tehdään aikajana, niin on se niin älyttömän näköinen, että sitä ei kehtaisi itsekään esittää käräjäoikeudessa. Että kaksi maata kiertävää satelliittia, täysin epäsymmetrisillä radoilla, ovat yhtäkkiä samaan aikaan saman suljetun osaston käytävän päässä ja ampuvat kumpikin oman kohteensa. Mutta helpompi meidän on tietysti olla, jos tämän voimme hyväksyä.

Mauri jatkoi tästä: – Ja ennen kaikkea on huomattavasti vaikeampi olla, jos yritämme olla hyväksymättä, koska kaikki tekninen todistusaineisto puoltaa kahden ampujan mallia.

Jaana myötäili esimiestään. – Kyllä, ja samalla tämä minun alun perin kaivamani silminnäkijä, Helena Bahna, on sittenkin silminnäkijä. Hän on vain nähnyt jälkimmäisen näistä osastolta poistuvista murhamiehistä. Hän nimittäin oli aivan vakuuttunut, ettei hän mitään Törmästä tai Säkkiä nähnyt, vaan keski-ikäisen, hyvin asiallisen näköisen pukumiehen.

Mauri huokaisi syvään ja esitti toiveen: – Etkö sinä Jaana voisi valistaa muitakin siitä mitä sinulla on mielessäsi? Jos sinulla on kerran joku ratkaisu tähän mysteeriin olemassa, niin se kuuluu jakaa koko ryhmälle, että voidaan sitä yhdessä pallotella.

– Ei minulla mitään ratkaisua ole, mutta sen sanon, että jos en tänään, niin viimeistään huomenna meinaan palata taas sairaalanmäelle ja murtautua siellä muutamiin paikkoihin.

– Niinpä tietysti. Murtautuapa tietenkin. Sinähän teet tietenkin kuin parhaaksi näet. Ottakaa kuitenkin

Säkki nyt sillä mielellä luokalle, että tämä on valmis tämän kuulustelun jälkeen kirjoittamaan nimensä kuulustelupöytäkirjan alle.

– Siihen pyritään, mutta jos hän ei suostu, niin sitten ei suostu. Ei sillä ole niin väliäkään, kun nämä ovat sellaisia jätkiä, jotka yhteiskunta on jo aika päiviä sitten todennut edesvastuuttomiksi. Nämä eivät ole edes varttihulluja, vaan ihan kokonaisia, joita ei koskaan mihinkään vastuuseen saada. Joten siltä kannalta on ihan sama tunnustavatko he vai eivät.

– Onhan se niinkin, myönsi Mauri. – Minä taidan mennä lasin taakse aamupäivän kuulustelunäytökseen, jos joku haluaa kanssani osallistua tällaiseen suurenmoisuuteen, niin tervetuloa vaan.

– Juu, mörähti Elias. – Näytöksen nimi on kaksi iloista rosvoa ja kaksi synkkää valtion viranomaista. Paitsi että rosvoja ei ole kuin yksi kerrallaan, vuoron perään.

Asko Kekkonen tiedusteli vielä Jussilta asiaa, ennen kuin työryhmä hajaantui. – Hyväksytkö sen, että tässä ei välttämättä olekaan kyse intohimorikoksesta?

Jussi naurahti: – Älä sinä Asko mene asioiden edelle. En hyväksy. Kyllä tästä intohimo vielä löytyy, vaikkei sitä tällä hetkellä vielä näkyisikään. Haluatko lyödä vetoa?

– En minä lyö vetoa, häviän aina. Mutta olet siis sitä mieltä, että nyt jos jahdataan vielä toista murhamiestä, niin hänen motiivinsa heiluu jalkojen välissä?

– Näin minä epäilen. On valitettavaa, että emme koskaan ehtineet nähdä tätä Outi Vanamoa livenä koska hänen on täytynyt olla poikkeuksellinen henkilö, kun psykiatrisessa hoitokertomuksessa todetaan useampaan kertaan hänen ulkonainen viehättävyytensä. Olen minä joskus aikaisemminkin lukenut vastaavista kertomuksista, että kyseessä on kaunis nainen, mutta niin kaunista en ole tavannut, että se pitäisi joka kappaleessa mainita.

– Pitäisikö lähteä ihan tutkimusmielessä käymään oikeuspatologian laitoksella?

– Juu ei pitäisi. Se on nimittäin niin, että siitä viehättävyydestä on karissut melko merkittävä osa pois, kun henki on jättänyt tämän tomumajan. Enkä halua leikkiä ajatuksella minkä näköinen joku vainaja on mahdollisesti eläessään ollut.

– Onko se sinusta jotenkin perverssiä vai miksi tällaista tieteellistä testiä ei voisi tehdä?

– No se nyt on ainakin epäsopivaa. Minun mielestäni se on lähellä jonkinlaista perversiota. Vaikka en omasta mielestäni ole kaikkein konservatiivisin moraalinvartija, niin kyllä se sinunkin Asko tyydyttävä näihin valokuviin mitä meillä on käytettävissämme.

Ja meillähän on niitä vain yksi elävästä Outi Vana-mosta.

– Jussi ja Asko, voitteko lopettaa, älähti Jaana.

Nuhdellut nyökkäsivät samaan aikaan ja pakkasivat omia koneitaan salkkuihinsa.

Elias, joka vanhan liiton poliisina suhtautui asianaja-jiin, etenkin naispuolisiin, tietyllä isällisellä kunnioi-tuksella, varasi Virpi Karelialle tuolin tämän päämie-hen viereen. Elias kyllä tiesi, että Jaana mielellään hyppyytti puolustusasianajajia etsimässä tuolia pitkin laitosta. Jaanalla oli vakaa näkemys siitä, että puolus-tusasianajajat olivat pahisten puolella. Hän ei ymmär-tänyt miksi piti olla ammattikunta, jonka työnä oli et-siä epäkohtia hänen työstään. Kyllä hän toki järjen ta-solla ymmärsi, että läntiseen oikeusvaltioperiaattee-seen kuului sellainenkin porukka. Mutta ei hän heistä pitänyt.

Elias oli jo matkalla kuulustelu kakkoseen käynyt huomauttamassa vartijapoliisille, että toisi Säkin edustajineen kuulusteluhuoneeseen heti kun he saisi-vat asiansa siihen malliin, mutta viimeistään varttia yli.

Elias hieraisi leukaansa ja kysäisi Jaanalta: – Mitäs mieltä olet, yritetäänkö runtata heti saman tien tun-nustus koko paletista vai haluatko edetä kiertoteitä hi-taammin ja rauhallisemmin?

240

– Sutena kimppuun vain, sitä minä kannatan. Sain jotenkin positiivisen kuvan tästä Säkistä eilen. Sen täytyy saada vähän aikaan pallotella mielessään realiteettia, että nyt on tulossa pitkä kakku. Säkkihän antaa ymmärtää, ettei tiedä olevansa mitenkään sairas. Olen eri mieltä, luulen, että hän tietää olevansa sen verran hullu ollakseen oikeustoimikelvoton. Ja senkin hän tietänee, että kohta Niuvanniemen ovi kolahtaa takana kiinni moneksi vuodeksi. Kyllä hän sen todellisuudessa tietää, että ei hänen elämässään seuraavilla 15 vuodella ole kovin suurta eroa oliko hänellä tuomio henkirikoksesta vai ei. Se on enimmäkseen suljettua laitoshoitoa joka tapauksessa. Ja jos jokin lääke rupeaa yhtäkkiä ihan helvetin hyvin sopimaan, niin kyllähän hän on Niuvanniemestäkin ulkona aivan samoin kuin mistä tahansa muusta sairaalasta.

– Niin on, tällaiset kaverit ovat niin hyvin selvillä, miten nämä kuviot menevät. Saattavat olla paremmin kuin me, tai sanotaan että paremmin kuin suurin osa viranomaisista.

– Oletko Elias käynyt Niuvanniemessä?

– Olen. Nuorena miehenä käytiin siellä poliisikurssin kanssa.

– Minäkin olen käynyt. Olin kerran mukana siirtämässä yhtä kundia Hämeenlinnan lääninvankilasta psykiatrisen hoidon piiriin. Mielestäni se ei näyttänyt yhtään ankeammalta kuin mikään muukaan psykiatristen pakkotoimien alainen laitos.

Elias jatkoi vielä: – Yritetään markkinoida tämä Säkille niin, että ei sillä ole niin kauheasti väliä tunnustaako hän vai ei, mutta tähän prosessiin vain kuuluu se, että asiaa pitää häneltä kysyä moneen kertaan. On tämä pirullista, kun ei voida edes luvata mitään bonuksia, jos hän tunnustaa. Vai luvataanko isommat tupakkakiintiöt?

– Ei luvata, kun ei voida.

Kun Säkki asianajajineen oli asettunut paikoillaan ja kaikki olivat tulleet esitellyiksi toisilleen, Jaana kysyi esitiedot täytettyään:

– Juri Säkki. Surmasitko 14. ja 15. päivän välisenä yönä viime joulukuussa Jouni Kalamos-nimisen sairaanhoitajan Hämeenlinnassa?

– En surmannut.

– Kyllähän sinä surmasit, mutta ilmeisesti tämä asia ei lähde nyt sitä reittiä purkautumaan. Yritetään siis edetä toista reittiä. Menitkö joulukuun 14.päivän iltana Lahteen tapaamaan Uuno Törmästä?

– Kyllä menin.

– Lähditteko sitten yhdessä sinun Toyota Hiace-merkkisellä autollasi Hämeenlinnaan?

– Lähdettiin, paitsi että se auto ei ole minun.

– Oliko Uunolla avain, jolla te pääsitte sisälle sairaalaan?

– Kyllä oli.

– Eikö ollut mielestäsi erikoista, että teidänkaltaisilla veljillä on avaimet suljetulle osastolle?

– Ei kai. Taisin minä sen tietääkin, että Uunolla oli avaimet sinne.

– Soititteko te juuri ennen saapumista perille Jouni Kalamokselle, että olette tulossa?

– Kyllä soitimme.

– Ja teidän käyntinne ensisijainen tarkoitus oli ostaa Jounilta lääkkeitä?

– Kyllä. Kympin atipameja.

– Eikö teitä ihmetyttänyt, että Jounilla oli myydä kokonainen sadan kappaleen paketti atipameja, niin kuin te sanoitte?

– Kyllä minä sen tiesin, että Kalamos varastaa ne osaston lääkekaapista. Mutta se oli hänen asiansa.

– Niinpä. Maksoit niistä kympin kappale?

– Kympin kappale ja Jouni sanoi, että jään velkaa toisen tonnin. Hän oli nostanut hintoja sitten viime näkemän. Mikäs siinä sitten auttoi muu kuin jäädä velkaa.

– Suutuitko siitä, että hinta oli noussut niin paljon, sata prosenttia?

– Suutuin.

– Mitä Uuno Törmänen teki sillä aikaa, kun sinä hieroit niitä pillerikauppoja?

– Se seisoi siinä vieressä, piti Kalamoksen toisesta kädestä kiinni, ettei tämä pääsisi huitomaan meitä.

– Oliko tilanteessa muita henkilöitä paikalla?

– Ei ketään.

– Sehän ei pidä paikkaansa. Viereisestä potilashuoneesta tarkkailtiin koko ajan teidän kaupankäyntitouhuanne.

– Sellaista en huomannut, luulin, että se ovi oli kunnolla kiinni.

– Tiedätkö kuka potilas siinä asui?

– Olen osannut päätellä, kun minulta on kysytty, että ammuinko Outi Vanamon. Ilmeisesti siinä oli sitten Outin huone.

– Tunsitko sinä tätä Vanamoa?

– Ollaan oltu joskus samalla osastolla. En voi sanoa tunteneeni.

– Teille tuli siis käsikärhämä Jouni Kalamoksen kanssa.

– Ei oikeastaan.

– Miksi sinä sitten sitä kutsut, että kaupankäynnin yhteydessä sinulla on mukana turvamies, joka pitää fyysisesti kiinni toisesta?

– Olkoon, ehkä se sitten oli kärhämä.

– Pian sen jälkeen, kun te olitte asioineet osastolla laittomissa lääkekaupoissa, löytyi Jouni Kalamos kuoliaaksi ammuttuna. Nämä ovat aina pitkiä ja raskaita prosesseja, nämä henkirikosoikeudenkäynnit. Meillä ei ole muuta oikein sinulle tarjota kuin se, että sinun mahdollisuutesi nopeuttaa sitä tointa on, että et tuppuroi vastaan ilmiselviä todisteita.

– En minä väitäkään, ettei me oltaisi mitään rikosta tehnyt sinä iltana Uunon kanssa. Mutta kun teillä on ihan mahdottomat väitteet.

– Mistä sinä olit hankkinut aseen?

– Eihän niissä koskaan nimiä mainita, kun pimeä ase ostetaan.

– Mutta mistä sinä sen ostit?

– Yhdestä kapakasta Lahdessa. Jos se nimi pitää saada kirjoihin, niin ravintola Rudolf se oli. Siellä tapasin kaverin, joka lupasi, että hän pystyi järjestämään pimeän pistoolin, joka ei muuten ollut kuuma. Sillä ei oltu ketään ammuttu.

– Hyvä. Nyt ollaan tilanteessa, jossa te olitte päässeet sisälle osastolle, olitte tehneet kaupat atipamilaatikosta, sinulla oli kädessäsi pistooli ja sinua vitutti se, että Jouni oli korottanut hintoja kesken kaupanteon. Joten sinä ammuit hänet. Ajattele nyt Juri asiaa järkevästi. Tässä ovat realiteetit: te olitte kaupanteossa lääkkeistä ja hetken päästä Jouni Kalamos löytyi kuolleena paikalta, jossa te teitte kauppoja. On siis aivan posketonta väittää mitään muuta tapahtuneeksi tässä todistettu tapahtumaketju.

– Joo. Kyllä minä ammuin sen Kalamoksen. Kaksi laukausta. Yksi rintaan. Toinen päähän.

– Sitten tönäisit sen viereisen oven auki ja ammuit Outi Vanamoa.

– En ampunut. En avannut viereistä huonetta enkä ampunut enää ketään. Välittömästi kun olin ampunut kaksi kertaa Jounia, me lähdettiin paikalta. Uuno piti ovea auki, pujahdin hänen edellään ulos ja Uuno yritti avaimen avulla saada oven mahdollisimman äänettömästi kiinni. Sen takia, kun Uuno jäi säätämään sen oven kanssa, tämä teidän silminnäkijämme näki kai hänet.

– No. Te juoksitte ulos, menitte autoon?

– Kyllä. Uuno ajoi, minä istuin vieressä ja otin heti muistaakseni viisi niitä atipameja. Join yhden tölkin olutta, että sain ne pillerit alas.

– Mihinkäs sitten oli matka?

– Takaisin Lahteen.

– Kun saavuitte Lahteen, mihin menitte siellä?

– Sinne Jalkarannan asuntolaan, missä Uuno asui. Jätin hänet sinne ja jatkoin saman tien matkaa.

– Etkö ollut aika kekkulissa kuskiksi siinä vaiheessa?

– En vielä. Otin siinä ehkä vielä viisi lisää pameja. Ja toisen oluen. Hyvin pääsin Hämeenkoskelle. Siellä tunnistin jo, että olin aika huppelissa. Kävelin sinne kämppään. Minulla oli vielä muovikassissa pari tölkkiä olutta. Makoilin sängyllä ja join oluet vielä muutaman napin kera. Sitten oli niin pöllyssä, että nukuinkin hyvin.

– Tässä siis on sinun esittämäsi tapahtumien kulku. Haluan vielä painottaen kysyä, että et siis halua tunnustaa Outi Vanamon murhaamista samalla reissulla, kun olitte siellä osastolla.

– En halua, koska en niin tehnyt.

– Selvä. Tämä menee nyt sitten syyttäjälle. Sinua tullaan aikanaan syyttämään murhasta. Sinun asianajajasi varmasti tulee esittämään, että asiaa käsiteltäisiin tappona, eikö vain, kysyi Jaana vieressä istuvalta asianajajalta.

Tämä nyökkäsi. – Kyllä asiaa pitää vielä tutkia, mutta siitä lähdemme, että kyseessä on tappo.

– Sinun taustallasi Juri sinut epäilemättä todetaan oikeustoimikelvottomaksi ja käräjäoikeus niin sanotusti luovuttaa sinut oikeuspsykiatristen hoitotoimenpiteiden alaiseksi. Tiedätkö mitä se tarkoittaa?

– Tiedän. Mustasaari tai Niuvanniemi.

– Juuri näin. Minulla ei ole muuta sanottavaa. Pyydän nyt vartijan saattelemaan sinut takaisin selliin.

Juri Säkki hymyili vielä kuulusteluhuoneen ovelta niukasti Jaanalle ja Eliakselle ja sanoi: – Kiitos asiallisesta kuulustelusta.

Elias tarttui Säkin kiitoksiin ja hihkaisi: – Kiitos samoin. Asiallinen käytös miellyttää aina. Eihän tapahtuneelle enää mitään voi.

Jaana ja Elias kättelivät toisiaan. Elias totesi ensin sen mikä heidän päässään pyöri.

– Jumalauta, tämä kaveri ei tappanut Outia. Siihen täytyy olla joku toinen selitys, niin uskomattomalta kuin se kuulostaakin. Saman aarin alueella, samana yönä, samalla suljetulla osastolla on käynyt kaksi pyssymiestä.

Jaana ja Elias astuivat tarkkailuhuoneeseen, jossa Mauri ja Asko Kekkonen kiittivät heitä hyvin hoidetusta kuulustelusta.

Mauri totesi: – Me tuumailimme tuon tutkija Kekkosen kanssa, että kyllä tämä Säkki tunnusti nyt kaikki tietoisesti tekemänsä rikokset.

Jaana totesi:

– Seuraavaksi täytyy lähteä hakemaan Outi Vanamon murhaaja. Jollei se kuulostaisi leuhkimiselta, niin arvioisin, että kahden tunnin päästä on seuraava kuulustelu. Murtautumista se kyllä vaatii.

Asko Kekkonen kurtisti kulmakarvojaan ja ihmetteli ääneen: – Tuota, tarvitsetko apua? Lähden mielelläni mukaasi. Se murtautumisosa kuulosti huonolta, mutta jos se sitä edellyttää, niin olen mukana.

– Joo, kyllä se sopii hyvin.

Tähän komisario Mauri Taponen totesi: – Näissä työnjakoasioissa on minullakin periaatteessa jonkinlainen valta, mutta menkää vain, kun se niin juohealta kuulosti.

Jaana huomautti herroille: – Nyt on niin hyvä fiilis päällä, että taidan lähteä tuonne Ahvenistonmäelle vähän murtopuuhiin. Olen jo sopinut, että Simokin tulee. Kolme konstaapelia on ihan hyvä ryhmä. Tosin tarvitsemme myös järjestyspuolelta kaksi partiota. Jos kaikki menee hyvin, tuomme sieltä yhden murhaajan lisää.

Mauri huomautti Kekkoselle: – Huomaatko, että konstaapelini eivät kysele lupiani, vaan ilmoittavat vain mitä aikovat seuraavaksi tehdä ja se on maksimaalinen sopimisen taso heille?

– Siltä vaikuttaa, etteivät liikoja kysele. Mutta tiedäthän sinä, että Jaanan nerokkuus tutkijana perustuu pitkälti spontaaniin näppituntumaan? Sillä se nainen etenee tutkimuksessa.

– Näinhän se on. Siinä on vain usein sellainen pirun taustavaikeus, että minähän tässä olen koko ajan vastuussa konstaapelieni tekemisistä, vaikka en aina tiedä missä he ovat ja mitä tekevät. Ja kieltämättä aika usein joudun pohtimaan asioiden turvallisuutta. Jaana on uhkarohkea ja luottaa helvetisti omiin tuntemuksiinsa. Hänen vaistonsa ovat tavallista skarpimmat, mutta ei hän erehtymätön ole. Ei auta kuin yrittää pysyä perässä.

LUKU 23

Uusi pidätys

Jaana, Asko ja Simo lähtivät matkaan. Ensimmäinen pysähdys oli Audin merkkikorjaamohuollossa. Jaana poikkesi huoltamopäällikön puheilla, hän oli paikassa vanha tuttu. Korjaamopäällikkönä toimiva yli 60-vuotias lihava ja viiksekäs mies älähti ilahtuneena:

– Mikäs liidättää audinaisen vaatimattomaan konttoriini?

– Lainaa mulle sitä yleisavainta, joka käy kaikkiin tietokonelukittuihin Audeihin.

– Onko tämä poliisin työtehtäviin liittyvä asia vai oletko hukannut omat avaimesi? Meinaan vaan, että pystyn sulle samalla tekemään avaimen rekisterinumeron perusteella.

– Tämä on poliisiasia. Täytyy murtautua yhteen Audiin kohta puoliin.

– Selvä.

Mies kaivoi laatikostaan hiukan paksua sikaria muistuttavan esineen. Hän ruuvasi siitä tulpan auki ja näytti sitä Jaanalle.

– Tämän piikin kun tunget lukkoon, niin naksahtaa auki ja lähtee käyntiinkin.

– Kiitos.

Matkalla he soittivat kaikki vuoron perään ylilääkäri Häklin sihteerille tivaten koska Häkli olisi tavattavissa huoneessaan. Jaana ei kertonut soittonsa syytä, vaan yritti ainoastaan kiherrellä niin kuin Marilyn Monroe. Asko Kekkonen ilmoitti olevansa Raimo Häklin kollega Turun yliopistollisesta sairaalasta ja haluaisi neuvotella yhdestä TT-kuvasta. Simo puolestaan sanoi pelaavansa Häklin kanssa squashia ja yritti sovitella uusia pelivuoroja molempien aikatauluihin. He saivat kaikki saman viestin: Häkli olisi tavattavissa vasta kahden jälkeen.

He päättivät mennä ensin syömään sairaalan henkilökuntaruokalaan. Ruokasalissa poliisikolmikko yritti laatia toimintasuunnitelmaa. Oikeamminkin suunnitelma oli kyllä jo Jaanalla päässä, mutta hän yritti saada Simon ja Askon samalle sivulle.

Jaana soitti vielä kerran Raimo Häklin sihteerille ja kysyi, olisiko ylilääkäri tavattavissa. Hän sai kuulla, että tämä olisi tavattavissa vasta kello 14 jälkeen. Herra ylilääkäri oli nyt kuulemma syömässä ja menisi sieltä kuukausipalaveriin lasten psykiatriselle osastolle. Häkli oli ilmoittanut tulevansa ainakin vielä käymään kahden jälkeen työhuoneellaan.

Tämä oli juuri se vastaus, jonka Jaana kaikkein mieluiten halusikin kuulla. Hän arvioi tarvitsevansa maksimissaan puoli tuntia Häklin huoneessa. Mutta ensin heidän oli tarkoitus hoitaa ylilääkärin auto. He söivät janssoninkiusauksensa vauhdikkaasti eivätkä jääneet jälkiruoalle. Jaana änkesi Audinsa aivan ylilääkärin Häklin valkoisen Audi A4:n perään parkkipaikalla. He nousivat kaikki autosta ja Jaana otti luontevasti tilanteen johdon haltuunsa. Hän avasi kuskin puoleisen oven, istui penkille ja Asko Kekkonen jäi auton ulkopuolelle tarkkailemaan, että tilanne pysyi rauhallisena. Simolle Jaana avasi toisen etuoven. Simo tuli sisään, avasi läppärinsä ja tökkäsi siihen jo valmiiksi kiinnittämänsä johdot toisesta päästä auton GPS-paikantimeen. Jaana laittoi virrat päälle ja Simo alkoi näppäillä komentoja koneelleen. Hetken kuluttua hän sanoi:

– Se on sillä hyvä. Minulla on nyt 14. joulukuuta asti tämän auton reittitiedot koneella.

Jaana pyysi Simoa tarkastamaan saman tien, että oliko tällä autolla 14. ja 15. päivän välisenä yönä ajettu Hyvinkäältä Hämeenlinnaan ja takaisin ylinopeutta kumpaakin suuntaan. Simo painoi kahta näppäintä ja tokaisi sitten:

– Kyllähän sä jo sen tiesit. On ajettu.

– Selvä. Sitten mennään.

Sitten Jaana antoi tehtävän ensimmäiselle neljästä järjestyspoliisin henkilöstä, jotka hän oli pyytänyt paikalle. Nuori mies, Janne Rahnasto, vasta harjoittelija, oli tyytyväinen, kun Jaana pyysi ajamaan Audin poliisilaitoksen talliin. Jaana ojensi ihmeavaimen nuorukaiselle, joka kysyi:

– Mikäs patukka tämä on?

– No, en minä hieromasauvaakaan tässä heiluttele. Se on yleisavain kaikkiin Audeihin, se on lainassa, joten älä hävitä sitä. Jätä ovet auki, kun olet pysäköinyt linnakkeen talliin.

Sen jälkeen poliisikolmikko siirtyi sisälle taloon, hallinnon siipeen.

Askon tehtäväksi jäi vartioida käytävää, ettei sinne tunkisi ketään kun Jaana ja Simo tarkastivat ylilääkärin huonetta. Jaana tiirikoi itsensä sisään vaivattomasti. Hän käänsi sälekaihtimet kiinni ja laittoi kaikki valot päälle. Laitettuaan valot päälle Jaana löysi sieltä pienen kassakaapin, mitä hän oli osannut odottaa. Sitä Jaana tosin ei kuvitellutkaan saavansa auki. Sen sijaan hän penkoi työpöytää suuremmalla tarkkuudella kuin yöllisellä visiitillään. Pöydän lukot eivät häntä sen sijaan hidastaneet. Keskimmäisestä ei-lukittavasta laatikosta hän tekikin suurenmoisen löydön. Siellä oli silkkipaperiin käärittynä CZ-pistooli. Ilman mitään muuta näyttöä he eivät saisi tällaista yleistä tarkkuusammuntapistoolia edes ballistisiin tutkimuksiin.

Jaana penkoikin laatikkoa perusteellisesti. Hän nosteli ulos kansioita ja erilaisia muistioita. Työ kannatti. Hän löysi kännykän.

Jaana oli varma, että Häklillä, kuten kaikilla huijareilla, oli laitteissaan tehtaan asettamat turvanumerot, koska muistettavia numeroita oli liikaa. Eli 1-2-3-4 ja puhelin aukeni. Hän soitti puhelimesta omaan puhelimeensa ja sai näin omaan puhelimeensa numeron, jota hän oli etsinyt. Kysymyksessä oli prepaid-liittymä, joka oli otettu käyttöön joulukuun kahdeksas päivä. Ensiarvoisen tärkeää oli tutkia puhelimen käyttöhistoria. Jaana totesi, että puhelimesta oli soitettu vain yhteen numeroon. Jaana tunnisti numeron. Se oli Outi Vanamon numero.

Seuraavaksi hän tarkisti puhelimeen saapuneet soitot. Nekin koostuivat vain yhdestä ja samasta numerosta. Onpa varsin henkilökohtainen linja, mietti Jaana. Puhelimen käyttöloki paljasti, että puhelimeen oli soitettu Outin numerosta 14. ja 15. päivän välisenä yönä pian puolen yön jälkeen. Puhelu oli kestänyt pari minuuttia. Jaana jätti puhelimeen virran päälle ja asetti sen takaisin laatikkoon. Pistoolista hän poisti panokset ja jätti sen muutoin paikoilleen. Hän jätti oven raolleen ja meni Simon luo.

– Alkaa olla valmista.

– Oliko se niin kuin epäilit?

– Juuri niin se on. Häkli on tämän tarinan varsinainen emäkonna.

Simo piiloutui Häklin huoneen takana olevaan pieneen pukuhuoneeseen. Asko Kekkonen jäi käytävälle norkoilemaan. Hänen kasvojaan Häkli ei tiettävästi osaisi yhdistää poliisiin. Jaana istui asiakastuoliin, avasi takkinsa siten, että kainalokotelossa oleva Glock tuli tarpeeksi esille. Sitten vain odottamaan.

Raimo Häkli tuli juuri ilmoitetusti paikalle viisi yli kaksi. Kun hän astui sisään, ihmetteli hän ensin avonaista ovea ja tokaisi sisällä: – Katos, poliisityttö istuu täällä.

– Täälläpä täällä. Ja jos minua tarkoitit tytöttelyllä, olen ylikonstaapeli Jaana Lindegren.

– No sehän sinä olet, anteeksi, en tarkoittanut mitenkään vähätellä. Yllätyin vain siitä, että istut täällä huoneessani, jonka oven luulin lukinneeni lähtiessäni.

– Kyllä se lukossa olikin, mutta minä avasin sen. Istu vain työtuoliisi. Meidän pitää nyt puhua hyvin vakavasti.

Jaana otti oman puhelimensa esiin ja sanoi laittavansa siihen tallennuksen päälle.

– Ole hyvä vain, Häkli totesi.

Silloin Jaana painoi puhelun lähtemään ja Häklin kirjoituspöydän laatikossa alkoi puhelin soida. Häkli ei ymmärtänyt miten se oli mahdollista.

Jaana sanoi: – Vastaa vain ensin puhelimeen, jos on jotain hyvin tärkeääkin asiaa.

– Ei se ole mitään, kyllä se kohta sammuu.

Jaana sammutti soiton omasta puhelimestaan. – Minun täytyy myös ilmoittaa nyt, että me olemme takavarikoineet sinun autosi.

– Avasitko siitäkin lukitut ovet?

– Kyllä. Se on poliisilaitoksen autotallissa teknisessä tutkinnassa.

– Mitä tämä kaikki nyt tarkoittaa?

– Kuten sanoin, tämä tarkoittaa, että meidän pitää puhua hyvin vakavasti. Sinulla on tuolla pöytäsi laatikossa puhelimen lisäksi pistooli. Viimeksi kun istuimme juttelemassa, et edes muistanut koska viimeksi olit ampunut. Onkohan muisti palautunut?

– Ei ole, se on vanha harrastuspistooli, jonka toin tänne turvaksi, kun se ampuja on yhä vapaana.

– Vai niin. Me tulemme osoittamaan, että joulukuun 14. ja 15. päivän välisenä yönä, puolenyön tietämissä, sinun autollasi ajettiin helvetillistä kyytiä Hyvinkään Rantasipistä tähän sairaalaan pihaan. Auto oli tässä ehkä viisitoista minuuttia ja sen jälkeen sillä ajettiin takaisin Hyvinkäälle hotellin parkkipaikalle. Haluatko sinä ehdottaa jotakin selitystä miksi autollasi on ollut tällainen matka?

Häkli näytti hyvin mietteliäältä. Hän arvioi mahdollisuuksiaan. – Jouduin yöllä hakemaan muutamia TT-kuvia, jotka olin unohtanut tänne työhuoneeseeni. Ne liittyivät esitelmään, jonka pidin seuraavana päivänä.

– Ai sinä otit tuollaisen linjan? Me tulemme myös osoittamaan, että tuo äsken soinut puhelin laatikossasi soi myös silloin 14. ja 15. päivän välisenä yönä. Siihen soitti se ainoa numero, joka sen muistioon on tallennettu. Outi Vanamon numero. Outi oli luultavasti pelästynyt silmittömästi, koska hän oli joutunut osastolla henkirikoksen todistajaksi. Ja hän vaati, että sinun piti tulla pelastamaan hänet tai muutoin hän kertoisi koko maailmalle, että sinä olit luvannut naida hänet. Siitä puhelimesta näkee myös sen, että kun saavuit sairaalaan pihaan yöllä, niin sinä soitit Outille. Luultavasti asiasi oli seuraava: käskit hänen pysyttelemään huoneessaan, laittamaan valot pois ja oven raolleen. Että sinä tulisit aivan pian. Ja tulitkin. Hiivit osastolle. Sinne on sisään mahdollista päästä hiljaisesti, voi laittaa oven rakoon rukkasen tai muun. Poistuessa se ovi loksahtaa valitettavasti, sitä ei voi kokonaan eliminoida. Astuit osastolle, näit maassa makaavan sairaanhoitaja Jouni Kalamoksen, etkä ilmeisesti pahasti hätkähtänyt, vaikka vastassa oli tuore vainaja.

Näit heti hänen ampumahaavoistaan, että tämän täytyi olla kuollut. Koititko edes hänen pulssiaan?

– Ei siinä mitään pulsseja ollut tunnisteltavissa. Hän oli kuollut.

– Haluatko jatkaa tarinaa itse vai jatkanko minä edelleen?

– Jatka sinä.

– Sitten sujahdit Outin huoneeseen, jossa tämä odotti täysissä vaatteissa, ulkotakki käsivarrelle taitettuna. Ymmärsit, että jos veisit Outin keskellä yötä osastolta, katkaisisi se sinun urasi. Ja jos et vie, katkaisee Outi sen seuraavana päivänä. Ratkaisit asian tavalla, jonka meidän ballistinen tutkimuksemme tulee todistamaan. Ammuit Outin tuolla CZ-pistoolilla. Ja sitten livahdit samasta ovesta matkoihisi mistä oli tullut sisälle. Tässä vaiheessa sinun pakosi havaittiin. Meillä on silminnäkijä. Kuten huomaat, ketju on täysin kaikenkattava. Haluatko tunnustaa? Se helpottaisi tätä tutkimuksen loppua. Välttämätöntä se ei ole.

Häkli avasi taas kirjoituspöytärsä laatikon ja otti sieltä pistoolin käteensä. – Olet aika varma itsestäsi, kun et ole vielä takavarikoinut tätä.

– En minä niin varma ole, minä takavarikoin siitä panokset.

Jaana laski kätensä oman pistoolinsa kädensijalle. – Laske nyt se pistooli siihen pöydälle.

Häkli puisteli päätään ja laski pistoolin käsketysti. – Kyllä minä tiedän milloin peli on menetetty. Jos sovitaan muutamista asioista, tai niitä on itse asiassa vain yksi, niin minä allekirjoitan tunnustuksen suurin piirtein tuollaisena kuin sinä kerroit.

– Tässä on aika vähän kauppatavaraa, mutta mitä ehdotat?

– Jos rakastelet kanssani yhden kerran, niin minä tunnustan.

– Kuule ylilääkäri Häkli. Sinun täytyy olla vielä pahemmin sekaisin kuin olin kuvitellut. Luulet ilmeisesti eläväsi jotain tv-sarjaa. Jos sinun saamisesi tuomiolle olisi siitä kiinni, niin nussisin sinulta tunnustuksen pihalle, mutta onneksi sillä ei ole. Joten ei tule kauppoja.

Jaana otti murha-aseen pöydältä ja työnsi sen housuihinsa selkäpuolelle. – Minulla ei ole vyökoteloa, mutta eiköhän se tässä resorissa pysy paikallaan. Sen puhelimen minä otan myös.

Sitten Jaana kutsui kollegansa esiin. – Simo, tule tekemään pidätys.

Simo kolisteli esiin Häklin pukukopista. Hän luki Häklille viralliset tiedot, että hänet on otettu kiinni todennäköisin syin syytettynä henkirikoksesta. Jaana kävi kutsumassa myös Askon huoneeseen. Jaana kysyi tältä: – Kuulitko keskustelumme?

– Kuulin joka sanan. Eiköhän me voida lähteä.

He kävelivät vankinsa kanssa ulos rakennuksesta. Matkalla Asko Kekkonen ilmoitti Häklin sihteerille, että ylilääkäri olisi poissa ja pitkään. Asko istui pidätetyn kanssa Jaanan auton takapenkille ja siitä matka jatkui. Jaana kiskoi murha-aseen selkänsä takaa ja antoi sen Simolle.

– Painaa niin pirusti selkää, ota sinä tuo haltuusi.

He menivät suoraan kuulusteluhuone kakkoseen. Jaana soitti Maurille, että tämä tulisi pitämään kuulustelun. Hän jäisi todistajaksi, sillä olisi helpompi, jos kuulustelija olisi joku toinen kuin pidätyksen tekijä. Mauri tulikin välittömästi. Hänellä oli tarkoituksenaan tervehtiä Häkliä kädestä pitäen, mutta kun hän näki raudat tämän ranteissa, katsoi hän parhaaksi olla kättelemättä.

Kuulustelu sujui suurin piirtein samoin kuin he olivat jo aiemmin sairaalassa käyneet läpi. Kun Jaana kysyi, että mitä Häkli ja Outi puhuivat yöllä Outin huoneessa, vastasi Häkli:

– Tietysti minä kysyin ensimmäiseksi, että miksi hoitaja makasi oven edessä kuolleena. Outi sanoi, että hän oli nähnyt miten kaksi hampuusin näköistä jätkää kävi siinä tuuppimassa Jounia ja Jouni oli antanut heille jonkin esineen ja sitten toinen tyypeistä oli ampunut Jounin. Ja Outi sanoi sitten vetäneensä heti oven kiinni ja lukkoon ja oli varma, että he tulisivat teilaamaan seuraavaksi hänet. Sitten hän vaati minua salakuljettamaan itsensä pois sieltä. Minä sanoin, että luulenpa että juuri nait tuon Kalamoksen kanssa, vai miten muuten kaikki olisivat tässä huoneen ovella. Outi myönsi näin käyneen, ja tivasi että olinko minä muka ollut aina uskollinen hänelle. Silloin ymmärsin tilanteen toivottomuuden ja ettei ollut muuta mahdollisuutta kuin ikään kuin tarttua minulle tarjottuun tilaisuuteen. Että Outin kuolema yhdistettäisiin tähän toiseen kuolemaan ja se voisi avata mahdollisuuden, etten käryäisi koko hommasta. Sitten minä vielä pyydän, että sinä Jaana menet hetkeksi ulkopuolelle, että voisin puhua komisario Taposen kanssa niin sanotusti mies miehelle.

– Minä en mene mihinkään, tämä on minun työtäni, kyllä sinä terapiaa saat myöhemmin, mutta nyt ei ole sen aika.

– Mene nyt Jaana vain hakemaan vaikka kuppi kahvia, olet vain muutaman minuutin poissa, sanoi Mauri.

– Et voi olla tosissasi! Ei tuo Häkli täällä asettele ehtoja kenelle puhuu ja mitenkä.

– Ei niin, mutta luovitaan tässä nyt pieni hetki, jos se vaikka auttaa asian selvittämisessä.

– Okei, olen kaksi minuuttia poissa, ilmoitti Jaana.

Todellisuudessa hänellä meni kymmenisen minuuttia. Sillä aikaa Häkli avautui Maurille ja kertoi, että hän oli koko ikänsä ollut seksiaddikti.

– Möhlin nuorempana kaikki työpaikkani, aina samasta syystä. Luulin, että tässä paikassa olisin onnistunut pysyttelemään eläkkeelle asti. Mutta ei. Tuli tämä Outi Vanamo ja hän yksinkertaisesti valloitti minut. Olen tehnyt kaikkia älyttömyyksiä hänen pyynnöstään. Ja koko elämäni on ollut samaa älyttömyyttä. Vonkasin vielä sairaalassakin tuolta sinun konstaapeliltasi.

Mauri kuunteli keskeyttämättä. Kun hän arveli Häklin lopettaneen, niin hän sanoi:

– Viheliäinen vaiva varmasti. Eikö siihen ole mitään apua?

– Olen istunut kaiken maailman terapioissa ja muissa. Mutta ei saisi tulla yhtään vartioimatonta hetkeä ja sitä paitsi en saisi nauttia siitä. Jos pidän sen aina mielessäni, pystyn sitä kontrolloimaan. Mutta jos vähänkään heittäydyn henkisesti vapaalle, niin heti mennään.

– No nyt ei hetkeen mennä, kun tulee elinkautinen tuomio.

– Se on totta. Kauanko mahtavat tällaista vanhaa äijää pitää?

– Et sinä niin vanha ole, ettetkö ehdi täyttä elinkautista lusia. Mutta minä olen vain tutkiva poliisi. Oikeusistuin on sitten erikseen. Tämä sinun tunnustuksesi puretaan paperille ja sinulta pyydetään siihen allekirjoitus. Koska sinulla ei ole ollut asianajajaa mukana, toistamme tämän kuulustelun vielä huomenna aamupäivällä. Saat miettiä vielä yön yli, jos vaikka keksit kieltää koko tapahtuman. Sinä olet syylliseksi epäilty, ja lain mukaan sinulla on oikeus valehdella. Todistajalla tällaista oikeutta ei ole. Mutta jos kuitenkin fiksuna miehenä toimit niin fiksusti kuin mahdollista. Saattelen sinut selliin, sinne tarjoillaan seuraavaksi varmaankin kahvia noin tunnin päästä. Illalla vielä ruokaa ja sitten ihan illalla taitaa olla iltateekin. En tarkasti enää tunne proseduuria. En kuulustele sinua enää tänään, huomenna aamupäivällä sitten. Otan raudat pois ja toivotan hyvää yötä.

– Öitä, sanoi Häkli ja astui selliinsä.

Häneltä oli jo aiemmin riisuttu vyö ja otettu kengistä nauhat pois.

LUKU 24

Jaana käy vielä kerran sairaalassa

Hankittuaan kokovartalokuvan Raimo Häklistä, ajoi Jaana näyttämään sitä silminnäkijälleen. Hän soitti ovikelloa päästäkseen osastolle sisälle ja laski kuvan pöydälle Helena Bahnan eteen.

– Voisiko tämä olla se mies, jonka näit yöllä ovenraossa?

– Sataprosenttisen varmasti. Juuri tällainen harmaa puku, tämä on se mies.

– Kiitos. Sinulta tullaan pyytämään todistajanlausunto ja sinut kutsutaan käräjäoikeuteen kuultavaksi. Siitä saat pienen palkkionkin. Toivotan sinulle nyt hyvää jatkoa ja käyn vielä tervehtimässä noita hoitajia.

Jaana käppäili kansliaan, istui kahvihuoneen pöydän ääreen ja hoitaja Liimatta tarjosi hänelle kahvia. Jaana otti sen vastaan ja vapautti hoitajat pinteestä sen verran kuin tässä vaiheessa oli mahdollista.

– Tutkimus on meidän osaltamme lähellä valmista. Kyllä täällä kaksi asemiestä kävi saman yön aikana.

Hoitajat eivät malttaneet jättää asiaa sikseen, vaan tivasivat Jaanalta.

– Säkin Juri me kyllä uskotaan, mutta kuka se toinen oli?

Jaana sanoi, ettei voinut vielä paljastaa henkilön nimeä, mutta lupasi että hoitajat tulisivat yllättymään.

– Miten olette aikoneet käsitellä Jouni Kalamoksen ilmiselvän lääkekaupankäynnin?

Osastonhoitaja kertoi, että he olivat jo muuttaneet lääkkeen jakokäytäntöjä siten, että kun apteekin kuorma saapui osastolle, oli kummankin yöhoitajan nimellään kuitattava kaikki kaappiin menevät purkit.

– Sitten minä vielä kuittaan siihen päälle. Eiköhän se hieman lisää vaikeutta kääntää suoraan kuormasta. Emme kuitenkaan aio ruveta penkomaan menneitä asioita. Jouni oli osastolla pidetty työntekijä ja hänen roolinsa tuli kaikille yllätyksenä. Ainakin näin minä uskon. Hän oli langennut tällaiseen sairaaloiden perisyntiin. Eikä ole Jounin omaistenkaan kannalta kiva, jos miehen tekemisiä ruvetaan enää liikaa penkomaan tästä näkökulmasta.

Jaana nyökkäili ja sanoi: – Hieno asenne. Epäilen, että jos joku meillä tekisi noin karkean virkavirheen, saattaisi siinä lähiomaisten tunteet jäädä ottamatta huomioon. Annan teille vielä yhden ohjeen asiasta, joka on minulle selvinnyt tämän tutkimuksen myötä: sarjoittakaa lukot uudelleen. Avaimia on liikaa teillä tietymättömillä.

– Näin teemme.

– Helena Bahna tullaan kutsumaan käräjäoikeuteen todistajaksi.

– Onko hän uskottava todistaja, ottaen huomioon hänen taustansa?

– No totta puhuen, ei ehkä kaikkein uskottavin, mutta uhkailen lakimiestä sen verran, että jos hän ryhtyy piinaamaan psyykeltään haurasta todistajaa, teen kaikkeni vaikeuttaakseni hänen uraansa.

Jaana paiskoi kättä kaikkien paikalla olijoiden kanssa ja lähihoitaja Liimatta laski hänet ulos.

LUKU 25

Kakkukahvit

Seuraavana päivänä kun paperityöt oli melko pitkälti saatu tehtyä, kutsui komisario Mauri Taponen kaikki tutkimukseen osallistuneet samaan aikaan neuvotteluhuoneeseen kahville. Hän pyysi Jaanan aloittamaan kakunleikkuun.

– Voinhan tuon avatakin, myöntyi Jaana, vaikka ihan tarpeeksi tässä on jo hössötetty tätä, että ihan kuin nämä murhanratkonnat olisivat jotakin yksityislajeja. Te kaikki olette niin kokeneita, että tiedätte, että näin ei ole.

– Kyllähän me sen tiedämme, Mauri myönteli. – Mutta usein päällimmäiseksi jää jonkun tietyn henkilön jokin tietty oivallus. Ja ainakin minun on myönnettävä, että en ollut ihan varma ketä te lähditte pidättämään, kun menitte sitä Häkliä jahtaamaan sairaalanmäelle. Joten kerro mistä sait niin varman tuntuman, että juuri Raimo Häkli olisi tähän jälkimmäiseen murhaan syyllinen?

– No, siinä oli pari sellaista isompaa tekijää. Kuten se, että minkä hemmetin takia Säkki ja sen kaveri olisivat Outin tappaneet. Ja jäi vahva tunne niitä veljiä kuulusteltaessa, että he ovat syyttömiä tämän jälkimmäisen murhatyön osalta. Ja sitten oli vielä tuo mieheni vankka näkemys, että tämä on intohimorikos. Minullahan oli sellainen etu, että olin tavannut Häklin jo useamman kerran tässä tutkimuksen yhteydessä. Ja on kyllä kiimainen äijä. Onhan minua ennenkin kuulustelutilanteessa koitettu harhauttaa tällä seksihöpinällä, mutta yleensä nuo katujen hampit ovat siinä niin suoraviivaisia eli karkeita, että se paljastuu heti bluffiksi. Mutta tämä ylilääkäri Häkli veti loppuun asti sitä roolia, että hän haluaisi minut sänkyynsä. Ja olenhan minä tietysti älyttömän hyvännäköinen, mutta en minä noin absoluuttista seksiaddiktia ole vähän aikaan tavannut. Tällaiset olivat siinä helpotuksena, muu oli sitten tavallista poliisityötä. Kyllä ainakin Simo, joka oli tässä tutkimuksessa alusta pitäen, oli selvästi samoilla linjoilla. Mutta olitko sinä Asko?

Jussi Tammi ei malttanut olla hymähtämättä ja tökkäämättä Asko Kekkosta olkapäähän.

– Niin Asko, etkös sinä aivan tässä hiljan vielä ehdottanut, että ei tämä mikään intohimorikos ollutkaan. Vaikka minä olin sitä koko ajan tyrkyttänyt.

– No joo, myönnetään, myönnetään, totesi Asko. – On totta, että meinasin jumahtaa siihen pillerikauppaan. Ja oli kieltämättä Jaanalle etu, että Jussi oli niin vankasti sitä mieltä, ettei kaikkia ammuttu minkään pillereiden takia. Myönnän senkin, että en nähnyt tästä

Häklistä heti sitä, miten syvällä hänessä on tuo seksijuttu.

– Yhteistyötähän nämä tutkimukset tietysti ovat, sanoi Mauri. – Mutta poliisilaitos tarjoaa nyt työn sankareille kermakakkukahvit. Lisäksi minulla on toinenkin asia, jota sietää juhlia.

Kaikki jäivät odottamaan Maurin jatkoa.

– Jelena jää ensi viikon alusta sisätöihin, joten olen saanut luvan palkata tänne yhden konstaapelin lisää. Olikos se niin, että sinä Jaana tiedät mistä sen Raikkaan Tiinan löytää?

– Joo, kyllä minä sen tiedän. Soita Lahteen ja pyydä petoksille. En tiedä minkälainen sopimus hänellä sinne on, mutta sen tiedän, että hän mieluusti lähtee näihin töihin. Nythän meillä on oikein kaksinkertaiset juhlat.

– Eikö ole kuitenkin ihmeellistä, sanoi vielä Jussi, kuinka minimaalisella hyödyllä se Kalamos myi osaston lääkkeitä? Onhan se iso raha, mutta ei se niin iso raha ole, että se vapauttaisi lopullisesti. Sillä pystyi pitämään ehkä vain yllä jotakin pientä juttua elämässä ja aivan varmasti siitä jää lopulta kiinni.

Jaana vastasi. – Niin, mutta eipä ollut tätä ennen jäänyt. Enkä usko, että hänen kohdallaan oli kyse ensimmäisestä lääkekaupasta. Mutta ensimmäisestä, jossa ammuttiin. Tietysti jos hän itse oli narkkari, niin on selvää, että rationaalisia syitä on turha yrittää miettiä. Mutta jos oli vain tarkoitus tehdä hieman lisää tiliä, niin ainakin minun käsittääkseni tuon suuruusluokan lääkehävikki ei mene osastolla läpi kovin kauaa.

– Hän oli todistettavasti ainakin hiukan huikentelevainen ja jossei yli-innokas, niin ainakin hyvin aktiivinen sukupuolitouhuissa ja vieläpä vaikutti ehkä lääkeriippuvaiselta. Jos ryhtyisimme kerimään hänen elämäänsä perusteellisesti taaksepäin, mitä en aio tehdä, niin varmasti sieltä löytyisi syitä mokomaan sössimiseen. Siihen me emme kai saa koskaan lopullista vastausta. Aina nämä ovat surullisia tapauksia. Ja aina siinä jossakin määrin on kysymys siitä, että tilaisuus tekee varkaan. Tarkoitan lääkkeitä, en seksiä, tuumasi Jussi.

He joivat kahvia ja söivät kakkuaan hetken aikaa äänettä. Mauri vilkaisi kelloaan ja nousi pöydästä.

– Illalla sitten kaikki kuoharille tavalliseen paikkaan tavalliseen aikaan. Komisario Töysän jaos on huomenna juttuvuorossa. Voidaan nukkua kymmeneen. Ja sen loppupäivänkin Töysä hoitaa jutut, mikäli ei tule mitään yleistä sekamelskaa. Kiitos, hyvät tutkijat.

JÄLKINÄYTÖS

Hämeenlinnan käräjäoikeus totesi nopeasti, että Juri Säkki ei ollut oikeustoimikelpoinen henkilö, vaan hänet laskettiin oikeuspsykiatrian valvottavaksi ja täten hän muutti tuleviksi vuosiksi Niuvanniemen sairaalaan Kuopioon. Ylilääkäri Raimo Häklin puolustus oli rakennettu lähinnä sen varaan, että hänkin oli riippuvuussairautensa vuoksi alentuneesti syyntakeinen. Näin ollen rikosnimikkeen tulisi olla kuolemantuottamus. Mutta syyttäjä pitäytyi alkuperäisessä syytteessä: murha. Häkli sai elinkautisen tuomion.

Uuno Törmänen sai avunantorikoksestaan puolentoista vuoden ehdollisen tuomion. Häkli aikoi valittaa tuomiostaan hovioikeuteen, mutta se ei enää tutkivaa tahoa jaksanut kiinnostaa.

JÄLKISANAT

Olen muokannut Ahveniston sairaalan hoitokäytäntöjä, arkkitehtuuria ja kaikkea muutakin kirjailijan vapaudella. Kenenkään ei ole siis mahdollista tunnistaa tekstistä itseään, sillä yhdelläkään henkilöllä ei ole todellisessa elämässä vastinparia. Kiitoksia kuitenkin kiehtovasta miljööstä. Olen ihmetellyt jo pitkään miksi sitä ei ole käytetty sellaisenaan suomalaisessa rikoskirjallisuudessa. Nyt se puute on korjattu.